The Witness for the Defence

A. E. W. Mason

論創海外ミステリ
Ronso Kaigai MYSTERY
122

被告側の証人

A・E・W・メイスン

寺坂由美子◎訳

論創社

The Witness for the Defence
1914
by A.E.W.Mason

目次

主要登場人物

ヘンリー・スレスク……………法廷弁護士、国会議員
ステラ・バランタイン…………旧姓デリック、物語のヒロイン
スティーヴン・バランタイン……ステラの夫、インド総督代理
カラザーズ夫妻…………………ボンベイの貿易商
チャーリー・レプトン…………イギリス政府高官
ジェイン・レプトン……………チャーリーの妻、ステラの親友
ハロルド・ヘイゼルウッド……リトルビーディングの地主
リチャード・ヘイゼルウッド……通称ディック、ハロルドの息子、陸軍将校
ロバート・ペティファァ………ハロルド・ヘイゼルウッドの義弟、事務弁護士
マーガレット・ペティファァ……ハロルド・ヘイゼルウッドの妹、ロバートの妻

第一章　ヘンリー・スレスク

この何とも厄介な問題の始まりは、スレスク夫人が息子に対して繰り返し使うようになった些細な言葉だった。最初に口をついて出たときには、さしたる考えや意図があったわけではない。だが、その言葉には相手を痛めつける力があった。それを知ったスレスク夫人は、ヘンリーをおとなしくさせておくために、ふたたびその言葉を使うようになった。

「おまえには口を出す権利などないのよ、ヘンリー」スレスク夫人は、尊大な態度を完璧に仕上げるような、棘《とげ》のある事務的な声で言うのだった。「稼ぎがあるわけじゃないでしょう。おまえはまだ私たちのすねかじりなんだから」そして勝ち誇ったようにこう言い添えた。「いいかい、もしも大事なお父さんに何かあったときには、一人で食べていかなきゃいけないよ。残った財産はすべてお母さんのものだからね」

　スレスク夫人に悪意はなかった。想像力というものがまったく欠如している上に、それに代わる細やかな分別もない――ただそれだけだった。人と言葉――そのどちらについても理解しようとはせず、ただ思いつくままに両方を使った。そのいささか乱暴なせりふを口にする際も、夫の身に不測の事態が生じるとは考えていないのと同様に、その言葉がたいそう無口な少年にどんな影響を与えるかなど考えてもいなかった。

ヘンリー自身もまた、自分のほうから母親に分かってもらおうとはしなかった。ヘンリーは賢い少年だったので、理解を求めたところで無駄なだけだと知っていたからだ。そうだ、何もしなかった。何か言いたげに見つめるだけで、口は閉ざしていた。だが、その言葉は忘れなかった。心の中で不公平だという思いばかりが募った。なぜなら、スレスク家が属しているようないわゆる裕福な人々のあいだでは、親にとって男の子は金がかかる存在だと思われていたし、何より彼が言うように、自分から産んでくれと頼んだわけではなかったからだ。ヘンリーはさんざん思い悩んだ末に、家族に対して反抗心を抱くようになり、できるかぎり借りは作らないと、燃えたぎるような決意を固めた。

この少年の決意は、おそらく精一杯の虚栄心の上に成り立っていた。だが、親への反抗心は虚栄心よりも根が深かった。そしてほかの若者が海軍大将や陸軍元帥や首相になりたいという漠然とした夢を抱く年頃に、それより低い地位で十分だと考えたヘンリー・スレスクは、その中でも価値のある、かつ確実に実現可能な出世への階段を上るために、綿密な計画を練っていた。三十歳には金を稼ぎ始め、三十五歳で名を成す——その名は周囲の職業仲間の枠を超えて広く知られるようになり、四十五歳で重要な公職に就く、というものだ。職業選択にも迷いはなかった。自由になる金を持たずに社会に踏み出そうとする人間にとって、こうした報酬を約束してくれる職業は一つしかない——法曹界だ。

やがてヘンリー・スレスクは法廷弁護士の資格を得た。そして現実に父親の身に災いが降りかかったとき、ヘンリーに試練が訪れた。銀行が倒産して、その倒産が父のスレスク氏に破産をもたらし、死に追いやったのだ。残されたがらくたの中から未亡人が生活していくだけのものはどうにかかき集められ、ヘンリーを雇ってやろうという申し出も一つや二つはあった。

しかし彼は無口なのと同様に頑固だった。仕事の誘いを断って、実習中の弁護士を手助けしたり、新聞雑誌の編集をしたり、選挙運動員として散発的に仕事をしたりして、糊口をしのぐうちに、ようやく訴訟関係の書類の依頼が舞い込むようになった。

そこまでは、スレスク夫人の辛辣な言葉も正しかったと言えよう。だが、ヘンリーは二十八歳のとき休暇を取り、一か月間、南にあるサセックス州に出かけた。そこで、それまで秩序正しく進めてきた人生設計が脅かされることとなった。目指すべき人生は攻撃にさらされたが、これもまた、立派な議論で自分に都合よく言い繕うことは可能だろう。それでもなお、攻撃は別な視点に光を当てることとなる。

たとえば、思慮深さは平凡な人生を歩む上で誠に結構なものだと、論客たちは奨励するだろう。だが、人はいざという局面に立たされると、思慮深さとは違う刺激を欲しがるものだ。ヘンリー・スレスクは休暇中にステラ・デリックとともに多くの時間を過ごしたが、ひたすら彼女を思って過ごした休日は、まさにそのような機会だった。実際に試されるときが来たのは、八月も終わりのある日のことだった。

第二章　ビッグナーヒルにて

　二人はシングルトンとアランデルのあいだにあるサウスダウンズ丘陵の高みに沿って馬を走らせていた。チチェスターから続く旧ローマ街道がビッグナーヒルを越える地点まで来たとき、ステラ・デリックは片手を上げて止まった。当時十九歳だったステラは、その日の朝一緒に乗馬を楽しんでいたヘンリー・スレスクだけではなく、ほかの誰からも美しいと思われていた。品よく健康的な服に身を包んだステラは、太めの眉の下に青い目を輝かせ、漆黒の髪に、白く透き通るような肌をしている。唇は赤く、すぐに頬を赤らめる癖があった。

　ステラは、丘の上から芝を切り分けるようにして下っていく小道を指差した。

「あれが石畳の街道です。お見せするって、お約束したでしょう」

「ええ」と答えて、スレスクは彼女の顔からゆっくりと視線を外した。陽の光があふれんばかりに降り注ぎ、クロウタドリが騒がしいほどさえずっている。この朝の世界にステラは欠くことのできない存在に思えた。ステラは朝とともに生き生きと輝いている。朝から輝きを得るのではなく、朝に輝きを与える存在だ。鼻筋の通った顔はのみで彫られたように整っているが、彫像の雰囲気など微塵も感じさせない美しさだった。

「そう、真っすぐ前に進んだのだね、古代ローマの百人隊長たちは」

スレスクは馬を進めて道の中ほどで止まると、谷間と草原を見渡して、南西方向六マイル先にあるハルナカーダウンの丘陵に目をやった。さらに視線を伸ばすと、丘の頂の向こうに背の高い立派な尖塔が見える――チチェスター大聖堂だ。その先にはボーシャムクリークの入り江の水が銀色の鏡のように光り、小波の立つ銀色のイギリス海峡が目に入る。振り返ってみた。眼下にはサセックスの青く暗い森が横たわっている。森の中には、あのローマ時代の道が隠れていて、まるで定規で引いたように真っすぐロンドンへ続いているはずだ。

「決して進路は変えなかった！」と彼は言った。「行く手に丘があっても、その丘を越えて進んだ。沼地があっても、真っすぐに突き進んで道を造ったんだ」

二人は、鯨の背のように高く茂った草原沿いに、野バラの茂みや、燃え立つような黄色い花を咲かせているハリエニシダの茂みの中を、何度も通り抜けながら、ゆっくり馬を進めた。太陽はまだ丘と同じ高さにある。遠くで一陣の風が立ち、高く茂った草が流れる水のように勢いよく端から端へとたわんで、二人を驚かせた。一度きりの風だった。まるで生まれたばかりの清らかな朝の世界にいるようだった。ダンクトンダウンを目指してさらに高みへと進んだとき、ステラが言った。

「今日が最後の日ね」

スレスクは海のほうを見渡した。東の方向に斜面をたどると鬱蒼としたアランデルの森が広がり、後方を向けば森林地帯の向こうにブラックダウンの丘が見える。

「忘れないよう心に刻んでおこう」

「ええ」とステラは言った。「どうぞ、今日のことを思い出してください」

ステラは心の中で、このひと月の出来事を思い返した。ひと月前、グレイトビーディングの宿屋にスレスクがやってきたと、ステラの家族の友人がステラの両親に手紙で知らせてきたのだった。「滞在中で、今日が一番きれいな日だわ。よかった。どうかサセックスのすばらしい思い出を持ち帰ってください」

「そうしよう」とスレスクは言った。「でも忘れられない理由はほかにある」

ステラは一、二歩、彼より前に出た。

「そうですか」とステラは言った。「テンプル法学院は息が詰まるでしょう」

「テンプルのことを考えているわけではない」

「違いますの?」

「違います」

ステラは少し馬を進め、スレスクは後に従った。大きなハチが羽音を立てて二人の頭をかすめ、野バラのがくに止まった。かたわらの雑木林ではツグミが空に向かって澄んだ歌声を響かせている。

ステラは連れのほうを見ないまま、ふたたび口を開いた。低い声で、愛らしく戸惑いながらもしっかりと言った。

「そう言っていただけてよかった。必要以上にご案内しすぎたかと、心配していましたの――ぜひご覧になりたかった、というのであれば別ですけれど」
一、二歩前に出たまま答えを待っていたが、返事はなかった。そんなはずはないと思いながらも、ぼんやりとした不安が心をとらえはじめた。もう一度口を開いたものの、声が震え、自信はすっかり影をひそめてしまった。恥をかかせないでほしいと訴えているようだった。
「もしご迷惑だったなら、思い出すのも恥ずかしいほどです」

そのとき、地面に映った馬の影が近づいてきて横に並ぶのが見えた。ステラは、不安そうにためらいがちな笑みを浮かべてちらりとスレスクを見ると、すぐにまた視線を落とした。あんなに難しい顔をして、いったい何を言おうとしているの？　胸が激しく高鳴った。やがて彼の声が聞こえた。

「ステラ、何と言えばよいのか、とても難しいのだが」

スレスクはステラの腕にそっと手を置いたが、ステラは体をひねってするりと逃げ出した。恥ずかしかった——耐えがたいほど恥ずかしかった。頭のてっぺんから足の先まで恥ずかしさで体がうずいた。顔を真っ赤にして、目にはあふれんばかりの涙をためて、突然スレスクのほうを向いた。

「ああ」ステラは泣き声で言った。「わたくしが愚かでした！」鞍にまたがった体がゆらりと前に倒れた。抱きとめようとしたスレスクの腕が届くまえに、ステラは体を起こすと、鞭を一振り馬に当てて全速力で走りだした。

「ステラ」スレスクは大声で呼んだが、ステラはいっそう鞭を振るばかりだった。ステラは自分を呪いながら、猛烈な勢いであたりかまわず草原を駆け抜けた。スレスクは全速力で後を追ったが、鞭と背後から迫る蹄《ひづめ》の音で狂わんばかりにあおられているステラの馬には勝ち目がなかった。夢中で追いかけながらも、スレスクの頭は混乱していた。

「今日という日が十年続けばよいのに……だが実際は、無茶なことなんだ……無茶で、浅ましくて、すべてが終わりになってしまう……二人には、財産と呼べるものは何一つない……あんなふうに馬を走らせるなんて！……ステラをブリクストン（ロンドン南部にある貧しく治安の悪い地区）に住まわせるわけにはいかない……それに自分だって……なぜ黙っていなかったのだろう……ああ、何てばかな、何て愚かなんだ！　貸し馬屋の馬でよかった……馬なら永遠に走れるわけじゃない――ああ、しまった！　丘陵にはウサギの穴がある」呼び声は叫びに変わった。「ステラ！　ステラ！」

だがステラは決して振り向かなかった。羞恥心でいっぱいになって、いっそう必死に逃げるばかりだった。丘の高みに沿って、低木の茂みやブナの木々のあいだを抜け、二人の影は芝生の上をかすめ飛んだ。馬ははみを鳴らし、とどろくように蹄を響かせた。遥か後ろにダンクトンビーコンの山が立ち上がるように姿を現した。すでに道からは外れていた。チャールトンの森が暗い水のように流れていく中で、ようやく無茶なレースが終わりを迎えた。もう逃げきれないと悟ったのだ。馬は消耗していたし、彼女自身もふらふらだった。手綱を緩めると、全速力で駆けていた馬が速歩になり、速歩から並足になった。ステラにとって救いだったのは、スレスクが十分に時間をかけてくれたことだった。並足になって後ろについていた彼が、ゆっくりと横に並んだ。ステラはすぐに彼のほうを向いた。

「馬で駆けるにはよいところでしょう?」

「だが、ウサギの穴がある」とスレスクは言った。「運がよかった」

スレスクは戸惑いがちに答えた。こんなときにかけるべき言葉があるはずだ。初めて取った休暇だった――ステラはその休暇中の自分に尽くしてくれた。そんなステラに誤解を与え、恥をかかせたまま家に帰すわけにはいかなかった。その誤解も決して彼女のせいではないのだ。伝えたい言葉が喉まで出かかった。だがその思いも、人生の決まりの前では勝てなかった。いま結婚したら――おそらくは、出世の道を閉ざすことになり、二人が必要とするような豊かな人生を手に入れることはできないだろう。

「ステラ、どうか分かってほしい。もし状況が違えば、言葉にできないくらい嬉しかっただろう」

「もう何もおっしゃらないで!」

「大事なことなんだ」スレスクがそう言うと、ステラは口を閉じた。「どうしても、分かってほしい」相手の気持ちを癒すためのひと言ひと言が、万が一にも傷を深くすることになってはいけないと、口ごもったり、つかえたりしながら繰り返した。「以前の私には、大切な人などいなかった。ここに来て――あなたに出会った。ああ、そうだ、何と嬉しかったことか。だが、私は名もなき存在だ――財産もない。ひとかどの人物になるには、まだ何年もかかる。それまでの歳月を共に過ごしてくれと願うわけにはいかない――できることなら、あなたと出会うまでに力のある男になっていたかった」

ステラの頭の中で考えが廻った。男の人って、何ておかしな、つまらないことを考えるのかしら！　下積み時代ですって！　若いときの困難や苦労こそ人生の本当の醍醐味でしょう？　下積み時代の苦労こそ、人生を思い出す価値のあるもの、人生を愛おしくしてくれるものではないの？　でも、話をする権利は男性のものね。もう二度とそれは忘れないわ。ステラがうつむいていると、スレスクはまごつきながら話を続けた。

「あなたにはもっと素晴らしい出会いがあるだろう。大庭園には壁が焼け焦げたままの大きな屋敷が残っている。あの屋敷が建て替えられて、あなたが屋敷の女主人として、ふさわしい場所で暮らしているところを見たい、そう私は願うべきなんだ」ステラが突然顔を上げたので、言葉が途切れた。ステラは、荒い息づかいで、わけが分からないとでもいうように彼を見た。

「こんな話をして、苦しいですって！」とステラは言った。「そうね、さぞお辛いでしょう」

「今の私に、これ以上何が言えるだろう？」

顔を見て話を聞いているうちに、ステラの表情が和らいだ。スレスクは冷血漢でもなく、思いやりがないわけでもなかった。彼の声には不快な響きに勝るものがあった。それは紛れもなく深い苦悩の響きだった。彼の目に心の痛みが見て取れた。ステラにもそれなりの自尊心が戻ってきた。ステラはすぐに相手に調子を合わせたが、自分たちの言っていることは欺瞞にすぎないと分かっていた。

「そうね、おっしゃるとおりだわ。無理な話です。あなたは富も名声も手に入れなくてはいけない。わたくしだって――結婚します、たぶん、どなたか」――ステラは、ふっと自嘲気味に微笑んだ――「ロールスロイスの自動車を下さるような方とね」二人は気持ちを落ち着けて馬を走らせた。

すでに正午を回っていた。草原と陽光にあふれた高地の世界は静かだった。鳥も影をひそめている。二人はとりとめのない話題を選び、ヨーロッパの最近の危機や社会主義の広がりについて、晩餐会に集まる取り澄ました人々のように、きわめて賢明に、どこかよそよそしい態度で話をした。この日の朝、十時前に馬を連れて迎えに行くという伝言を受けたときには、こんなふうに家路に着くなど、ステラは予想もしていなかった。まばゆいばかりの夢をまとって馬に乗って家を出たはずが、帰るときにはぼろぼろに破れた夢を引きずっている。まさか自分が、ほかの娘たちと同じように、こんな痛みを味わうなんて、にわかには信じられなかった。

二人は乗馬専用道に出ると、雑木林を抜けて森林地帯を下り、グレイトビーディングまで戻ってきた。町なかを抜けて、スレスクが滞在している宿屋を通り過ぎ、大庭園の鉄門の前に出た。敷地内のニレの木々のあいだに、黒焦げになった立派な屋敷の残骸が空に向かってぱっくりと口を開けている。

「いつかまた、あなたはここで暮らすことになるだろう」スレスクがそう言うと、ステラの唇がふと笑ったようにひきつった。

「今日からは、今住んでいるこの家を出ることが、嬉しく感じられるでしょう」ステラが静かに漏らした言葉は、スレスクを黙らせた。彼にはステラの言いたいことがよく分かった。部屋にいれば、むなしい夢を思い出して、いたたまれない気持ちになるだろう。だが、彼は沈黙を守った。

いずれにしても、今さら口に出した言葉を取り消すことはできない。それにもしステラが自分の話に耳を傾けてくれたとしても、結婚は難しいだろう。結婚をすれば縛られることになるし、人生のこの時点において、束縛を受けることは敗北を意味する――それは、自分だけでなく、ステラにとっても敗北となるはずだ。思慮深くなければならない――思慮深く、秩序正しくさえあれば、大きな褒美が手に入る。

背の高い垣根に挟まれた黄色い道を一マイルほど進み、二人はリトルビーディングの村に着いた。小川のほとりに、バラと大木に囲まれた大きな屋敷が一軒と、草ぶき屋根の小さな家が数軒、寄り添うように建っている。老デリック氏と妻と娘は、ヒンスキー大庭園の火事で焼け出されてここに移ってきたのだが、元はといえば投機の失敗をきっかけに没落が始まり、火事によってすっかり財産を失ってしまったのだった。二人は一軒の小さな家の前で止まると馬から降りた。

「これでもう、お目にかかることはないでしょう」とステラは言った。「ちょっとお入りいただけませんか?」

スレスクは目の前にいた手伝いの男に馬を預けて門扉を開けた。

「昼食のお邪魔になるといけないな」とスレスクは言った。

「両親に挨拶してほしいわけではありません」とステラは言った。「二人にはわたくしからよく伝えておきますから」

スレスクは、庭の小道をゆく彼女の後を歩きながら、まだ何か話したいことがあるのだろうかと訝った。ステラは庭の芝生のほうを見ながら、家の裏手にある小さな部屋に彼を案内した。そして彼と向き合って立った。

「一度だけ、キスをして」それだけ言って両腕を脇に下げたまま立っているステラに、スレスクは口づけをした。

「ありがとう」とステラは言った。「もう行ってしまわれるのね？」

スレスクは、そのままじっと立っているステラを残して小部屋を出ると、馬を連れて宿屋に戻った。その日の午後、スレスクはロンドン行きの列車に乗った。

第三章　ボンベイにて（現在の公式名称はムンバイ）

スレスクがふたたびステラ・デリックの顔を見たのは、八年後の一月も終わりに近いある日のことだった。そのときは写真の中だけの再会で、しかも、それはまったく思いもよらない場所だった。その日の午後五時頃、スレスクは自動車でボンベイの町を出て、マラバールヒルにある大きな屋敷の一つへ出向き、カラザーズ夫人に面会を求めた。バック湾と町の大きなビル群を一望できる応接室に案内されると、すぐにカラザーズ夫人が姿を現し、両手を広げて近寄ってきた。

「ああ、ついに勝ったのね。夫が電話をくれたわ。何とお礼を言ったらいいのかしら！　本当に大きな意味のある勝利よ」

カラザーズ夫妻はボンベイの若い貿易商だった。テンプルトン・アンド・カラザーズという大規模な商会の株をかなり大きな割合で相続した直後、事務弁護士の書類に一つ二つ不注意な記載があったために、組合契約の訴訟に巻き込まれてしまった。それは、その年のボンベイで注目を集める裁判となった。判決の行方は予想もつかなかった。巨大な利害が絡む訴訟となったため、若いカラザーズ夫妻の要請により、三年前に勅撰弁護士の資格を得ていたスレスクがイギリスから呼び寄せられたのだ。

「ええ、われわれが勝ち取りました」とスレスクは言った。「今日の午後、こちらに有利な判決が下りました」

「今夜は食事をご一緒してくださるでしょう?」

「はい、ありがとうございます」とスレスクは言った。「八時半でしたね」

「ええ、そうよ」

カラザーズ夫人はお茶を用意すると、スレスクがお茶を飲むあいだ、楽しそうにしゃべりたてた。金髪の可愛らしい女性で、情熱的に手ぶりを交えながら話をする。観察力や知識はまるでないが、人を驚かせる力は持っている。それというのも、取りとめのないおしゃべりのなかで、ときおりその口からちょっとした鋭い名言が飛び出すからだ。耳を傾けていた相手はみな、それが彼女自身の言葉なのか、それとも単なる他人の受け売りなのか、一瞬戸惑うのだった。だが、それは彼女自身の言葉に相違なかった。なぜならば、もしも覚えるに値すると思う言葉に出会っていたら、その言葉を覚えたはずだが、そうはしなかったのだから、カラザーズ夫人にとって名言など特別に価値のあるものではなかったのだ。今言ったことと少し前に言ったことに価値観の違いがあっても気にしない。ただ思いついた言葉をそのまましゃべっているだけだった。カラザーズ夫人にとって、世界は驚きに満ちていて、そこにあるものはすべて等しく素晴らしかった。その上、彼女には記憶力というものがなかった。

「あなたはもう自由なのだから」とカラザーズ夫人は言った。「中央部の地域に行って、インドらしいものをご覧になるといいわ」

「あいにく、自由の身ではないのです」とスレスクは答えた。「ただちにイギリスに戻らなければなりません」

「そんなに急いで！」とカラザーズ夫人は驚きの声を上げた。「まあ、なんて残念なこと！　タージマハルをご覧にならなくちゃ——ぜひ、そうするべきよ！——月明かり中でも、朝でもいいわ。どちらが良いか比べられないけれど。それからリッジ（アラヴァリ山脈の尾根の一部、緑が豊か）も見なくては！　デリーにあるリッジよ。リッジを見ないでインドを離れてはいけません。ロンドンのご用件は待てないのかしら？」

「用件は待ってくれても、人は待ってくれませんから」とスレスクが答えたので、一日たりとも列車の旅を楽しむ余裕もなくインドを発たなければならないなんて、とカラザーズ夫人は心から悲しんだ。

「仕方ありません」スレスクは、悲しんでいる彼女の目に微笑みを返しながら言った。「仕事とは別に、二月早々に議会が召集されるものですから」

「ああ、そうでしたわ、あなたは下院議員でいらしたものね」と彼女は声を上げた。「忘れていたわ」客人の勤勉さが信じられないといった様子で金髪の頭を振った。「いったいどうしたらそんなふうにお仕事ができるのかしら。ああ、お休みをお取りにならないといけないわ」

スレスクは声を立てて笑った。

「私は三十六歳ですから、休みを取る権利を得るまでに、まだ一、二年はあります。老後のために休暇はお預けにしておきましょう」

「でもご結婚はまだでしょう」カラザーズ夫人は大きな声で言った。「お休みを取らなくてはだめよ。結婚していないと、安心して歳を取れないでしょう。それで、時間をやり過ごすために働きたくなるんだわ。だからこそ今、お休みを取るべきよ」

「なるほど、おっしゃるとおりです。それでは汽船の上で十二日間の休みを取ることにしましょう。船の出港はいつでしょう?」スレスクは椅子から立ち上がりながら訊いた。

「金曜日ですわ、今日は月曜日ね」とカラザーズ夫人は言った。「本当にどこへも出かける時間はないのかしら?」

「ええ」とスレスクは答えたが、その瞬間はっと驚いて顔が明るくなった。息を呑み、もはや夫人が部屋にいることも忘れて見入っている。その視線は、夫人の頭越しに、夫人の椅子の背後にあるグランドピアノのほうへ向けられているのだった。夫人は頭の中で、ピアノの上を占拠しているさまざまな飾り物を思い返してみた。ピアノの上にはインドの布が掛けてあり、その上には、ドレスデン磁器の人形がいくつかと、クリスタルガラスの煙草入れと、小さな置物のたぐい、それと銀の額に入った写真が六枚ほど飾ってある。彼の目にとまったのは、いや、目にとまる以上の何かだったのは、あの写真の中の一枚に違いない。カラザーズ夫人は、先ほどからずっとスレスクの顔を観察していて、驚きが収まる様子も見て、そうに違いないと思った。彼は心を動かされたようだった。

「あなたは、私の友人の写真をお持ちだ」スレスクは部屋を横切ってピアノのほうへ歩み寄った。

カラザーズ夫人は振り返った。

「ああ、ステラ・バランタインね！」と彼女は言った。「ステラをご存じなの、スレスク先生？」

「バランタイン？」とスレスクは言い、しばし押し黙っていた。それからこう尋ねた。「結婚されているのですね？」

「ええ、ご存知ありませんでした？　もうずいぶん前に結婚されたわ」

「最後に消息を聞いてから、だいぶ経ちますから」とスレスクは言った。彼はもう一度写真に目をやった。

「これはいつ撮られたものですか？」

「数か月前よ。十月に送ってもらったの。きれいな女性だわ、そうでしょう？」

「そうですね」

だが、それは八年前一緒にサウスダウンズを馬で駆け巡った娘の美しさではなかった。今の顔にはもっとはっきりとした陰があった。若々しさは薄れ、それもかなり薄れ、年を重ねた華やかさもまったく感じられない。おおらかな率直さも消えてしまっている。前に立っているスレスクをまっすぐ見つめる大きな黒い瞳には、写真の中でさえ、どこか冷淡でよそよそしい雰囲気があった。それと驚くほど対照的だったのは、写真の下にしっかりとした筆記体で書かれていた署名だった。それはサセックスで過ごしたひと月のうちに、二人のあいだで交わされた短い手紙にあった筆跡そのものだった。スレスクはもう一度写真を見てから席に戻った。

「ステラの近況を教えてください、カラザーズ夫人」と彼は言った。「手紙はよく来るのですか？」

「いいえ！　ステラはあまり手紙を書かないし、あたくしは彼女のことをよく知らないの」

「だが、あなたは写真をお持ちだ」とスレスクは言った。「しかも署名つきの」

「ええ、そうね。去年のクリスマス、うちにお泊りになったの。そのときに、ぜひ写真を撮るようにって、強く勧めたのよ。考えてもみてちょうだい！　ステラったらもう何年も写真を撮ったことがないって言うの。そんなのってあるかしら？　飽きちゃったって言い張るの。変でしょう？　それでも、どうしてもって説得したら、一枚だけ撮って送ってくれたの。でも、署名してもらうのは本当に大変だったわ」

「それでは去年の冬、彼女はボンベイにいたのですか？」スレスクはゆっくりとした口調で言った。

「ええ、そうよ」そのときカラザーズ夫人に名案が浮かんだ。「そうだわ」と思わず声を張り上げた。「本当にステラに関心がおありなら、今晩はレプトン夫人をお隣の席にしましょう」

「ありがとうございます」とスレスクは言った。「でも、レプトン夫人とは何者ですか？」

　カラザーズ夫人は椅子に座ったまま身を乗り出した。

「彼女はステラの親友なの――たぶんインドでただ一人心を許せる相手よ。ステラはとても控えめでね。あたくしは素直にステラを素晴らしい女性だと思っているのよ。でもステラは、とても上手に、礼儀を欠かないように気をつけながら、いつもあたくしから距離をおいているの。もし打ち解けて話をする人がいるとすれば、それはジェイン・レプトンだけでしょう。チャーリー・レプトンはボンベイ管区に赴任する前はアーグラの収税官でいらしたの。それで北にあるムスーリーに避暑に行った。そのとき偶然にバランタイン夫妻がすぐ隣のバンガローに泊っていらして——不思議でしょう？——それで自然と親しくなったの。つまり、バランタイン夫妻とレプトン夫妻はね……」

「ちょっと待ってください、カラザーズ夫人」スレスクは、ほとばしるような言葉を遮って言った。「バランタイン夫人はインドにお住まいなのですか？」

「もちろんよ！」とカラザーズ夫人は声を強めた。

「実際、今もインドに？」

「もちろんですとも！」

スレスクはその情報に心底驚いた。

「まったく思ってもみませんでした」彼がゆっくりとした口調で言うと、カラザーズ夫人は穏やかに答えた。

「でも、インドには大勢のイギリス人が住んでいるわ、スレスク先生。ご存知ありませんでした？　あたくしたち、地球の果てにいるわけではありませんのよ」

スレスクは心を落ち着かせようとした。長いことステラの消息は知らずに過ごしてきた。それが今、突然自分が彼女の近くにいると知って——もし、本当に近くにいるのであればだが——不思議な気分だった。これまでも、インドをまるで田舎くさい町であるかのように扱ったり、インドに暮らす隣人たちをどこかで見下したりするような、愚かで腹立たしい態度には関わらないようにしてきた。だが、単に関わらないようにしていただけだ。しかし、カラザーズ夫人は事もなげにうまくこの国に溶け込んでいた。

「そうです」と彼女は言った。「ステラは八年の大半をインドで暮らしてきました。冬にお友だちと一緒にインドにきて、バランタイン閣下と知り合って、すぐに結婚したの——確か、一月だったかしら。もちろん人から聞いた話ですけれど。その頃あたくしはイギリスの女学生でしたから」

「そうですか」とスレスクは相槌を打った。わずかに鋭く刺し込むような怒りを覚えた。それほどすぐに、ステラはあの丘陵の朝を忘れてしまったのか！　ステラがインドに渡ったのは、同じ年の秋だったはずだ。そして二月には結婚した。その憤懣《ふんまん》が不当なものであることは、誰よりも彼自身がよく分かっていた。だが、スレスクは男だった。男というものは、自分に愛を告白してくれた女の頭や心から、自分の存在がそんなにも早く消えてしまうことに容易には耐えられないのだ。それでもやはり、詳しい情報がどうしても欲しかった。バランタインとは何者なのか？　どんな地位の男なのか？　いずれにしてもその男は、自分がもっと寛容だった時代にステラを託そうとしたような大金持ちではない。スレスクはふと、そのことを喜んでいる自分の卑しさに気づいて愕然とした。カラザーズ夫人はさざめくようにしゃべり続けた。

「バランタイン閣下ですか？　それはもう、とても素晴らしい方ですわ！　ステラより年は上ですけれど、豊富な知識に、鋭い洞察力の持ち主でね。誰もが彼のことを高く評価しています。女性にとって鉤針編みが簡単なように、彼にとっては言葉を覚えるのはたやすいことなの」

ステラが最初にインドに到着したとき、この優秀な人物はボンベイの北にあるバクータ藩王国の総督代理だった。だが今は、インド北西部にあるラージプターナのチティプールに異動になっている。彼は余暇を利用して論文を執筆しているようだった。それが発表されれば、インド中央部の藩王国に決定的な影響を与えるはずだ。ああ、ステラは祝杯を受けるだろう！　そしてカラザーズ夫人は、マラバールヒルの大豪邸に住みながらも、イギリスのインド統治における政府高官の妻の地位に羨望のため息をつくのだった。

スレスクはピアノの上の写真にもう一度目をやった。

「大変嬉しく思います」彼はふたたび立ち上がりながら、心を込めてそう言った。

「それでは、今晩はレプトン夫人のお隣にお座りください」とカラザーズ夫人は言った。「もっとお話が聞けるでしょう」

「ありがとうございます」とスレスクは答えた。「バランタイン夫人がお幸せに暮らしているかどうか知りたかっただけです——他意はありません」

第四章　ジェイン・レプトン

カラザーズ夫人は約束を守った。いつものように彼女自身もヘンリー・スレスクと一緒に食堂に入ったが、彼女はレプトン夫人をテーブルの丸い角のところで彼の左隣に座らせた。スレスクは一皿目の料理のあいだ、女主人のさざめくような笑い声を聞きながら、ときどきレプトン夫人を盗み見た。背は高く、やや太めの体形、感じのよい表情で、真っすぐに相手を見つめる。年齢は三十五歳くらい、陽気な性格だと推測した。それ以上のことを知るには、何とか我慢して待たなければならなかった。ようやく自由に彼女のほうを向けるようになったとき、前置きもせず単刀直入に話しだした。

「あなたは私の友人をご存知なのですが」とスレスクは言った。

「わたくしが？」

「はい」

「誰かしら？」

「バランタイン夫人です」

その瞬間、レプトン夫人の様子が変わった。にこやかだった表情が消え、警戒するような目になった。

「そうですか」と彼女はゆっくりと言った。「なぜわたくしがあなたのお隣の席になったのか、不思議に思っていたのです。だって、あなたは今夜の花形スターですし、この場にはわたくしよりもっと重要な方々がいらっしゃいます。わたくしの美貌が理由でないことは分かっていますしね」

彼女はふたたびスレスクのほうを向いた。

「そうですか、あなたはわたくしのステラをご存知なのですね?」

「はい。ステラがこの国に来て結婚する前に、イギリスで知り合いました。もちろんそれ以来会っていません。ステラがどうしているか教えてほしいのです」

レプトン夫人はスレスクのことを注意深く観察するように見まわした。

「たぶんカラザーズ夫人は、ステラがとてもよい結婚をしたと言ったでしょう」

「ええ、それにバランタインは立派な人物だと」とスレスクは言った。

レプトン夫人はうなずいた。

「そうですね、それで?」と彼女は言ったが、その声には挑みかかるような調子があった。

「どうも納得がいかないのです」とスレスクは答えた。レプトン夫人は自分の皿に目を落とし、控えめに言った。「そうおっしゃるからには、理由は一つではなさそうですね」

スレスクは、うまく言い抜けようとするのは諦めた。レプトン夫人は女友達を簡単に裏切るような人物ではない。その上、〈わたくしのステラ〉という言葉には愛情と擁護の気持ちが鮮明に示されていた。それゆえに、スレスクは彼女に好意を持ったのだ。スレスクは遠慮がちな態度をきっぱり捨てることにした。

「本当の理由を言いましょう、レプトン夫人。今日の午後、私はカラザーズ夫人のピアノの上に飾ってあったステラの写真を見たのです。もし幸せに暮らしているならば、女性の顔があのような雰囲気になるだろうか、と不思議に思ったのです」

レプトン夫人は肩をすくめた。

「ここでは老いが速く進む人もいますから」

「私があの写真から感じたのは、歳を取ったという印象ではありませんでした」

レプトン夫人は答えなかった。ただその瞳だけが何かを物語っていた。彼の人となりを見極めようとしているらしかった。

「そして今日の午後、ステラの幸福に疑問を抱いたとしたら、今はさらにその疑いが深まったと言わざるをえません」とスレスクは続けた。

「なぜ？」レプトン夫人は語気を強めた。

「あなたが寡黙だからです、レプトン夫人」とスレスクは答えた。「あなたが多くを語ろうとしないからです。ずっと警戒なさっている。だからこそ私はあなたに好感を抱いたのです」スレスクは、偽りのない温かな笑顔を見せて言い添えた。「こんなことを申し上げて、ご無礼をお許しください。だが、私がステラ・バランタインの名前を口にしたとたん、あなたは銃を担いだかのように警戒しました」

レプトン夫人は彼の言葉を否定もしなければ、肯定もしなかった。目の前の男を信じてよいものかどうか決めかねている様子で、スレスクのことをじっと見詰めていたかと思うと目をそらした。そして、重大な責任を背負ったものの、今になって後悔しているとでもいうように、何度か鋭く息を吸い込んだ。最後にいきなりスレスクのほうを向いた。

「どうしたものか、困惑しているのです」と彼女は声を上げた。「あなたはステラの友人だとおっしゃるけれど、わたくしはお二人の友情について何一つ知りません。それが不思議に思えるのです——本当に何一つ聞いたことがない」

スレスクは肩をすくめた。

「先ほどお話ししたように、最後に会ってからずいぶんと年月が経っていますから。彼女には新しい興味もあるでしょう」

「人は懐かしいものを慈しむ気持ちを失ったりしません。この異郷の地にあっても、故郷を思い出します。誰もみなそうです。ステラも同じです。そう、わたくしは彼女のイギリスでの生活をすべて知っていると思っていました。それなのに、生活の確かな一部が目の前に現れた——おそらくはとても重要な一部でしょう——でも、それはわたくしのまったく知らない存在です。ステラは多くの友人について話をしてくれました。でも、あなたのことは一度も。なぜかしら」

相手を傷つけたいと願う気持ちなど微塵もないことは明らかだった。だが、その言葉はスレスクを傷つけた。レプトン夫人は、話しているときにスレスクの顔が赤くなったことに気づいた。そのとき、大それた希望がバラの花のように心の中で燃え上がった。もしも、頭脳も財力も忍耐力も兼ね備えた隣に座っているこの人が、遠く離れたチティプールで鎖につながれている美しいアンドロメダのために、ペルセウスになってくれたならば！　ある詩の一節が心に浮かんだ。

私は知っている
世間は愛を禁じたりしないと
この指があなたの唇や柔毛に優しく触れることも許すだろうと
だがそれには　世間の承認が欠かせないということを（Robert Browning の "Respectability" の一節）

もしも、この隣に座っている男が〈世間の承認〉など気にしなければ！　レプトン夫人はもう一度スレスクを見た。細面の意志の強そうな顔を見ると、もしこの男が強く望みさえしたら、〈世間の承認〉など気にしないかもしれないと思えた。自分の人生はこれまでずっと権威と法に支えられてきた。権威――それは夫の職によるものだ。だが今、ステラ・バランタインのことを考えると、無法が望ましいものとして、星のように輝きを放つのだった。

「いいえ、彼女は一度もあなたの名前を口にしたことはありませんでした、スレスク先生」

またしても、スレスクはかすかな怒りが心臓で脈打つのを感じた。

「きっと私のことなど忘れているのでしょう」

レプトン夫人は頭を横にふった。

「それは一つの解釈ね。でも、ほかの見方もあるかもしれない」

「何です?」

「どうしてもあなたのことが忘れられない」

レプトン夫人は自分の大胆さにちょっと驚いたが、相手からは懐疑的な笑いしか返ってこなかった。

「残念ながら、それはありそうもない」その声には感動の響きも迷惑だという響きもまるで感じられなかった。もしどちらかを感じているのであれば、ああ、彼もまた自分と同じように気持ちを抑えているのだろう。レプトン夫人は絶望して投げ出したい気分だった。気持ちをくじかれてはいたが、それでも思ったとおり、何がしかの小さな光を手にできそうでもあった。

「最高だと思える人物でも」とレプトン夫人は折りに触れ口にしていたものだった。「女性と二人きりのときに、どんな振る舞いをするのか、まったく分からないものよ。まして自分が養っている相手なら、なおさらね——その女性が話さないかぎり、真相は闇の中だわ」

多くの場合、女は他人にしゃべってしまうので、私的で内密の出来事がたちまち公然と叫ばれるようになる。だが、ステラ・バランタインは話さなかった。一度だけ、たった一度だけ、極度の緊張状態のもとジェイン・レプトンに打ち明けたことがあった。だが、そのときでさえ、スレスクの名はいっさい出てこなかった。

スレスクは素早くレプトン夫人のほうを向いた。

「もうすぐカラザーズ夫人は席を立つでしょう。目で合図を送り、ご婦人方は席を立つ準備を始めていますから。私に何をおっしゃりたいのですか」

レプトン夫人は胸の内を明かしてしまいたかった。スレスクは自分を信頼してくれている。彼は思い違いをするような人物には見えないし、夢見がちな感傷家でもない。またしてもあの詩が頭に浮かんだ。晩餐のあいだ中、まるで自分たちの会話の付随物のように、一行一行がたたみかけてくるように頭の中をめぐっていた。彼は気づいたのだろうか？　心の中で自分に問いかけてみた――

（世間と世間が恐れるもの）

カラザーズ夫人が手袋と扇を手に取るあいだ、レプトン夫人はためらっていた。テーブルの向こうの端におしゃべりをやめようとしない婦人が一人いた。話に夢中で、女主人の合図に気づいていなかった。ジェイン・レプトンは、その人がその夜の残りの時間ずっと話し続けてくれたらいいのにと願った。けれども、そんな願いは時間の無駄だと気づいて、気持ちが焦った。真実にしろ、嘘にしろ、何か言う決心をしなければならない。だが、誠実であるがゆえに、友人の信頼を裏切ることができなかった。それでもその裏切りが友の救いになるのであれば話は別だ。しかし、テーブルの端の婦人が話すのをやめたとき、ふとひらめいた。自分はスレスクに何も言うまい。でも、もし彼に見抜く力があるのなら、見晴らしのきく場所に据えてみよう。

「いかがかしら」彼女は声をひそめて素早く答えた。「ご自分でチティプールにいらしてみては。出港は金曜日でしたね？　今日は月曜日です。あそこまで遠出をしてきても、船には十分間に合います」

「そんなことが可能でしょうか？」とスレスクは訊いた。

「ええ。明日の夜、アジメールまで夜行郵便列車で行けばよいのです。水曜日の午後にはチティプールに到着します。そこで二十四時間過ごしても、金曜にはここに戻って汽船に乗ることができます」

「そうしてみろと?」

「ええ、そうです」とレプトン夫人は言った。

カラザーズ夫人が席を立ったので、その夜ジェイン・レプトンはそれ以上スレスクと言葉を交わさなかった。客間に移ったカラザーズ夫人は、一人十分ずつ時間を区切りながら、婦人から婦人へとスレスクを連れ回した。

「彼はまるで王族か彼女の愛玩犬みたいね」とレプトン夫人は憤慨して言った。冷静になった今、はたして自分の忠告が正しかったのかどうか、自信がなくなっていた。自分の中で、権威を尊ぶ習慣が元の居場所を回復していた。もしかしたら、自分は今晩とてつもなく邪悪な花の種を蒔いているのかもしれない。晩餐の席にいるとき、「世間体」という詩は、壮麗な作品であると思えた。客間に移った今、それは日常に当てはめるべきものではないと感じ始めていた。今、スレスクと話がしたい。そうすれば、自分が出した忠告をもっと気軽なものに変えられるかもしれない。

「わたくしには邪魔をする権利はないわ」主催者と話をしながら、レプトン夫人は繰り返し自分に言い聞かせていた。「人は心から望めば、欲しいものを手に入れることができる。でも、その代償をコントロールすることはできない。だから、わたくしには邪魔をする権利はないわ」

しかし、スレスクは暇乞いをしてしまい、内密で話をする機会が訪れることはなかった。数分後、彼女は夫とともに自動車で家路についた。バック湾へと続く丘を下りながら夫が言った。

「君が食堂を出てから、スレスクと少しばかり話をしたんだが、どう思うかな？」

「何の話かしら？」

「チティプールにいるバランタインに紹介状を書いてほしいと頼まれてね」

「でも、彼はステラの知り合いよ！」ジェイン・レプトンは思わず声を上げた。

「そうなのか？　やつはそうは言わなかったぞ！　船が出る前にチティプールを見学する時間があるから、インド総督代理に一筆書いてもらえないかと言っただけだ」

「それで、あなたは書くと約束なさったの？」

「もちろんだ。明日の朝、タージマハル・ホテルに届けることになっている」

レプトン夫人は少なからず驚いた。なぜスレスクが紹介状を求めたのかまるで見当がつかず、理解できないゆえに警戒心が増すのだった。紹介状を所望したのは、旅をしてこようと決心したからだけではなく、食事の席についていたあの一時間ほどのあいだに、何か明確で重要な計画を立てたからに違いないと思われた。

「あの人に何かお話しになった？」と彼女はやや遠慮がちに訊いた。

「いや、ひと言も」とレプトンは返した。

「あのときのことも――避暑地のムスーリーで起こったことも？」

「もちろん、話していない」

「そう、もちろんそうですわね」とジェイン・レプトンは相槌を打った。

レプトン夫人はヴィクトリア車（後部座席に折りたたみ式の覆いがついたオープン型の自動車）のクッションに背中をもたれた。頭上には、眩いばかりの星空が広がっている。暑い一日が幕を閉じ、丘には冷たい風が心地よく吹き渡り、庭の木々のあいだからは町の灯が、足元にはバック湾のあちらこちらに停泊している船の明かりが見える。

「だが、スレスクがチティプールで彼らを見つけるのは難しそうだな」とレプトンが言った。

「おそらくキャンプ中だろう」

レプトン夫人は身を乗り出した。

「ああ、そうだったわ。視察旅行に出ている時期ですもの。きっと会えないわ」そう思うと、たちまち失望感にとらわれた。その晩、レプトン夫人は論理的にものごとを考えられる気分ではなかった。彼女は重大な出来事が起こることを恐れていた。なぜなら、自分の手で走らせた列車が大災害をもたらすかもしれないからだ。だが、火事にもならないと思うと、それはまた残念でたまらなかった。スレスクは自信たっぷりに、この自分を鼓舞してくれた。彼こそがステラの救いの騎士なのに。でも、彼はチティプールに行こうとしている！　何か起こるかもしれない！　レプトン夫人はふたたび座席の背にもたれると、星に向かって挑むように声を上げた。

「彼が行ってくれれば、嬉しいわ。とても嬉しいわ」良心の呵責を感じながらも、喜びに胸が躍った。

第五章　探求

翌日の夜ヘンリー・スレスクはボンベイを発って、水曜日の午後には小型の白い狭軌鉄道の列車に乗り、日に焼かれてきらきらと輝く平坦な黄色い砂漠を旅していた。ところどころに見える緑のかたまりと小屋の建ち並ぶところが鉄道の駅になっていて、列車が駅に停車するたびに、派手な服を着た地元民たちが何処からともなくわき出てきて、何処へ行くでもなしにプラットフォームに群がり、客車の中に乗り込んでくる。スレスクは苛立たしげに曇りガラスの外を見ながら、もしチティプールに着いたとして、いったいそこで何を見ればよいのかと考えた。州都は幹線から離れたところにあり、地元のマハラジャが所有する全長六十マイルの支線で四時間かかる。チティプールでは、古くからのしきたりが大切に守られている。速さと発展をよしとする現代的な考え方からすれば、ボンベイからアジメールまで大型の主要鉄道をさっさと敷いてしまうところだ。だが、幹線鉄道は連絡駅で終わってしまう。チティプールまでマハラジャの私有鉄道沿いに並走することはない。チティプールでは、マハラジャは重要で信頼できる女神の直系の子孫であり、力にものを言わせることはせずに、臣民に命と正義を施す存在なのだ。町には批判の声はほとんどないが、仕事は少なかった。家長に守られている静けさがどの通りにも満ちている。チティプールではいつでも日曜の午後のようだった。湖のほとりでさえ、何階建てもの巨大な白い宮殿が、想像を絶するほど青く静かな水面に、暗い格子作りの窓や高いバルコニーを映しているばかりで、活気と呼べるものは何一つない。湖では象がひざまずき、従者が象の胴体や額を煉瓦のかけらで磨いている光景に出会うことがあるかもしれない。だが、象はきわめてよく躾けられているので、喜びの鳴き声を発することもない。あるいは、大西洋の寄せ波に負けないどっしりとした舟で、漁師がうつらうつらしている姿を見かけることもあるだろう。だが、漁師はこちらに気づくことはない――心づけのルピーをはずむからと呼びかけても無駄だろう。もし長い時間待ってみたならば、頭に水がめをのせて階段を下りてくる女を見かけるかもしれない。いや、もしかしたら女は一人ではなく、二人かもしれない。もしこれらの不思議な光景をずっと観察していたならば、眠っていると思われた岸辺のまわりで、人々の活動や生活の断片を見ることになるだろう。

こうした町の秩序を適正に保っておくためには、町と湖は鉄道の駅から三マイル離れて、旅人の目にはまったく触れずにあるべきなのだ。その一方で、ホテルとインド総督代理公邸は駅の近くにあった。ボンベイの群衆と喧騒を逃れて、スレスクが目指したのはこのインド総督代理公邸だった。彼はホテルに落ち着くと、添え手紙にレプトンの紹介状を同封し、使いに持たせて、通りの先にある公邸に届けさせた。それからしばらく待ってみたが、答えは返ってこなかった。しまいにしびれを切らして、使いが戻ってきたかどうか訊いてみた。三十分ほど経ってからようやく連絡があり、使いの男が戻ってきた。

「それで？　私の手紙を届けてくれたのか？」とスレスクは尋ねた。

「はい、旦那様《サーヒブ》」

「返事はなかったのか？」

「はい、返事はありませんでした、旦那さま」男は朗らかに答えた。

「そうか、わかった」

スレスクはさらに一時間待ってみたが、何の連絡も来なかったので、ぶらりと一人で通りを歩いていった。大きな白い屋敷に行きついた。屋根には先細になった旗柱が立っているが、柱の旗は畳まれたままだ。屋敷の周囲には芝生と花壇があり、手入れの行き届いたイギリス式の庭園になっている。馬をつれた庭師が忙しそうに水をまいていた。スレスクは生垣の前で足を止めた。窓にはすべて鎧戸が下ろされ、大きな扉も閉まっている。住人のいる気配はどこにもなかった。

スレスクは踵を返してホテルに戻った。彼のために召使がベッドに着替えを並べてくれているところだった。

「閣下はお出かけのようだ」とスレスクは言った。

「はい、旦那様」召使は即座に答えた。「閣下は視察旅行中です」

「知っているなら、なぜそう言わなかったんだ？」とスレスクは思わず声を上げた。

その瞬間、召使から快活さが消え、仮面のような顔になった。召使はマドラス出身で、肌は石炭のように真っ黒だった。一瞬にして殻に閉じこもり、目だけが生きている人形のようになってしまった。召使は肩をすくめた。スレスクは彼の心の中の変化に気づいた。それは最初にスレスクの声に非難の調子が込められていたときに生じ、奇術師の早業のように瞬時に心を閉ざしてしまった。今まで目の前にいたはずの召使は、もうどこにもいなかった。

「手紙はどうしたんだ？」声に憤りを感じさせないように気をつけながら、スレスクは訊いた。

召使は元気を取り戻すと、白い歯を見せてにんまりした。

「手紙は置いてきました。庭師に渡しました。手紙はまとめて閣下に送られます」

「いつだ？」

「たぶん今週か、もしかしたら来週か」

「そうか」とスレスクは言った。しばし窓に目を向けて立っていたが、ふいに向きを変えた。

「明日の午後、ボンベイに帰るぞ」

「旦那様は明日チティプールを見学されるのでしょう。湖にはきれいな場所がたくさんあります」

スレスクは笑い声を上げたが、それは短く苦い笑いだった。

「ああそうだな、明日は豪勢にとことん楽しんでやろう」

まるで子供じみた愚かな行為にはたと気づいて驚いたような口調だった。腹を立てていると同時に恥ずかしがっているようでもあった。

それにもかかわらず、翌朝は、涼しいうちに大急ぎでインドを丸ごと見てしまおうとする旅行者になりきった。博物館を訪れ、エレファントゲートを通って市場に入り、湖では島にあるいくつもの宮殿を見にボートを漕いでもらった。宮殿では大理石の階段や柱や床に賞賛の声を上げ、チリンチリンと音を立てて鳴るシャンデリアに驚いた。午前中いっぱいかけて、ひと通りのことを体験し、午後早くに、ジャワール・ジャンクション行きの小さな列車に乗り込んだ。ジャワール・ジャンクションでボンベイ行きの夜行郵便列車に乗り換えることになっていた。

「乗換駅で五時間待つことになります、スレスク様」見送りに来ていたホテルのマネージャーが言った。「あなた様のために夕食を手配してあります。乗換駅の前にある宿泊所のバンガローで召し上がれます」

「ありがとう」スレスクが礼を言ったとき、列車が動きだした。乗換駅に到着する手前で日は落ちた。プラットフォームに出ると薄明が差していた――東洋の束の間の黄昏だった。バンガローに着く前に、黄昏は壮麗なインドの夜に姿を変えた。バンガローには客はいなかった。召使が火をおこして夕食の支度をしているあいだ、スレスクは戸口からふらりと外に出てパイプをくゆらせた。平原の向こうには長く高い山の背が見える。そこはかつて都があったところで、戦いが繰り広げられた場所だった。見捨てられた塔や崩れた壁が今でも山頂に残っていて、獣や鳥たちの住み家になっている。だが、その残骸も今はもうすっかり見えなくなり、くっきりとした山の背の輪郭も柔らかになった。古い都とバンガローの中ほどに、ひとかたまりの明るい光が草原の上に輝いて、赤い炎の舌が戸外でちらちらと揺らめいている。スレスクはなかなかバンガローに戻ろうとはしなかった。暗闇が運んでくる最初の冷気はもう感じられない。涼しい夜だが寒くはなかった。月が出ていて、あの埃っぽい平原が魅惑的な場所に変わっている。遠くどこからか一張りの太鼓の音が聞こえてきた。スレスクはその夜の美しさを胸にしまった。それはインドでの最後の夜になるはずだった。明日のこの時間には、ボンベイは水平線の遥か彼方に消えてしまっているだろう。そう考えながら後ろ髪を引かれる思いだった。自分には確かに捜し求めるものがあった。信じてみたいと思う思慮深い女の忠告に従って、ラージプターナまでやってきた。だが、その探索の旅も失敗に終わったのだ。自分はこの目で確かめるはずだった。もう、何も知ることはできないだろう。遠くではまだあの太鼓の音が響いていた——単調で、物悲しく、意味深長な——耳で聞くことのできる現実の東洋の叫びだ。スレスクは椅子に腰かけたまま身を乗り出し、耳を傾けてその音を記憶にとどめた。夕食の用意が整ったと召使が呼びにきたので、仕方なく腰を上げた。スレスクはあたりを見回してから、平原で明かりが集まっているところを指差して尋ねた。

「あれは村か?」

「いいえ、旦那様」と召使は答えた。「あれは閣下のキャンプです」

「何だって!」踵を返しながら、スレスクは叫んだ。

召使は陽気な笑顔を見せた。

「はい、わたしが旦那様の手紙をお届けした閣下です。あの明かりは今夜の閣下のキャンプです。バンガローの管理人がそう教えてくれました。閣下は昨日こちらにキャンプに来て、明日出発するそうです」

「なぜ今まで黙っていたんだ!」とスレスクは叫んでから、ぐっと自分を抑えた。いったいどうしたものかと考えていると、ふいに暗闇の中から、これまで聞いたことのない、がさごそと何かが動き回るような、妙に柔らかな音がした。重たげな息づかいとぶくぶくと泡立つような音がしたかと思うと、バンガローの窓から扇状に広がっている光の中に、ラクダにまたがった緋色の制服姿の男が現れた。ラクダがひざまずき、乗っていた男が降りてきた。男は地面に降りるとスレスクの召使に話しかけた。何かが手渡され、召使が手紙を手にしてスレスクのところに戻ってきた。

「閣下からのお手紙です」

スレスクが封筒をちぎって開けると、中には夕食への招待状があり、「スティーヴン・バランタイン」と署名がしてあった。

「あなたの手紙が今、手元に届きました」と走り書きがあった。「あなたの乗っていらした列車が運んできたのです。いずれにしても間に合ってよかった。今夜おいでいただければ幸いです。キャンプまでラクダでご案内して、夜行郵便列車にはきちんと間に合うようにお送りいたします」

つまるところ、探索の旅は失敗に終わったのではなかった。ついにこの目で確かめることになった——だが、二時間でいったい何が分かるだろう、結婚している二人の私生活についてなど。確かに多くを知ることはできまい。だが、もしかしたらちょっとした手掛かりのようなものはつかめるかもしれない。ステラ・バランタインの顔にあれほどの陰を刻み、ジェイン・レプトンに警告めいたものを言わせた上で黙らせたもの。その正体を暴く証拠となる何かは得られるかもしれない。

「ただちに出発する」とスレスクが言い、召使がその言葉をラクダ使いに通訳した。

そうは言ったが、スレスクはその場に立ち止まって、もう一度手紙を見た。最初にひと目その手書きの文字を見たとき、まるで予想外の文字が目の前で踊っていたために、気になったのだった。手紙は実に小さな文字で細かくはっきりと書かれていた。スレスクは仕事柄、即座に細部までとらえ、そこからゆっくりと推察をした。それにしてもこの手書きの文字は驚きだった。気難しい女性の手によるものか、あるいはある種の暇な学者の手によるものか、といった印象で、その筆跡からは半端ではないプライドの高さが読み取れた。それは、それまで想像していたスティーヴン・バランタインの姿とはまったく相容れない代物だった。

スレスクはラクダ使いの後ろにまたがった。続く数分間というもの、あらゆる疑問も困惑も心から吹き飛んだ。スレスクはただひたすらラクダ使いの腰にしがみついていた。それというのも、ラクダは急勾配の窪みの中にドスンと沈んだかと思うと、そこから抜け出すときに激しく動き、盛り上がったところを乗り越えたり、その向こう側を滑り降りたりするので、ラクダの上のスレスクは、教会の尖塔のような空中の高いところで、どうにか平衡を保っている有様だったからだ。だが、突然キャンプの明かりが大きくなると、ラクダはテントのあいだを静かに進み、立派な大テントから二十ヤードほど離れたところで止まった。白い服を着て腰に緋色の飾り帯をつけたもう一人の召使が、ラクダ使いからスレスクを引き継いだ。

二言三言ヒンドゥスターニー語で話しかけられたが、スレスクは首を横に振った。すると召使は大テントに向かって歩きだしたので、後に従った。妙に気持ちが高ぶっていた。ようやくひと息ついたときに、初めて心臓の鼓動が速くなっていることに気づいた。テントに近づいたとき、中から声が漏れてきた。近づくにつれ、声が大きくなった――一つは男の声で、激怒し叫んでいる。もう一つは女の声だった。女の声は大きくなかったものの、果敢に抵抗しているようだった。言葉は聞きとれないが、女の声には聞き覚えがあった。召使がテントの出入口に下がっている藁の簾《すだれ》を上げた。

「大旦那様《ハズーア》、お客様がお見えです」召使が声をかけると、すぐに二人の声が静かになった。スレスクが戸口のところに立つと、中にいた男女が振り向いた。男は、その立ち居振る舞いにやや乱れを残したまま、急いで出迎えにやってきた。男の肩越しに、ステラ・バランタインがまるで墓から起き上がってきた男でも見るように、こちらを凝視しているのが見えた。そして、スレスクがバランタインの差し出した手を取ると、ステラは奇妙な素振りで素早く片手を喉に当てて背中を向けた。まるで、スレスクが生きている人間として目の前に現れたことを確かめたからには、彼から隠さなければならないものがあるかのようだった。

第六章　チティプールのテントにて

大テントは広々として天井も高かった。内側には暗赤色の厚い裏張りが施されていて、床には敷物が敷かれている。クッションのついた柳枝製の肘掛椅子や小ぶりのテーブルが、あちらこちらに置かれている。一方の壁際には折り込み蓋式の書き物机が蓋の板面を開いたまま据えられていて、その上には両切り葉巻の箱がある。寝室用のテントと台所につながる二つの通路は、藁の簾で目隠しされ、そのあいだには立派なチェスターフィールドのソファ（背と肘掛のある寝台兼用の大型ソファ）があった。それは、ひと言で表現すれば、一度につき数週間にわたって、そこを住まいとすることに慣れている人たちのテントだった。新刊の書籍さえ何冊も置いてあった。だが、中は暗かった。

丸テーブルの上で揺れているランプが一つ、十字に組まれた天井の横木から下がっていて、そこがちょうどテントの中央になっている。ほかに明かりはない。部屋の隅はどこも闇に沈んでいる。テントの裏張りは光線を吸収するばかりで、何一つ反射しない。バランタインが戸口のほうを向いたとき、ランプの下に丸く広がった光がちょうど彼の背後にあったため、スレスクはしばしバランタインのことを、スモーキング・ジャケット（ゆったりした室内用の男子用上着）と糊のきいた白いシャツを着た体格のいい大柄な男だ、としか認識できなかった。そしてスレスクは、その糊のきいた白いシャツに向かって、無礼を詫びて挨拶したのだった。ステラに話しかけなければならない瞬間を、一秒でも二秒でも遅らせることができるのはありがたかった。ステラを前にすると、努力を重ね仕事に励んできたこの八年の長い年月も、あっという間の出来事に思えた。

「普段着のままで参上しなければなりませんでした、バランタイン閣下」とスレスクは言った。「列車で一晩過ごすために必要なものしか手元になかったものですから」

「もちろんだ。よく承知している」バランタインは大そう親しみのこもった態度で応え、ステラのほうを向いた。「スレスクさん、これは私の妻だ」

いよいよステラもこちらを向かなければならなかった。ステラは右手を差し出したが、左手は喉を覆ったままだった。知己であるそぶりは見せず、客であるスレスクの顔も見ようとはしなかった。

「はじめまして、スレスクさん」ステラはそう言うと、返答の時間を与えず、急いで言葉を続けた。「わたくしどもはキャンプ中で、ご覧のとおりです。十分なおもてなしができなくて。スティーヴンはお客様が見えることを直前まで教えてくれなかったものですから。あまりお時間がないと伺っておりますので、すぐに食事が始められるようにいたします」ステラは急いで一方の簾のほうへ行き、それを持ち上げて視界から消えた。スレスクには、彼女がこの場からうまく理由をつけて逃げ出したように思えた。なぜだ？　スレスクは自問した。ステラは神経を尖らせて、苦しんでいる。その苦悩の中で、スレスクを初対面の人物として紹介されることを、驚きもせずによしとしたのだ。それ以後、総督代理のキャンプで過ごす残りの時間は、スレスクもステラもそうした関係に縛られた。

スレスクがバランタイン宛に正式の紹介状を書いてほしいと依頼したのは、彼の頭の中で既に計画が練られているからだとレプトン夫人は考えたが、それは間違いだった。彼には計画などなかった。それでも食事が終わる前に一つの考えを固めていた。手紙を頼んだのは、夫人の助言に忠実に従って自分自身の目で確かめたかったからだ。もし直接ステラを訪ねたなら、彼女一人に会うことになるかもしれない。スレスクの名前で手紙を出したら、彼女は警戒して、肝心なことは何も見えなくなってしまうだろう。ステラはそのように対処してしまうはずだ。夫人の友人としてバランタインに近づきたくはなかった。友人であることは会ってから話せるだろうと考えていた。だが、ステラが混乱したために、もはや友人であるとは言えなくなってしまった。ステラは逃げ出したのだ――あれほど素早く簾の中へ消えてしまったことを的確に表現する言葉は、ほかになかった。

それなのに、バランタインには、ステラの行動に驚いた様子など微塵も感じられなかった。

「昨日この地にキャンプを張って、私宛の手紙が届いていないか電報で問い合わせたのが幸いだった」と彼は言った。「君の手紙には、チティプールには二十四時間しかいられないとあった。それで、この列車に乗るはずだと思ったのだ」

ゆっくりとした口調できちんとした話しぶりだったが、それは彼が意図的に――あるいはスレスクにはそう受け取れたのだが――洗練された低い声を保とうとしているからだった。バランタインは話しながら食卓のほうに移動し、光の輪の中に入った。その姿がはっきりと照らし出された。でっぷりとした迫力のある顔、青く強そうな顎、血走った目には厚いまぶたがのっている。

「カクテルはいかがかな？」バランタインはそう言うと、テントにつながっている二番目の通路に歩み寄り、声を上げた。「おい！　バラム・シン、カクテルだ！」

戸口でスレスクを迎えた召使が、即座にカクテルを二杯盆にのせて入ってきた。

「ほう、用意してあったか」と彼は言った。「上出来だ！」

だが、目の前に盆が差しだされても、バランタインはグラスを手に取らなかった。じっと眺めてから、いささか乱暴にそれを拒んだ。

「私にか？　ばかばかしい！　絶対に飲むものか」彼は笑いながらスレスクを見た。「カクテルは君のためだ、スレスクさん。君は涼しいときに訪ねてみえた。だが、われわれはここで生活をしているのでね——気をつけねばならない」

「ええ、そうでしょうね」とスレスクは言った。だが、バランタインの後ろには、書き物机の置いてある側とは反対の壁際にサイドボードがあり、その上に炭酸水の入ったサイフォン瓶と、ウイスキーのデカンターと、まだ空になっていない細長いグラスが置いてあった。スレスクは不思議に思ってバランタインを見た。するとバランタインがぎょっとしたように目を見開き、テントの暗い隅を凝視していることに気づいた。バランタインはスレスクの存在など忘れてしまっていた。その場に立ちつくしたまま、体をこわばらせ、口を半開きにして、目と顔の皺一つ一つから恐怖が伝わってくる——あきらかに凍りつくような恐怖を感じているらしい。それからスレスクにじっと見られていることに気づいたが、あまりにひどい恐怖に陥っていたために、憤ることさえできなかった。

「何か聞こえたか?」バランタインは囁くように言った。

「いいえ」

「私には聞こえたぞ」そう言って彼は首を傾げた。しばし二人は息を凝らしていた。すると、スレスクの耳に何かが聞こえた。簾の向こうの通路から漏れてきたドレスの衣擦れの音だった。

「バランタイン夫人です」とスレスクが言うと、簾を上げてステラが中に入ってきた。

スレスクは、バランタインに憎悪の色が鋭くよぎったことに気づいたが、彼のことは気にとめなかった。スレスクの目はひたすらステラに注がれた。ステラは首にトルコ石のネックレスをつけていた。インド製のごついネックレスで、それはいかにも粗野で少しも美しくないが、石が何重にも連なって首を覆っている——最初にスレスクを見たとき手で隠していたように、しっかりと首を包んでいた。あのとき逃げ出したのは、首を隠すためだったのだ。バランタインがステラに近寄って声をかけると、ステラの顔が暗く険しくなった。

「ようやく分別がついたというわけだ」とバランタインは低い声で言った。ステラは夫のそばを離れて、何も答えなかった。スレスクがキャンプに着いたときに二人が言い争っていたのは、どうやらこのネックレスに原因があるようだった。あのとき聞こえていたのはバランタインの騒々しく威張りくさったやくざな声だった。ステラに首を隠すよう命じていたのだ。それに対してステラのほうは静かに抵抗していた。要求を拒んでいたのだ。だが今、ステラの気持ちは変わっていた。

その直後に、バラム・シンがスープを入れた蓋つきの深皿を持って入ってきた。バランタインは、心底驚いたとでもいうように両手を上げた。

「おや、夕食は時間どおりだな！　何という奇跡だ！　こいつは驚きだ、ステラ。こんなふうに甘やかしてもらったら、次は何を望んだらよいかわからんな」

「いつも時間どおりですわ、スティーヴン」ステラは不安と哀願が混じったような笑顔を見せた。

「そうかな？　これまでついぞ気がつかなかった。では、すぐに席に着こう」

こんな冷やかしの言葉から夕食が始まった。もしこれが、ほかの男の口から出たならば、きっと機嫌のよいせりふに聞こえていただろう。そこまでのところは、相手を傷つけようとする言葉など一つもないとも言えそうだった。だが、その冷やかしの言葉の下には、見ず知らずの人間を前にして抑えられた敵意や辛辣さが隠されていることにスレスクは気がついた。スレスクがそのやり取りに入れてもらえなかったからではない。バランタインにとって客人に会えるのはめったにない幸運な機会だった。その客人となったスレスクは、まさに最初に、この男の振るう鞭の味を知ったのだった。

「ところで、チティプールには文字どおり二十四時間いらしたわけですな、スレスクさん。それは大変ご親切な、ありがたいことだ。チティプールも喜んでいるだろう。そのことに乾杯しよう！　ところで、何をご所望かな？　キャンプでは酒蔵もかなり限られるのでね。クラレット（ボルドー産の赤ワイン）やウィスキーのソーダ割りならあるが」

「では、ウィスキーのソーダ割りをいただきます」とスレスクは言った。

「私も同じものを。おまえはクラレットだね、愛しいステラ?」〈愛しい〉という言葉にわざと含みを持たせるように、長く引き延ばして言ったが、その言い方はまるで、あとで彼女を相手に大いに楽しんでやろうと手ぐすね引いて待ちかまえているかのようだった。ステラも同じように受け取ったらしく、辛そうな顔をして、どうすることもできない困惑をかすかに態度に表した。スレスクは見ているだけで、口は出さなかった。

「デカンターはおまえの正面にあるぞ、ステラ」とバランタインは言葉を続けた。彼は自分のタンブラーに注意を向けたが、そのタンブラーにはバラム・シンがすでにウィスキーを注いであった。バランタインはタンブラーを見たとたんに腹を立てて叫んだ。

「こんなに注いで、多すぎるだろう! まったく、次は何をしでかすつもりだ!」それからヒンドゥスターニー語で、バラム・シンにソーダ水を足すように命じた。そしてふたたびスレスクのほうを向いた。「だが、おそらく二十四時間でチティプールを研究しつくしたはずだ。むろん、本を書くつもりでしょう」

「本を書くですって!」とスレスクは声を上げた。驚きが笑い声になった。「まさか」

バランタインは大真面目に、かつ戸惑ったような顔をして、前に身を乗り出した。

「インドについて本を書かない? これは驚いた! 聞いたか、ステラ? 彼は実際に二十四時間チティプールにいたのに、本を書くつもりはない、と」

「六週間ほどかけて丁寧に調べて回らなければ、本は書けないでしょう。さもなければ、インドで笑いものになります」とスレスクは言った。「遠慮しておきます!」

バランタインは笑い声を上げて、ウィスキーのソーダ割りをぐっとあおると、顔を歪めてもう一度グラスを置いた。

「これでは強すぎるな」と言ってバランタインは椅子から立ち上がり、サイドボードの上にある酒瓶台《タンタロス》のところへ行った。彼は警戒するようにテーブルのほうを見たが、スレスクはすでにステラのほうに体を向けていた。ステラは低い声で話をしている。

「ちょっとした悪意のない冗談は、お気になさらないでしょう?」もの言いたげに訴えるステラの様子に、スレスクは胸が痛んだ。

「もちろんです」スレスクはそう答えてバランタインのほうに顔を向けた。そのときスレスクの表情が変わったことにステラは気づいた。スレスクがすでに抱いていた疑いへの関心と確証がその表情に出ていたとしても不思議ではない。スレスクは、バランタインが密かに酒瓶台からソーダ水ではなくウィスキーを自分のグラスに注いでいるところを目撃したのだった。バランタインは、なみなみとグラスの縁まで注いだタンブラーを持って戻ると、いかにも美味そうにぐっとあおった。

「このほうがいい」バランタインはにやりと笑ってから、妻に注意を向けて目を据え、かごの床で震えている鳥を見る大蛇のように、満足げに眺めまわした。料理が一皿一皿続いた。食事をする一方で、バランタインは自分の楽しみのためにステラをからかった。ステラは沈黙することで身を守っていたが、彼は無理やり口を開かせては、ステラの言うことすべてを嘲笑って体を震わせた。ステラは怯えていた。ステラは答えるときも、ちょっとした平凡なことを口にするだけだったが、彼はわざと丁寧な口調で、もう一度繰り返し言ってみるようにと、執拗に迫るのだった。しまいにステラは頬を真っ赤にして、その残忍な嫌味に対して、ぼろぼろになった答えを繰り返し、うつむいてしまうのだった。一度か二度、スレスクは思わず庇おうとしたが、彼女がひどい恐怖の色を目にたたえて彼のことを見たので、あいだに入ることができなかった。スレスクは座って様子を見ていたが、一方心の中では一つの計画が形になり始めていた。

やがて、バランタインは意識が混濁したように、椅子にもたれて静かになった。その沈黙のさなか、ふいにステラが羨ましそうに声を上げた。

「あと十三日経ったら、あなたはイギリスにいらっしゃるのね！　ああ、なんて素晴らしいこと！」ステラはテントを見まわした。そんなに幸運な者がいるなど信じがたいとでもいうようだった。

「あなたはこのテントの戸口のあるジャワール・ジャンクションからボンベイまで真っすぐに帰っていかれる。明日は船に乗り、十二日経ったらイギリスに着くのね」

スレスクはテーブルに身を乗り出した。

「最後に帰られたのはいつですか？」とスレスクは尋ねた。

「結婚してからは一度も」

「一度もないって！」スレスクは叫んだ。

ステラは首を振った。

「ええ、一度も」

話しているあいだステラはテーブルクロスを見ていたが、話し終えると顔を上げた。

「ええ、インドには八年います」とステラは言い添えたが、その瞬間、目に涙が光った。スレスクは、サウスダウンズでのあの朝を思い、自分を責めながらチティプールにやってきた。あの遠い朝の出来事は、今の自分を取り巻く環境からは遠く離れた過去の出来事のように感じられた。だが、その責めは二重に心を揺さぶっている。ステラは八年間もインドで、この獣に束縛されているのだ。だが、ステラ・バランタインは笑って自分の気持ちを抑え込んだ。

「でも、寂しくはありません」と明るく言った。「それで、ロンドンはいかがですか？」

間の悪いことに、ちょうどこのときバランタインが目を覚ました。

「えっ、何だって！」彼は嘲るように叫んだ。「話をしていただろう、ステラ、違うか？　何かとんでもなく面白いことをしゃべっていただろう。ぜひとも、聞かせてもらおうじゃないか」

とたんにステラは身をすくめた。あまりに脅えて、間抜けた顔に見えたほどだった。夫のからかいに脅えきって、阿呆のようになっていた。

「大した話ではありません」

「いいか、おまえ」バランタインは嘲笑って言った。「ふざけるんじゃない」声が粗暴になり、顔が険しくなった。「何を話していたんだ？」と彼が迫った。

「ロンドンはいかがですか、と伺っただけです」

「そんなことを言ったのか？　ロンドンはいかがですかだと！　なぜロンドンのことなど訊いた？　ロンドンがどうした？　どんな答えを期待していたんだ？」

「何も期待してなどいません」とステラは答えた。「もしあなたがその質問を取り出して気になさるのであれば、それは愚かな質問に聞こえるかもしれません」

バランタインは鼻で笑った。

「ロンドンはいかがだと？　もう一度言ってみろ、ステラ！」

スレスクの我慢は限界だった。ステラの訴えも構わずに、きつい調子で口を挟んだ。

「八年もロンドンを見ていないご婦人にとって、それが不自然な質問だとは思えませんがね。あなたがどう思われようが、やはりご婦人方にとってインドは異境なのです——とびきりの異境なのです」

バランタインは客人のほうを向き、言い返そうとする言葉が喉まで出かかった。だが、考え直した。視線をそらし、笑って自分を抑えた。

「そうです」とステラが言った。「わたくしたちには隣人が必要なのです」

バランタインがスレスクに対して示した自制は、妻に対する態度を激化させる結果になった。

「そうすれば、おまえは隣人の部屋着をぼろぼろに引き裂いて、そいつらの正体を暴いてみせるってわけだ」と言った。「心配は無用だ、ステラ！　一年に二ペンスと半ペニーのただみたいな家賃でキャンベリーに至福のわが家を構える日もくるだろう。楽しいだろうな、どうだ？　ヒースの茂る中を延々と歩こう。静かな夕べに——私と二人きりだ。おまえは楽しみにしているに違いない、そうだろ」二人を待ちうける未来を描きながらも、その声は紛れもない威嚇であったが、ふたたび元の調子に戻った。

「ロンドンはいかがだと？」その不運な言葉をばかにしたように繰り返しながら、ぶつぶつと不平を鳴らした。その晩のバランタインはついていた。チティプールでのスレスクの二十四時間が最良の始まりをもたらした。客はスレスク一人だった——今のバランタインの気分では、唯一の客を迎えられたということが重要であったのではなく、その唯一の客を自分のために利用できると考えたのだ。それゆえにますます激しくステラをなじったのだった。だが、その妻をなじる態度の中にも、バランタインが男らしい人物であることが、わずかとはいえ感じられた。法廷弁護士であるスレスクが即座に察知したバランタインの性格の片鱗だった。

「ロンドンはいかがですだと？ ロンドンの大半は我慢できるだろう！ ああ！ われわれのために何という生活を用意してくれることか！ 朝食、昼食、それに夕食、夕食、朝食、昼食——隣近所みな同じだ」そう言うと、彼は勢いよく椅子に体を預け、両手を伸ばした。

「われにラージプターナを与えたまえ」と彼は叫んだ。喘ぐような不明瞭な言葉であったが、その本心ははっきりと鐘のように響いた。「ここでは手足を伸ばすことができる。都市だと！ 都市などに住めば、好きなことをしたいという強い思いに駆られて、自分を擦り減らすだけだ。ここでは好きなことができる。分かるかね、スレスクさん？ ここではそれが可能だ」そう言って、片手でテーブルを強く叩いた。

「一度に二か月でも三か月でもまとめてキャンプに出ることが好きなのだ——平原や、ジャングルに、一人でね。それが肝心だ——一人でね。そうすれば何でも手に入る。報道機関がいなければ自分が王様だ。探ろうとする者はいない——噂を広める者もない——隣人はなしだ。ロンドンはいかがだと?」せせら笑いながら、妻のほうを振り返った。「ああ、ステラには合わないだろうな。ステラは社交的だからな。ステラはパーティーに出たがる。ステラはドレスが好きだ。ステラはビーズで自分を飾ることが大好きだ、そうだろう?」

だが、その晩のバランタインは度を超えていた。ステラは突然顔を真っ赤にして、やにわに首のまわりのネックレスを強く引きちぎった。留め金が壊れ、皿の上にビーズが音を立てて落ち、首元が露わになった。バランタインは自分の目が信じられないとばかりに、しばし彼女を見つめていた。ステラは何度も繰り返し嘲笑の的にされながらも、ひたすら黙って耐えてきた。だが今や、敢然と立ち向かったのだ!

「なぜそんなことをした?」バランタインはステラの顔に自分の顔を近づけながら言った。だが、にらみつけても黙らせることはできなかった。ステラはしっかりと夫の顔を見据えた。唇も震えてはいなかった。

「あなたがそれをつけろとおっしゃった。わたくしはつけました。でもあなたはネックレスをしていると言って嘲る。だから取ったのです」

ステラが顔を真っすぐ上げて椅子に座ったとき、なぜバランタインがネックレスをするように命じたのか、そのわけが分かった。ステラの首には痣があった——首の両側に——手で絞めつけたような指のあとが青く残っていた。「なんてことだ!」とバランタインは叫んだ。そして彼が次の言葉を発する前に、ステラの抵抗は一瞬のうちに終わった。いきなり両手で顔を覆うと、わっと泣きだした。

バランタインは不機嫌そうに椅子にふんぞり返った。スレスクは思わず立ち上がった。だが、ステラは片手で彼を制止するような仕草をした。

「何でもありません」彼女はすすり泣きながら言った。「わたくしが愚かなのです。ここ数日はとても暑かったでしょう」彼女は涙をぬぐいながら、弱々しく笑ってみせた。「理由などまったくないのです」そう言って椅子から立ち上がった。「少しばかり失礼いたします。頭痛がして、それに――それに――きっと、鼻が赤くなってしまったでしょう」

ステラは自分のテントにつながる通路のほうに一、二歩進んでから立ち止まった。

「わたくしは失礼して、お二人だけで過ごされてもよいでしょう？」ステラはスレスクを見ながら言った。「女性がどんなものかは、ご存知でしょう？　スティーヴンにうまく頼めば、ラージプターナについて面白い話をしてくれると思います。のちほどお発ちになる前に、お目にかからせてください」ステラは簾を上げると、部屋から出ていった。通路の暗闇の中で、気持ちを落ち着かせるために少しのあいだ黙って立ち止まっていたが、どんなにこらえてみても、涙があふれてきてどうしようもなかった。すすり泣く声が大テントの中央のテーブルに届かないように、両手できつく口を覆った。そして、心の底から、いっそ死んでしまいたいと、むなしい望みをつぶやいて、通路をよろめきながら歩いていった。

だが、この声は大テントの中まで届いていた。そして、沈黙の後に続いたこの言葉はスレスクの心を苦しめた。何と言っても、スレスクはステラの性格をよく分かっていた――簡単に泣いたりはしないはずだ。バランタインがスレスクの腕にふれた。

「私を責めておられるだろう」

「さあ、どうでしょうか」とスレスクはゆっくりと答えた。どんな割合にせよ、自分自身もまた非難を受ける立場にあるのだと考えていた。八年前、あの丘陵を二人一緒に馬で駆けまわり、ステラにだけ思いを告白させて、自分は何も答えなかった。今夜はこのテントで腰を落ち着けながらも、心は羞恥で燃えたぎっていた。「自分に自信がない、というわけではなかったのだ」若き日の自分に戻ることなど不可能だと知りながら、思わずにはいられなかった。「自信はあった――大いにあったのに」

バランタインは椅子から立ち上がると、覚束ない足取りでサイドボードのほうへ行った。スレスクはその姿を目で追いながら、いったいなぜステラが彼と結婚したのか、あるいはなぜ彼がステラと結婚したのか、不思議でたまらなかった。目の不自由な人はどんな日でも不思議なものを見ることができるかもしれないし、賢人は不思議なものを言葉で説明しようとはしないだろう。そんなことは承知している。だがそれでもやはり謎だった。あの男の名声に目が眩んだのか？――確かに彼には名声があった。あるいはあの男の知性に心を引かれたか？　だがその知性は、噂を広めてくれる者がいないキャンプに来ると、とたんに影が薄れてしまう程度の代物だ。

スレスクがまだそのことに思いを巡らせているときに、バランタインは威勢よくテーブルに戻ってくると、酒に酔いながらも、彼の名声が根拠なきものではないことを証明しにかかった。

「残念ながら、ステラはあまり調子がすぐれないようだ」どさりと腰を下ろしながら彼は言った。「だが、君にいろいろお話をするようにと、私に言いつけていった。さて、彼女の願いは私の法律だからな。それではお相手をいたそう」

二人きりになると、バランタインの態度はがらりと変わった。打ち解けて、親しみやすく、友好的になった。彼は酔っていた。血走った目をして、粗野でがっしりとした体をしている。バランタインはテントの隅のほうをちらちらと不安げに見ては会話を中断したが、それは、夕食の席に着く前、スレスクと二人だけになったときに取った行動と同じだった。だが、そうした行動にもかかわらず、今はスレスクを驚かせるほどの、また別な機会であればスレスクを魅了したであろうほどの知識を持って、ラージプターナについて、なんとか語って聞かせてくれた。この地を訪れる者は、スレスクと同程度にラージプターナの表層部については知ることができるかもしれない。大理石の宮殿や、青い湖や、どこまでも広がる黄色い砂漠を賞賛するだろう。だが、この不思議な秘密に満ちた国で、下に隠れている生活を少しでも知っている者は、長年にわたり政府機関にイギリスの旗を掲げてきた人たちの中にもほとんどいない。だが、バランタインは知っていた——自ら認めているようにその知識はほんの僅かではあったが、仲間の者たちよりは多くを知っていた。酒に酔ってはいても頭の中をまさぐって、興味をそそる風変りなものや、運命を決する歴史の一こまや、格子窓の後ろで加えられた残忍な罰の話などを次々と引っ張り出して、スレスクの目の前に一つ一つ並べてみせた——それは彼の和解のための捧げ物だった。そしてスレスクはバランタインの話を聞いた。だがスレスクの目にはステラ・バランタインの姿が見えていた。藁の簾の向こうの暗い通路に一人立って、唇をふるわせ、死んでしまいたいとつぶやいている。そして彼の耳には、すすり泣くステラの声が響いているのだった。ここにも、ラージプターナの年代記に加える話がもう一つあるように思われた。

そのときバランタインがスレスクの腕を軽く叩いた。

「君は聞いていないようだ」意地の悪い目をしてバランタインが言った。「いいことを教えてやろう——世間のやつらは知らないし、私も教えようとはしないことだ——豚どもが。君は聞いていない。君は、私が妻に対して残忍な男だと思っているだろう、どうだ?」スレスクは相手が抜け目なく推測していることに驚いた。

「それでは、本当のことを教えよう。私は自分自身を自由に操ることができないのだよ」バランタインは先を続けた。声は沈み、目は細くなりわずかに光る二本の切れ目になった。「恐ろしいのだよ。そうだ、そういうことなのだ。ひどく恐ろしいものだから、一人ではないときに、なんとかして恐怖を軽減するものを捜すのだ。そうせずにはいられないのだ」そう話しているあいだも、目を大きく見開いて、テントの暗い隅を熱心に見つめながら、さらによく見ようと首を片側からもう一方の側へ、小刻みに動かしているのだった。

「あそこには誰もいないだろう、どうだ?」とバランタインは訊いた。

「誰もいませんよ」

バランタインは舌の先で唇を湿らせながらうなずいた。

「ここのテントはどれも大きすぎる」と彼は囁くように言った。「真ん中にぼんやりとにじんだような大きな明かりの輪があって、まわりの隅はどこも——暗がりだ。われわれが座っているのはこのにじんだ明かりの輪の中だ——まずまずのところだ。だが、暗がりでは何が起きているだろうか、えー――名前は何と言ったかな？　どうだ？　暗がりでは何が起きているだろう？」

　バランタインの恐怖は本物だと、スレスクは確信した。客が目撃し、ボンベイに戻って広めるかもしれない出来事について、単に言い訳をしているのではなかった。そうではない、彼は本当に恐れているのだ。突然思いがけない沈黙で何度も話を中断したが、沈黙しているあいだは、何か秘密の動きを探ろうとするように、全身を耳にして、神経を研ぎ澄ました表情で、ひたすら聞くことに集中していた。だが、スレスクはそれをサイドボードの上のデカンターのせいだと考えていた。その夜のデカンターのウィスキーの量が、はっきりと減っていたからだ。だが、それはスレスクの間違いだった。バランタインはいきなり立ち上がった。

「君は今晩発つことになっている。それで君に頼みがあるのだ」

「何か私にできることが？」

　なぜバランタインがわざわざ労をとってもてなし、楽しませようとしたのか、ようやく理解できた。

「そうだ。その代わりに」とバランタインは声を上げた。「君の知らないインドをもう一つ、見せてやろう」

　彼はテントの戸口に歩み寄ると、簾を横に引いた。「さあ、どうだ！」

　スレスクは椅子にかけたまま身を乗り出し、開口部から外を見た。柔らかな靄の中に、月に照らされた平原が広がり、平原の真ん中には鉄道信号の緑の光が灯っている。遠くの尾根には、昔のチティプールの遺跡が点々とその姿をとどめている。

「見てみろ！」バランタインは叫んだ。「ここには旅行者の望むインドがすべて詰まっている。砂漠に、鉄道に、捨てられた都、その都に残るあばら家と寺の数々、深く神聖なため池と、忘れ去られた宮殿——丘の上で何世紀もかけて、一切合切がゆっくりと崩れていく。それらを、涼しい季節に善き人々が見にやってくるのだ——ジャワール・ジャンクションと昔のチティプールだ」

バランタインは軽蔑したように簾を下ろした。簾は揺れて元に戻り、砂漠の景色を遮った。彼は一、二歩テントの中のほうに戻ると両腕をさっと広げた。

「だが、ありがたいことに」と声を強めた。「ここには現実のインドがある」

スレスクはテントを見まわし納得した。

「なるほど」とスレスクは答えた——「光がうまく行き渡らない。真ん中にぼんやりとにじんだ大きな明かりの輪はあっても、そのまわりには暗い隅があり、不快な影が支配している」

バランタインは唇に気味の悪い笑みを浮かべてうなずいた。

「おお、君にも分かったか！　それでは手を貸してくれたまえ。その代わりに闇をお見せしよう。だが、まずはテーブルを片づけさせなくてはな」バランタインは声を上げてバラム・シンを呼んだ。

第七章　写真

バラム・シンがテーブルを片づけているあいだに、バランタインは書き物机の上から葉巻の箱を取ってスレスクに差し出した。

「一服どうだ？」

スレスクは煙草を嗜むものの、このインド滞在中にはまだ葉巻を吸うことはなかった。このとき思わず葉巻を遠慮したことで、それに続く悲劇的な出来事に大きく巻き込まれていくことになるのだった。葉巻は自分の好みに合わないと自覚していたので、スレスクはパイプを携帯していたが、それをポケットから取り出した。

「差支えなければ、私はこちらを」とスレスクは言った。

「どうぞ」

スレスクはパイプに煙草を詰めて火をつけた。バランタインは葉巻に火をつけると、箱を机に戻した。箱のそばに骨の柄のついたどっしりとした乗馬用の鞭があることに、スレスクはこのとき初めて気がついた。

「早くしろ！」とバランタインは待ちきれずにバラム・シンを怒鳴りつけた。そして、テーブルにいるスレスクに背中を向けないように、書き物机の前にある揺り椅子の向きを変えて腰を下ろした。シンは手早く仕事を終えると、台所につながる通路から出ていった。バランタインは通路のほうに目を向けたまま、藁の簾の揺れが収まるまで待っていた。それから、ポケットから鍵の束を取り出し、開いてある机の蓋の下に身をかがめて、三段あるうちの一番下の引出しの鍵を開けた。引出しから緋色の公文書箱を取り出して、テーブルに運んでこようとしたとき、バラム・シンがふたたび静かに現れた。そのとたんバランタインは箱を床に落としてしまい、それを懸命に両足で隠そうとした。

「いったい何の用だ?」と彼は、当然のことながら、ヒンドゥスターニー語で激しく怒鳴りつけた。怒りと恐れから成る激しい怒鳴り声だった。バラム・シンは、お客の旦那様に灰皿をお持ちしましたと答えて、スレスクの脇にある丸テーブルに灰皿を置いた。

「さあ、出ていけ。そして呼ばれるまで戻ってくるな」とバランタインは荒々しく叫んだ。バラム・シンがふたたび出ていってしまうと、バランタインは明らかに胸を撫で下ろした様子で、横にある書き物机に置いてあった、ウィスキーのソーダ割りの入ったタンブラーから、たっぷりとひと飲みした。それからもう一度身をかがめて赤い公文書箱を床から取り上げようとしたが、驚いたことに、身をかがめている最中に動きが止まった。両手は箱をつかもうと広げたまま、体は膝の上で曲げたまま、微動だにしない。口は開いたまま、目は凝視したままで、言葉では表しようがないほどのはっきりとした恐怖がその顔に刻まれている。初めはバランタインが脳卒中を起こしたのではないかと思った。彼の習慣や太った体からは、そのように推測された。身をかがめる動作は、負荷のかかりすぎた脳に壊滅的な血圧をもたらすことになっても不思議ではなかった。だが、スレスクが確かめようとして立ち上がる前に、バランタインは腕を動かした。ほかはまったく動かすことなく姿勢はそのまま、視線さえも変えずに、腕だけを上に動かした。そして書き物机の蓋板に沿って非常に用心深くそっと手探りをして、上の縁まで手を伸ばした。そのあいだ、恐怖にかられた彼の目はただひたすら一点を見つめていたが、視線の先にあるのは公文書箱ではなくカーペットだった——せいぜい二フィートほどの範囲だろうか——公文書箱とテントの壁のあいだのところだった。彼の指は書き物机の縁に沿って進み、しまいには乗馬の鞭の柄を静かに握った。スレスクはすぐに自然な結論を出した。ヘビがテントの壁の下から這ってきたが、襲いかかってくるといけないから、あえて動かないでいるのだろう。スレスク自身もまた、むやみに動こうとはしなかった。バランタインは間違いなくヘビの毒牙の届く距離にいるのだ。ところが、スレスクが見てみると——そこには何もなかった。照明は確かに十分ではない。テントの壁の床に近い下のほうは陰になっていて薄暗かった。だが、スレスクの目は確かだった。公文書箱と壁のあいだには何も見当たらない。地を這っているものはなく、とぐろを巻いているもののもなかった。

スレスクは驚いてバランタインを見た。すると彼の目の前でバランタインは椅子から跳び上がって恐怖の叫び声を上げた——それは、恐怖に駆られた子供の叫び声のようだった。素早く跳び上がった敏捷さは、あれほど頑強な体格の男にできるとは信じられないほどだ。彼は跳び上がって、乗馬鞭で一、二、三回と、壁と箱のあいだの床を荒々しく打ちすえた。それから顔のあらゆる筋肉を動かしながら、スレスクのほうを向いた。

「見たか?」と彼は叫んだ。「見ただろう?」

「何をです? 何もありませんでしたよ!」

「何もなかっただと!」バランタインは怒鳴り返した。彼は箱を拾い上げるとテーブルに置き、スレスクの手の下に強く押し込んだ。「そいつを持っていろ! 放すなよ! ここにいて、そいつを放すんじゃないぞ」と言うと、テントの中を足早に動きながら大声を張り上げた。

「バラム・シン!」とバランタインは大声で叫び、テントの戸口の簾を上げながら、ほかの召使たちの名前も呼んだ。バランタインは彼らが来るのを待たずに、走り出ていってしまったが、すぐに、彼の激しい罵り声や、パニック状態になって叫んでいる声が、書き物机の置いてある壁のすぐ近くから響いてきた。キャンプ中が大騒ぎとなった。

スレスクは命じられたとおり公文書箱の持ち手を握ったまま、テーブルの横に立っていた。テントの戸口の簾は開いたままだった。いくつもの光が閃いているのが見え、バランタインの命令する声が聞こえてきた。野営地の中でバランタインがあちらこちらへ移動するのに合わせて、その声がだんだん小さくなったり、大きくなったりした。騒ぎの最中に、驚いて真っ青な顔をしたステラ・バランタインが、彼女の部屋の通路口に姿を見せた。

「どうかしたのですか?」とステラが声をひそめて言った。「ああ、あなたと彼が言い争っているのかと思いました」ステラは片手を胸に当てていた。

「いいや、そうじゃない」とスレスクが答えたとき、バランタインがよろめきながらテントの中に戻ってきた。顔は鉛色で、額には汗がにじんでいる。ステラ・バランタインは後ずさりしたが、バランタインは彼女が動くのを見ると、部屋に戻るようにと追い払った。

「スレスク氏に聞いてもらいたい内密の話があるのだ」とバランタインは言い、ステラが行ってしまうと、ハンカチを取り出して額を拭った。

「さあ、今度は君に助けてもらう番だ」とバランタインは低い声で言った。だが、声は震えていて、視線はふたたびテントの壁のそばの地面をさまよっている。

「あそこから、腕が出てきた」と彼は言った。「そうだ、ちょうどあそこだ」彼は震える手で指差した。

「腕ですって?」とスレスクは声を上げた。「何の話をしているのです?」

バランタインは壁から目を離すと、怪しむようにスレスクを見た。

「君も見ただろう!」彼はテーブルに身を乗り出しながら言い張った。

「何をです?」

「腕だ、そこのテントの下から差し込まれた腕だ、地面の上で手を伸ばして箱を取ろうとした」

「いや、何も見えなかったですよ」

「痩せた茶色の腕だ。間違いない、女の手のように痩せたきゃしゃな手だ」

「いいや、あなたは夢を見ているんだ」とスレスクは大声で言った。だが、夢を見ていると言ったのは、本当に言いたいことを婉曲に伝えた言葉だった。

「夢を見ているだと!」バランタインは耳障りな声で笑って、繰り返した。「これは、何と!

そうだったらどんなに有難いことか。いいだろう。腰を下ろせ！　あまり時間がない」バランタインはスレスクと向き合って座り、公文書箱を自分のほうに引き寄せた。落ち着いた声で話せるまでの自制心は取り戻していた。恐怖で酔いが覚めたのも間違いなかった。それでもバランタインはまだ恐怖にとらわれていた。というのも公文書箱を開けるときに手がひどく震えていて、鍵がなかなか差し込めなかったからだ。しかし、ようやく箱を開くことができると、上に置かれている数枚の書類の下を探って、一番下から封印してある大きな封筒を引き出した。開封された跡がないか封印を確かめてから封筒をちぎって開けると、キャビネ版よりもやや大きな一枚の写真を取り出した。

「バハードゥル・サラクについては聞いたことがあるだろう？」とバランタインは言った。

　スレスクはぎくりとした。

「アムバーラの事件、ベナレス（現在のワーラーナシー）の暴動、マドラス（現在のチェンナイ）の殺人に関わった？」

「そのとおり」

　バランタインはその写真をスレスクの手に押しつけた。

「これがその男だ――中央にいるやつだ」

　スレスクは写真を明かりにかざした。庭で椅子に座った九人のヒンドゥー人たちが一列に並んでカメラに顔を向けている。スレスクは、鋭く職業的な関心を持って、中央の人物を観察した。当時のインドの政治において、それも地下活動のたぐいの政治に関して、サラクは悪名高い人物だった。数年にわたり、サラクは人々を説得して回り、緻密に、巧みに、みなを扇動した。一連の事件はサラクの手によるものだと誰もが気づいていたが、決め手となる証拠は何一つ出てこなかった。スレスクが引き合いに出したこれら三つの事件においても、またそれほど知られてはいない多くのほかの件においても、治安の責任者たちは、サラクが犯行を考え、時間を選び、命令を下したと確信していた。だが、一か月前まで、彼は網の目をすり抜けてきた。しかしながら一か月前、彼は誤りを犯した。

「確かに。頭の切れるやつです」とスレスクは言った。

バランタインはうなずいた。

「彼は、プーナ（現在のプネー）出身のマラータ族のバラモン（カーストの最高位で高位聖職階級）だ。マラータ族は頭の切れる種族で、サラクはその中でももっとも優れている」

スレスクはもう一度写真を見た。

「この写真はプーナで撮られたようですが」

「そうだ。そしてこいつはとてつもない代物だとは思わんかね！」バランタインはそう叫ぶと、突然顔を紅潮させて、この写真への興味と喜びを露わにした。ほんの少し前に恐怖が酔いに勝ったように、行政官としての熱意が、今度は恐怖を打ち負かしていた。スレスクは今やまったく別人の顔をバランタインに見ていた。奥の深い知識と高い能力を持ち、ボンベイで立派な報酬が約束されている男の顔だった。「仲間内でもっとも賢いやつは、揃って写真を撮りたいという誘惑に勝てないものだ。ここでもロンドンでも続けざまに起きる犯罪が、このインド人の犯罪者のもとに知らされてくる。それでやつらは、庭の椅子に座って写真を撮ろうということになるのだ。

何を持ってしても、やつらを止めることはできないだろう。やつらは学ぼうとしない。軽歌劇の舞台にでてくる婦人のようなものだ。まあ、やらせておけばいい。この写真がそのいい例だ」

「そうでしょうか?」とスレスクは訊いた。「どうやら、かなり以前に撮られた写真のように見えますが」

「九年前だ。だが、やつは同じゲームを楽しんでいたのだよ。君はその手に証拠を握っている。九人の男の一団だ——サラクと八人の仲間たち。まあ、その八人の仲間たちについて言えば、どいつも今は窃盗の罪でムショ暮らしだ。中には暴力をふるった例もあるし——例えばその二番目の悪党は終身刑を食らっているが——暴力は伴わなかった例もある。いずれにしても犯している罪はどれもみな盗みだ。なぜかって？　写真の中央にいるサラクが、やつらを操ったからだ。サラクは今でこそ大物だが、九年前は違った。サラクは陰謀を企てるにあたって金が必要だった。それで金を集めたのだ——ボンベイ中で窃盗を繰り返してな」

「なるほど」とスレスクは言った。「サラクは今刑務所ですか?」

「そうだ、カルカッタ（現在のコルカタ）の刑務所にいる。だが、裁判はこれからだ。まだ有罪を宣告されたわけじゃない」

「そういうことですか」とスレスクは答えた。「今、この写真には持っている価値があるのですね」

　バランタインは、相手の鈍感さを嘲って、両手を投げ上げた。

「価値があるだと！」と彼は愚弄して叫んだ。「価値があるだと！」両肘をついて身を乗り出し、まるで子どもを扱うように、皮肉たっぷりの優しい口調で話し始めた。

「私の言いたいことが、まるで分かっていないな？　だが、ちょっと頭を働かせれば、すべてはっきりするだろう」

だが、スレスクは鋭く言葉を遮って、それ以上相手の攻め方には乗らなかった。

「待ってください！　もし私の助けが必要だというのであれば、話の仕方というものがあるはずです。ああ、顔をしかめる必要などありません！　あなたの楽しみのために私をなぶり者にしようというわけではないでしょう。私はあなたの妻ではありませんよ」バランタインはスレスクをにらみ倒してやろうとしたが無駄だと知り、もっと誠意のある口調に変わった。

「いいだろう、君は、今この写真には持っている価値があると言った。いいか、こいつは本質的に危険な代物なのだ。ある意味、サラクは偉大な国の指導者であり、解放者としての顔を持っている。そのサラクがカルカッタの刑務所から、これまで使ったことのなかった、もっとも正当な合法的手段で、自分の主義主張を前に押し出そうとしている。だがその一方で、窃盗犯たちと一緒に庭の椅子に座っているサラクがいる。この写真は、持っていて気分のよい品ではないのだ。とりわけ、これはたった一枚しか存在しない写真で、ネガは処分されている。だから当然、サラクの仲間たちは躍起になって取り返そうとしているのだ」

「やつらは、あなたが所持していることを知っているのでしょうか？」とスレスクは尋ねた。

「もちろん知っている。その証拠に、五分前にテントの壁の下から茶色の腕がまさぐるように入ってきただろう」

話しているうちにバランタインに恐怖が戻ってきた。体が震えだし、その目は、広いテントの隅から隅を密かに追っていたかと思うと、まるでヘビに引き寄せられるようにテントの壁際の床に戻ってくるのだった。スレスクは肩をすくめた。バランタインの妄想について、あらためて議論したところで単なる時間の無駄だろう。スレスクは再度写真を手に取った。

「どうしてこれを所持するようになったのですか?」と彼は訊いた。もしバランタインの思惑どおり手を貸すことになるのなら、答えてもらえるはずだ。写真を所持するに至った経緯を知らなければならない。

「私はここに赴任する前、プーナからあまり遠くない州の執行官だった」

スレスクはうなずいた。

「知っています。バクータですね」

「ほう?」バランタインの目が鋭く光った。「どうして知っているのかね?」

バランタインはいつも、世間のどこかで自分の噂が密かに囁かれてはいないかと警戒していた。

「ボンベイのカラザーズ夫人という方からお聞きしました」

「ほかに何か聞いたかね?」

「ええ、あなたは立派な方だと」

バランタインはとたんに、にやりとした。

「そのご婦人は、頭がいかれているんじゃないのか?」と言ったあと、彼の顔から笑みが消えた。

「だが、いったいなぜ私の話になったのだ?」

その質問に答えるつもりは微塵もなかった。そこでその点については完璧にはぐらかした。

「チティプールを訪れる予定でしたので、当然ではありませんか？」と言うと、バランタインは口をつぐんだ。

「まあいいだろう。バクータのラージャがその写真を持っていて、私が州を去るときに手渡されたのだ。彼は駅まで見送りに来た。彼は、プーナに近すぎて、その写真をポケットに持っていては安心していられなかったのだ。皆が見ている人だかりの中で、彼は私にその写真を寄こした。私に渡したところを人に見せたかったのだ。チティプールなら持っていても安全なはずだ」と彼は言った。

「チティプールはプーナからだいぶ離れていますからね」とスレスクは相槌を打った。

「だが、カルカッタで行われる裁判で事情が一変した。私が写真を所持していることは知られている。ここはもう安全ではないし、私も写真を持っている限り同じだ」

バランタインの顔に恐怖の色が再現するのを見て以来、一つの疑問がスレスクを悩ませてきた。だが、バランタインは現実の恐怖の中で生きていたことがはっきりした。自分は見張られていると信じ、危険が迫っていると信じているのだ。そして、実際に彼はそうした立場にあるのだろう。その夜、バランタインが想像したような、写真を盗もうとする企てがなかったことは確かだ。それでもなお、サラクとその仲間にしてみれば、カルカッタでその写真が提出されることは許せないだろうし、それを阻止するため思い切った手段に出ないとは限らなかった。ではなぜ、バランタインは写真を始末してしまわなかったのか？　その点を尋ねたスレスクは、返ってきた答えに心底驚いた。というのもその答えが、まったく思いがけず、スティーヴン・バランタインの奇妙で複雑な性格の新たな側面を明らかにしてくれたからだった。

「そうだ、なぜ始末しないのか、だと?」バランタインは繰り返した。「自分でも自分に訊いているさ」彼はスレスクの手から写真を取ると、瞑想でもするかのように、座ったままじっと見つめた。それからその写真をひっくり返して、人差し指と親指で端をつまみ、今にも破いて始末してしまおうかとためらっていた。だが、しまいに、これまで何度も繰り返してきたように、それをテーブルに投げ出すと、荒々しい声で叫んだ。

「だめだ、できない。そんなことをしたらやつらに負けたことになる、それはできない。絶対にだめだ! どれほど落ちぶれようとも、私は国に仕える者として教育を受けてきた。二十年間というもの、この仕事に生き、この仕事に生かされてきた。そして公務は私にとって何より重要だ。だめだ、その写真を始末することはできない。それが真実だ。もしそんなことをしたら、私は死ぬ日まで自分を呪うことになる」

激情に駆られた自分を半ば恥じるように、バランタインは突然立ち上がって書き物机のほうへ行き、葉巻に火をつけた。

「それで、私にその写真をどうしてほしいのですか?」とスレスクは訊いた。

「君に持っていってもらいたい」

バランタインは道義心を満足させるごまかしの方法を取ろうというのだ。本人もそれは承知していた。何としても肖像写真は始末しない——絶対に! だが、それを持っていたくはない。

「君はイギリスに真っすぐ帰国するのだろう」と彼は言った。「この写真を持っていってくれ。国に着いたら、ロンドンのインド政庁にいる大物に渡せばいい。そうしたらその男が整理棚に放り込むだろう。ある日、仕事場を掃除している清掃係の老女がそれを見つけて、孫たちの遊び道具にしようと家に持ち帰るかもしれない。すると孫の一人がそれを火の上に落とし、一件落着というわけだ」

「なるほど」とスレスクはゆっくりと答えた。「だがもし私がそうしたら、カルカッタでは役に立たないのではありませんか？」

「ほう」バランタインはにやりとしながら言った。「君にも良心があるというわけか？　それなら教えてやろう。私は、その写真がカルカッタで必要になるとは思っていない」

「本当に？」

「そうだ。サラクの仲間たちは知らないが、私には分かる」

スラスクは疑いを抱いたまま、じっと椅子に座っていた。バランタインは本当のことを話しているのか、それとも恐怖がそう言わせているだけなのか？　バランタインは書き物机の横に立ったままこちらを見下ろしているが、背後にいるため顔が見えず、判断がつかなかった。だが、振り向いて見ようとは思わなかった。というのも、スレスクは椅子に座ったまま、その写真こそ自分自身が必要とするものだと思い始めていたからだ。この夜に頭の中で形になり始めていた計画、それはこのテントに足を踏み入れた瞬間に芽生えていたものだが、今や一点を除いてすべて細部に至るまで完成していた。あとは口実が欲しかった、船に乗らなかった理由を説明するための納得のいく口実が。それが今、目の前のテーブルの上にある。もう少しで拒むところだった！　こうなるとそれは神の使いのように思えた。

「お預かりしましょう」とスレスクは声高に言った。そのときバラム・シンがテントの戸口にそっと姿を現した。

「大旦那様」とバラム・シンが言った。「列車が」

バランタインはスレスクのほうを向いた。

「君の列車が合図をしている」スレスクがあわてて立ち上がったので、バランタインが安心するように言った。「急ぐ必要はない。君を乗せずに発車することがないように連絡してある」そして、バラム・シンがテントの戸口で命令を待っているあいだに、バランタインはテーブルを回って、おもむろに写真を取り上げると、スレスクに手渡した。

「感謝する」と彼は言った。「上着のポケットに入れてボタンを掛けてくれたまえ」

スレスクがそのとおりにするあいだ、彼は待っていた。

「こんなふうに」とスレスクは笑い声を上げながら言った。「バクータのラージャは手渡したのですね」するとバランタインはにやりとして答えた。

「その名前を出してくれて礼を言おう」彼はバラム・シンのほうを向いた。「ラクダだ、急げ！」

バラム・シンが小さなテント村の中にある囲い地のほうへ行ったので、スレスクは訝しげに尋ねた。

「あの召使を信頼していないのですか？」

バランタインは瞬きもせずにスレスクを見て言った。

「そのような質問には答えられない。だが、一つ申し上げておこう。もしあの男に死が迫っているというのなら、彼は暇乞いをするだろう。そしてもし彼が暇乞いをするならば、私の緋色の制服を身につけたまま倒れて死ぬことはない、ということだ。それで答えになっているかな?」

「ええ、分かりました」とスレスクは言った。

「結構だ」バランタインは気分が晴れたような口調で言い添えた。「ラクダの用意が整ったか見てこよう」彼は大声で妻を呼んだ。「ステラ! ステラ! スレスク氏がお帰りだ」そして戸口から、月明かりの中へ出て行った。

第八章　そしてライフル銃

一人テントに残されたスレスクは、藁の簾をもどかしげに見つめた。ステラと二人だけで多くを語りたかった。今がそのチャンスだ。思いがけず訪れた機会だったが、それはすぐにも失われそうだった。開け放たれているテントの戸口から、大きな火のそばに立っているバランタインと、その声に従って敏速に動き回る男たちの姿が見える。そのとき、通路に衣擦れの音がして、ステラが部屋に現れた。スレスクは素早く歩み寄ったが、ステラは片手を上げて彼を制した。

「ああ、なぜいらしたの?」とステラが言った。真っ青なその顔は、口にした嘆きの言葉と同様に、彼を責めていた。

「ボンベイであなたのことを聞いたんだ」とスレスクは答えた。「来てよかった」

「わたくしは悲しいわ」

「なぜ?」

ステラは、そこで彼が答えを見つけるかもしれないというように、テントを見回した。スレスクは動かなかった。彼女のそばに立ち、歯を食いしばったまま彼女の顔を一心に見つめていた。

「ああ、あなたを傷つけようとして言ったわけではないの」とステラは言い、クッションのついた柳枝製の椅子の一つに腰を下ろした。「あなたに会えて喜んでいないとは思わないでください。嬉しかった——最初は、とても嬉しかった」話しているうちに、スレスクの表情が明るくなったことにステラは気づいた。「その気持ちは抑えられませんでした。これまでの年月が消え去ってしまいました。サセックスの丘陵地帯を思い出して——それに——あの、森林地帯を馬で駆けめぐった日々のこと。覚えておいでですか？」

「もちろん」

「もうどれくらい前のことかしら？」

「八年になる」

ステラは切なそうに笑った。

「わたくしには百年にも思えます」ステラはしばし黙っていた。スレスクが焦って話しかけても答えなかった。彼女の心はあの高く広い丘陵地帯に舞い戻っていた。あの高みに、大きなブナの木々が鬱蒼と茂っている、草原の丘陵地帯だ。

「ハルナカーの丘を全速力で駆け抜けたことも覚えていらっしゃる？」ステラは笑いながら訊いた。「鎖で囲われた規制もなくて、たっぷり二マイルも自由に駆け回ったわ。それまで、あんな草原はあったかしら？」

ステラは書き物机に真っすぐ目を向けていたが、その目が見ていたのは、八月の靄の立ち込める刈り込まれた緑の芝の小道だった。茶色の草が高く茂ったあいだにある開けた場所で、緑の小道が上がったり下がったりしている。左側に一本の木があって、そこで初めて道が下り坂になる。

それからブナの大木が立ち並ぶところまで真っすぐ進んで、その林の中を抜け、陽光のあふれる広い湿地に出る。上がりきったところにある道のすぐ横で曲がり、ふたたび下って二軒の山小屋へ到着する。

「チャールトンの森の後ろにそびえる尾根、リースヒルまで続く森林地帯が見渡せたでしょう?」ふいにステラが椅子から立ち上がった。「ああ、あなたが訪ねていらっしゃるなんて、悲しいわ」

「来てよかった」スレスクは繰り返した。

繰り返した言葉に込められたスレスクの頑固さがステラの心を捉えた。ステラはスレスクを見た——信じてはもらえないのだろうかと、スレスクは心の中で思った。よく分からなかった。だが、ステラが尋ねる番になったとき、それまでにはなかった少し厳しい調子が声に現れた。

「なぜ?」

「なぜなら、訪ねて来なければ分からなかったからだ」彼は口早に囁いた。「そうでなければインドから去ってしまっていただろう。あなたを置き去りにしたままで。来なければ分からなかった」

ステラは後ずさりした。

「知るべきことなど、何もありません」ステラがきっぱりと言い切ったので、スレスクは彼女の首を指さした。

「何もないと?」

ステラ・バランタインは片手を上げて青痣を隠した。

「わたくし――わたくし、転んでしまって、怪我をしたのです」とステラは口ごもった。

「やつの仕業だ――バランタインだろ」

「いいえ」とステラは叫んで真っすぐに体を起こした。だが、スレスクはその否定を受け入れようとはしなかった。

「やつが酷いことをしているんだ」スレスクは引き下がらなかった。「やつが酒を飲んで、あなたを虐待している」

ステラは首を横に振った。

「あなたは、ボンベイでわたくしたちを知る人たちにお聞きになったのでしょう？　そんなふうに言う人はいないはずです」とステラは自信たっぷりに言った。真実を知る者はボンベイに一人しかいない。そしてジェイン・レプトンは決して裏切らない、とステラは確信していた。

「そのとおりだ」とスレスクは認めた。「だが、なぜ誰も知らない？　なぜなら、人の目をはばからずにやつが好きなことをするのは、こうしてキャンプに出たときだけだからだ。今夜、やつはそれを十分に見せてくれた。あなたはこの食事の席にいた。聞いたはずだ。やつはうっかり口を滑らせた。ここには噂を広める者は誰もいない、密かに見張る者もいない、とね。町では用心しているのだろう。そうだ、やつは、キャンプに出る数か月を楽しみにしている。キャンプにいるときには近所の目がないからだ」

「いいえ、違うわ」ステラは躍起になって言い訳を考えようとした。

「夫は――夫は昼間とても忙しかったので、今晩は疲れていたのです――疲れているときって――ああ、ほら、いつもとは違うでしょう」そのときテントの外でバランタインの声がして、ステラは胸を撫で下ろした。

「スレスク！　スレスク！　スレスク！」

ステラは前に進み出て、片手を差し出した。

「さあ！　ラクダの準備ができました」とステラは言った。「お発ちにならなくてはいけません！　ごきげんよう」スレスクがその手を取ると、かつての友情がステラの表情を輝かせた。「偉くなられたのね！　あなたの記事を読みました。いつも志していらしたでしょう？　忙しくご活躍でしょう？」

「ええ、とても」とスレスクは言った。「朝の四時から真夜中まで」ステラは思わずスレスクの腕をつかんだ。

「でも、それだけの価値はあるわ」ステラは彼を離すと自分の両手をしっかりと握りしめた。「ああ、あなたは何もかもお持ちなのね！」ステラは羨ましそうに言った。

「そんなことはない」とスレスクは答えた。だが、ステラは聞こうとはしなかった。

「あなたは求めたものをすべて手に入れた」とステラは言ってから、急いでつけ加えた。「まだミニチュア模型を集めていらっしゃるの？　今はそんな時間はないかしら」今一度、キャンプファイアの側から二人を呼ぶバランタインの声がした。

「お発ちにならなくてはいけません」

スレスクはテントの開口部から外を見た。バランタインが振り返って、こちらに向かってきた。

「ボンベイから手紙を出すから」とスレスクが言うと、ステラはまるで信じられないという顔をして笑ったが、その思いは笑い声にも表れていた。

「お手紙など、決して届かないでしょう」さらりと言って、ステラはテントの戸口のほうへ行った。彼女が背を向けたとき、スレスクはそのわずかな時間を利用した。ポケットからパイプを取り出すと、手早くそっとテーブルの上に置いた。バランタインに邪魔されず、ステラが警戒してスレスクを受け流そうとしないときに、話がしたかった。このパイプが役に立ち、その機会を作ってくれるかもしれない。スレスクがテントの戸口にいるステラの側に歩み寄ると、キャンプファイアとテントの中ほどまで来ていたバランタインが、スレスクの姿を見て足を止めた。

「よかろう」と彼は言った。「出発しなければいけない」バランタインはふたたび向き直って、ラクダのほうへ行った。それでもう一瞬、二人だけになれたが、その機会を利用したのはステラだった。

「さあ、行ってください！」とステラは言った。「行かなければなりません」そしてひと息のうちに言い添えた。

「ご結婚はまだ？」

「まだだ」とスレスクは答えた。

「さらに上を目指して忙しすぎるのでしょうか？」

「それが理由ではない」――彼は声を低くして囁いた――「ステラのせいだ」

ふたたびステラは、率直に、まるで信じられないとばかりに、声を立てて笑った。

「でも、わたくしが本当の理由ではないでしょう。それは単に、丁寧で礼儀正しいお答えです。わたくしたちは、愛する人たちに対して、人生で担っている大切な役割を示さなければなりませんから」そう言葉にしたとたん、ステラの中で張り詰めていた気持ちがいっきに崩れ落ちた。ステラはこれまで自分の役割を演じてきたが、もはやそれも限界だった。ただならぬ変化がステラの表情を襲った。微笑みも、笑いも、マスクが外れたように、はがれ落ちた。ステラの目には、スレスクの七年に及ぶ裁判所での経験の中でも見たことのないほどの、疲労と絶望的憧憬への苦悶がにじんでいた。ステラはテントの暗闇の中に戻った。

「十三日後には、あなたはイギリス海峡を蒸気船で航行しているのね」とステラはつぶやいて、すすり泣きながら両手で顔を覆った。指のあいだに涙が光っているのが見えた。

バランタインは火のそばでテントのほうを振り返っていた。スレスクは急いで彼のほうへ出ていった。ラクダは火のそばでひざまずいており、サドルもつけられて、用意が整っていた。

「まだ時間はある」とバランタインは言った。「列車はまだホームに入っていない」スレスクはラクダの脇に歩み寄った。そこにはすでに彼のために二段の昇降台が用意されていた。その段に片足をかけたとき、スレスクは唐突に片手でポケットを叩いた。

「パイプを置いてきてしまった」とスレスクは叫んだ。「これから一晩旅をしなければなりません。すぐに戻ります」

スレスクは全速力でテントに戻った。戸口の簾は下りていた。横に引き開けて、急いで中に入った。

「ステラ！」小声で呼びかけたが、次の瞬間、息を呑んで立ち止まった。スレスクは、悲嘆の極みにステラを置き去りにしていた。だが、ステラは、頬に涙の跡をはっきりと残したまま、夜の準備に余念がなかった。キャンプの生活ではごく自然な行動ではあったが――黙々と、一心に作業をしていた。スレスクがドアの簾を開けたときに、ステラは一度だけ顔を上げたが、次の瞬間には手元の仕事に目を落としていた。

ステラは両手に小型のライフル銃を持ってテーブルの横に立っていた。銃尾が開いていた。銃身を見下ろして、銃尾に明かりが入るように武器を持ち上げた。

「何かしら？」とステラは言ったものの、無関心そのもので、手元の作業から目を上げることもなかった。「もうお発ちになったものと思っていました」

「パイプを置き忘れてしまった」とスレスクは言った。

「そこにあります、テーブルの上に」

「ありがとう」

スレスクはパイプをポケットにしまった。混乱し戸惑うばかりだったが、ステラは落ち着き払っていた。

「わたくしの小型のライフル銃を見ているのね」とステラは言った。

「そうじゃない！　ステラ！　私はただ――」だが、ステラはスレスクが何も言わなかったかのように先を続けた。

「明日のために銃がきちんと整っているか、調べているのです」するとテントの近くで、差し迫った様子のバランタインの声がした。

「見つかったか?」そう言いながら、バランタインが押し入ってきた。「列車が駅に入ってくるところだ。停車時間は十分間だが、君のためにもう少し長く待ってはくれるだろう。だが、できればあまり長く待たせないようにしたい」彼はステラが銃の手入れをしていることに気がついた。「君はステラの豆鉄砲を見ているのかね」とバランタインは蔑むように言った。「妻はなかなかの腕前でね。ウサギの口応えは許さない、本当だ。さあ、行こう」

「そうね」とステラが言った。「もう時間です。ではあらためて、ごきげんよう、スレスクさん」ステラの声にはどこか強調しているような響きがあった。スレスクは急いで態度を変えた。

「では、お元気で」とスレスクは言った。そしてバランタインとともに戸口に向かった。だが、その夜もう一度だけ彼女の声を聞くことになった。それはスレスクに向けられたのではなく、テントの外へ出るときに、夫に向けられた言葉だった。

「スレスクさんとご一緒に駅まで行かれるのでしょう?」

「いいや」とバランタインは答えた。「キャンプから出るのをお見送りするだけだ」

スレスクは、ステラの顔に失望の影がよぎったような印象を受けたが、離れている上に薄暗い明かりの中だったので、定かではなかった。二人の背後で簾が閉じ、ステラの姿が視界から消えた。

スレスクは、召使がラクダの頭を押さえているあいだに、ラクダの背に登り、ラクダ使いの後ろに座った。

「しっかり座っていろ」とバランタインは言った。「さもないと、ラクダが立ち上がるときに放り出されるぞ」

ラクダが脚を伸ばして立ち上がるとき、スレスクは揺り木馬にまたがっている子どものように、前後に大きく揺すられた。

「そうだ、もう大丈夫だろう」とバランタインが叫んだ。「しっかりつかまっていけ、これでお別れだ」

「では、お休みなさい」とスレスクは言った。

ラクダは明るく燃える火のそばを離れ、月明かりの靄の中に出ていった。背後でキャンプの音が遠ざかっていく。聞こえるのは柔らかく重たげなラクダの足音ばかりだった。

第九章　バランタインの人生の挿話

レプトン夫妻の住まいはカンバラヒルにあり、客間の弓型の張り出し窓からは、アラビア海と、南のマラバール岬へと続く海岸が見下ろせた。この出窓のそばにレプトン夫人は午前中ずっと座っていて、友人とも連絡を断っていた。膝の上には開いたままの本が置かれているが、視線は海に向けられている。炉棚の上の時計が十二時を知らせてから五分後に、待っていたものが見えた。丘のふもとから海を押し分けるように出て行く大型船の遣出《やりだし》と舳先、船首の下では海水が沸き立っている。天幕と濃黄色の煙突が何本もついた汽船全体が姿を現し、アデン（紅海入口の海港）を目指して北西に針路を取った。

ジェイン・レプトンは椅子から立ち上がって、船が出ていくのを眺めた。陽光を受けて、海上でくっきりと輪郭を浮かび上がらせた黒い船体は、線や円材も見事に形が整っていて、手を伸ばせばつかむことができるミニチュア模型のようだった。だが見ているうちに目が潤んできて形が崩れてぼやけ、船が視界から消えるよりもずっと前に分からなくなった。

「わたくしは愚か者ね」目をそらしながらそう言うと、ハンカチを噛みしめた。今は金曜日の昼だった。レプトン夫人は月曜の夜のカラザーズ家での晩餐会以来、大それた望みと思慮深い考えとの狭間で揺れ動いていた。だが、この失望の瞬間まで、自分の中で大それた望みのほうがどれほど完璧に優位に立っていたことか、そして晩餐の席で自分に向けられたスレスクの執拗な質問に対して、どれほど夢中になってすがってしまったことか、レプトン夫人は気づいていなかった。

「やはり、バランタイン夫妻は見つからなかったのね」とレプトン夫人は言った。だが、何か知らせがあるかもしれない。電話連絡か、電報か、あるいは船上で走り書きしたメモが使いの者によってカンバラヒルに届けられるかもしれないと、朝のうちはずっと期待していた。だが、スレスクからは何の知らせもなく、すでに彼をイギリスに運んでいるあの船も、空に煙の汚れを残していっただけだった。

レプトン夫人がハンカチをポケットにしまい、家の用事に取りかかろうとしたとき、執事がドアを開けた。

「今はだめよ――」と言いかけたレプトン夫人は言葉を呑み、歓迎と驚きの声を上げた。執事のすぐ後ろにはスレスクの姿があった。

「あなた!」と彼女は叫んだ。「まあ!」

脚から力が抜けるのを感じて、崩れるように椅子に座り込んだ。

「ああ、椅子があってよかったわ」とレプトン夫人は言った。「そうでなかったら、床に尻もちをついていたところよ」彼女は執事を退けて、スレスクのほうに片手を伸ばした。「まあ、あなた」と彼女は言った。「アデン行きの蒸気船があそこに」

レプトン夫人の声には感激と賞賛が込められていた。スレスクはふさぎ込んだ様子でただうなずいただけだった。

「乗り損ねたのです」と彼は答えた。「大変遺憾です。ロンドンには私を待っている依頼人がいるというのに」

「わざとお乗りにならなかったのでしょう」レプトン夫人がそう断言すると、スレスクの表情が緩んで笑顔になった。彼は窓を離れてレプトン夫人のほうを向いた。とたんに少年の顔になったようだった。

「何よりの口実ができましてね」とスレスクは答えた。「完璧な口実です」だが、その口実がどれほど見事に役立つことになるのか、彼にも予見することはできなかった。

「おかけになって」とジェイン・レプトンは言った。「チティプールにいらしたのでしょう。ここにいらしたところから察するに、あなたは二人を——見つけ出した——あそこで」

「いいえ」とスレスクは言った。「そうではありません」彼は腰を下ろし、ジェイン・レプトンの目を真っすぐに見た。「思いがけない幸運に恵まれました。二人に会ったのは——キャンプです」

ジェイン・レプトンは、最後の言葉が含んでいる意味をすべて理解した。

「それこそ願うべきことでした」とレプトン夫人は答えた。「そんなことが可能だとは思ってもみませんでした。ステラとはお話ができたのかしら?」

「二人きりでは、ひとこと言葉を交わすのでさえ困難でした。でも、私はこの目で見てきました」

「何をご覧になったの？」

「それをお話しするために参りました」スレスクは、あの夜のキャンプでの出来事を語った。ステラ・バランタインに関してできる限りの話をしたが、すべてを伝えたわけではなかった。例えば、どのようにテントにパイプを置いてきて、どのようにそれを取りに戻ったかという点についてはすべて省略した。重要ではないと思えたからだ。写真についてバランタインと交わした会話もレプトン夫人には話さなかった。「彼はパニック状態でしてね。妄想に取りつかれていました」とだけ言ってやめておいた。スレスクには弁護士の気質が身についていた。というより、大事な実践の場においては弁護士としての考えが働くのだった。彼には本質的な事実に対する直感力があり、本質的事実というものはありのまま単純に提示されれば実に分かりやすいと知っていたからだ。スレスクは、ステラとスティーヴン・バランタインとの暮らしについて、自分が見たことをジェイン・レプトンに伝えようと努めた、それ以上でもそれ以下でもなかった。

「さて」彼は話し終えてから言った。「私をチティプールに差し向けたのはあなたです。その理由を知らなければなりません」

レプトン夫人がためらうと、スレスクは彼女を威圧するように言った。

「私に率直に話したからといって」とスレスクは語気を強めた。「あなたが友を裏切ることにはならないでしょう。私はあなたの言葉に従ってチティプールまで行き、船に乗り損ねた。あなたがチティプールに行くよう仕向けたのです。あなたの語る内容が、少なすぎたのか、多すぎたのか。それは少なすぎた、と申し上げましょう。こうなった以上、すべてを知らなくてはなりません」そしてスレスクは立ち上がると、レプトン夫人の前に立った。「あなたはスティーヴン・バランタインについて、何を知っているのですか?」

「お話ししましょう」とジェイン・レプトンは言って、時計を見た。「よろしければ、このまま残って、お昼をご一緒していただけますか。ほかには誰もいませんから。のちほどお話しいたします。それと――」と、レプトン夫人は自分の話す番になって立ち上がった。責任が重くのしかかっていた。

　自分はこの男に知ってほしくて送り出したのだ。その結果、彼は、自分が考えていたよりも、自分が望んでいたよりも、さらに強力に、さらに大それたことを成し遂げて戻ってきた。自分はとんでもない力を作動させてしまったのではないだろうかと、恐ろしくなった。

「それと――?」とスレスクが訊いてくれたので、レプトン夫人は安堵のため息をついた。彼の目と声に表れた堅実さに気持ちが落ち着いた。スレスクの静かな主張が勇気を与えてくれた。彼の心の中には、自分が抱いているような困惑や疑いがないことは明らかだった。まるで本物の馬術家の手に握られた神経質な馬のようだわ――スレスクを前にして、レプトン夫人はこんなふうに自分自身のことを感じた。

「それと、あなたに行ってほしかった理由もお話ししましょう。わたくしの夫のインドでの任務が終わることになりました。ひと月のうちにわたくしたちはイギリスに帰ることになります。もう戻ってはこないでしょう。そしてわたくしたちが去ってしまったら、ステラはこの国で親しい友が一人もいなくなってしまいます」

「そうですか」とスレスクは言った。「それはどうにも仕方のないことです」そして二人は昼食をとりに行った。

食事のあいだ、召使たちの前では新聞に書かれていることを話題にした。二人のうちレプトン夫人のほうは、恐れ戸惑いながらも、早くはっきりさせてしまいたいと、非常にもどかしく感じていた。レプトン夫人には彼女なりの好奇心があって、その気持ちが彼女を消耗させ始めていた。ステラがインドに来てステラ・バランタインになる前に、スレスクはステラの何を知っていたのか、ステラは彼の何を知っていたのだろうか？　二人は愛し合っていたのだろうか？　もし違うのなら、なぜスレスクはチティプールまで出かけていったのだろう？　なぜ船に乗らず、イギリスにいるすべての依頼人を見捨てたのだろうか？　もし愛し合っていたなら、なぜ結婚しなかったのだろう――ただ愚かだったのか？　これらの疑問に対する答えを、何と知りたいことか！　今、彼は何をしようと目論んでいるのだろう！　わたくし自身が胸の内を明かさなければ、何も話してはもらえないだろう。彼の顔は、これが最後通牒であると語っていた。

「居間でコーヒーにしましょう。そこで煙草も召し上がれますから」レプトン夫人は先に立って部屋へ案内した。「葉巻はいかがです？」

スレスクは愉快そうに笑顔を見せた。だが、なぜ愉快なのか、レプトン夫人には理解できなかった。

「ハバナ葉巻を持っていますので」と彼は言った。「かまいませんか？」

「もちろんです」

スレスクは葉巻に火をつけて、耳を傾けた。だが、ほどなく火が消えてしまったが、スレスクはつけ直そうともしなかった。このとき打ち明けられたレプトン夫人の目撃談は、バランタインの恐ろしさを浮き彫りにした。スレスクはバランタインに対して腹を立て、軽蔑しながらキャンプを後にしてきた。しかし、レプトン夫人の居間で話を聞くうちに、軽蔑の感情はすっかり消え失せた。

「ステラがわたくしに打ち明けてくれた内容をお話しするつもりはありません」とレプトン夫人は言った。「ステラは、誠実であらねばならない確かな理由がなくても、誠実であろうとします。でももし、誠実であることのために口を閉ざしているのでないとすれば、それは自尊心からでしょう。わたくしはこの目で見たことをお話しします。あのとき、わたくしたちはアーグラに滞在していました。夫はアーグラの収税官でした。そこで公式会見が催されて、チティプールのラージャが何頭もの象と兵隊たちを連れて姿を現しました。当然、バランタイン閣下と夫人もお見えになりました。二人はわたくしどものところにお泊りになりました。わたくしが何も知らなかったということはご理解いただけると思います——本当にまったく何も知らなかったのです——そのときまでは。疑いすらしていませんでした——ポロのトーナメントの決勝戦の午後まではね。ステラとわたくしは二人だけで出かけて、六時頃に帰ってきました。ステラは二階に上がって、わたくしは——わたくしは書斎に入っていきました」

書斎にはバランタインがいて、黒く濃い眉毛の下に目をぎらつかせ、鉛色の顔をして、背の高い肘掛椅子に座っていた。レプトン夫人が部屋に入っていくと目は向けたものの、じっと動かず、話しかけてくるわけでもなかったので、ひょっとして具合でも悪いのかと思った。しかし、バランタインのすぐ横の小さなテーブルには、空になったウィスキーのデカンターが置いてあることに気がついた。

「今晩、夕食に何人かいらっしゃることになっています、バランタイン閣下」とレプトン夫人は言った。「八時に食事にいたしますので、まだ一時間半ほどございます」

レプトン夫人は本棚のところに行き、本を一冊取り出した。振り返ってみると、バランタインの様子が一変していた。顔には生気がみなぎり、用心深く狡猾な目をしていた。

「それで、何だってそんなことを私に言うのだ？」バランタインはかすれた恐ろしい声で言った。誰に話しているのか分かっていないのだと気づいて、レプトン夫人はとたんに恐ろしくなった。自分は秘密を知ってしまったのだ――バランタインの秘密を。町にいるときにたった一度だけ、彼は正体を見せてしまった。そのときレプトン夫人は、バランタインが動けないことを願い、彼が正気に返ることを願った。座っている肘掛椅子と同じくらい彼はじっと動かなかった。

「お伝えするのを忘れてしまって」とレプトン夫人は答えた。「前もってお知りになりたいかもしれないと思ったものですから」

「なぜ、前もって知りたいと思わなくてはいけない？」

レプトン夫人はバランタインの秘密を知ってしまった。バランタインは彼女が自分の秘密を知ったのかどうか確かめようとして、質問を浴びせかけてきた。

知ってしまったことは隠さなければならない。あらゆる本能が隠さなくてはいけないと警告していた。

「お見えになる方々はインドが初めてなのです」と彼女は言った。「それであなたのことをお話ししてあるものですから、みなさま期待してこちらにいらっしゃいます」

「たいへん親切なことだ」

レプトン夫人は軽やかに笑いを交えながら話した。バランタインは、皮肉も軽口も交えずに、顔にじっと目を据えて答えた。レプトン夫人はそのときの自分の恐怖を言葉で説明することができなかった。それまでにもバランタインと一緒に食事をしたことは何度もあった。バランタインが屋敷に泊って三日が経っていた。バランタインの能力については承知していたし、特に彼が好きでも嫌いでもなかった。ステラにはあまり優しくないという印象は持っていたが、それは単に女の本能的な勘にすぎなかった。それが今突然、獣のような危険な人間として迫ってきているのだった。部屋から逃げ出したかったが、あえてそうはしなかった。というのは気をつけて歩こうと思っても、思わず駆け足になってしまうと分かっていたからだ。腰を下ろし、しばらく本を読んで気持ちを落ち着けてから出ていくつもりだった。だが、椅子に腰かけたとたんに、恐怖が十倍に膨らんだ。なぜなら、バランタインが素早く椅子から立ち上がって、異常なほど軽く静かな足取りで部屋をぐるりと歩いて背後に回り込み、姿を隠したからだ。それから彼は腰を下ろした。床の上で椅子の脚がかすかに軋る音が聞こえた。それは窓のすぐそばにある書き物机の椅子で、ちょうど後ろの位置にあった。バランタインからはこちらの動きをつぶさに見ることができるのに、自分のほうは何一つ、彼の指先さえ見ることができない。そして今は彼のその指が恐怖のもとだった。バランタインは有利な位置からこちらを観察していた。彼の視線がうなじの上で燃えているのが感じられるようだった。そして彼は何も言わず、身動き一つしなかった。間違いなく危険だと確信した。部屋を横切って、暖炉の横にある呼び鈴のところまで行かなければならない。いやだめだ、叫び声を上げるしかない、召使を呼んで助けてもらうしかない――もう叫ぶ寸前だった。だが、どうにか自分を抑えた。呼び鈴のあるところまで半分も行かないうちに、口から叫び声が出る前に、首のまわりで彼の指が締まるのを感じることになるだろうから。

レプトン夫人が重い口を開いてようやく話し始めたのは、それが女性特有の神経過敏な反応だと受け取られて笑われるのではないか、と恐れたからだった。だが、スレスクは笑わなかった。彼は真面目に真剣に話を聞いた。そして話が進むにつれ、その夜の悪夢がレプトン夫人の記憶の中で鮮やかに甦ってきて、その口を通して生々しく語られたのだった。

「わたくしは単に危険を感じたというだけではありませんでした」と彼女は言った。「何かぞっとするような不快なもの、肉体的に辛いといえるほどの何かを感じたのです。あの部屋には、言葉の力ではとても表現できない邪悪なものがあったとしか思えないのです」

レプトン夫人は自制心が薄れていくのを感じた。もしこのままこの場に留まれば、自分の発する警告に背かなければならない。もうすでに何度も繰り返し、喉をごくりとさせていて、この喉の動きを彼に見破られはしないかと不安だった。僅かに残っている勇気を奮い起こして、横にそっと本を置き、ゆっくりと慎重に立ち上がった。

「ステラにならって、一時間ほど横になろうと思います」バランタインに顔を向けずに言った。だが、話しているあいだにも、ステラの名前を出して失敗だったと気づいた。バランタインは後からついてきて、わたくしがステラの部屋に行き、今見たことを彼女に話すかどうか調べようとするかもしれない。だが、彼は動かなかった。レプトン夫人はドアのところまで行くと、取手を回して部屋を出てドアを閉めた。

その瞬間どっと力が抜け、ドアの横の壁にもたれかかった。心臓が早鐘のように打っている。だが、彼が追いかけてくるかもしれないという恐怖にかられ先を急いだ。玄関ホールを抜け階段下にある陶器の飾り戸棚の前でそっと立ち止まった。その飾り戸棚は書斎のドアのある壁際に置かれていた。そのとき書斎のドアが非常にゆっくりと開いて、バランタインの土気色の顔がのぞいた。レプトン夫人は階段のほうを向いて、後ろを振り返らずに上った。中ほどまで上がり階段の踊り場でホールが視界から消えた。その瞬間、彼が自分の後を追ってホールを抜けてくる足音が聞こえた。またしても、同じように軽い足取りだった。がっしりとした重量のある粗野な生き物が立てる、異様で人間のものとは思えない足音だった。

「わたくしは肝をつぶしました」レプトン夫人はスレスクに率直に打ち明けた。「あれは動物の足音です。何か巨大なヒヒに、密かに後を追われているような感じでした」

レプトン夫人はステラ・バランタインの部屋のドアのところまで来たが、立ち止まらないように気をつけた。自分の部屋までたどりつき、中に入るとすぐに差し錠をかけた。その一瞬のちに、壁の向こうからバランタインの息づかいが聞こえた。

「ステラが彼と二人きりで、一度に何カ月もジャングルで過ごしているなんて、考えてみてください！」レプトン夫人は両手を絞るように握りしめた。「そのことが常に頭から離れなくて――考えるだけでぞっとします。ああ、今にして思えば、ステラが生気や、色艶や、若さを失ってしまったことが理解できます」

インドの夜の静けさの中、人里から遠く離れた寂しいキャンプとがらんとした宿泊所の光景が、レプトン夫人の目に浮かんだ。ステラがベッドで片肘をついて体を支えている姿を思い浮かべた。恐怖のあまり目を大きく見開き、仕切り壁の向こうにいる酒に酔った獣の軽い足音にひたすら耳を傾けている。足音が近づけば体を震わせ、足音が消えれば額に汗をにじませたまま体をベッドに沈める。こうした様子をレプトン夫人は言葉にして、カンバラヒルの自宅でスレスクに語った。

スレスクは心を動かされ、心を動かされたことを態度に示した。彼は立ち上がって窓辺へ行き、レプトン夫人に背を向けた。

「なぜやつと結婚したんだ？」とスレスクは大声を上げた。「ステラは貧しかったが、少しばかりの金はあったはずだ。なぜそんな男と結婚したんだ？」スレスクは答えを求めて、レプトン夫人のほうを向いた。

レプトン夫人はちらりと彼を見て言った。

「そのことについては、ステラは決して話してくれませんでした。それにステラが結婚するまでは、会ったことがありませんでしたから」

「それにしてもなぜ、ステラは彼のもとから去らないのだ？」

レプトン夫人は両手を上げた。

「まあ、それは簡単な質問ですわ、スレスク先生！　いったいどれほどの数の女性が、そういうものだから仕方がないという理由で、耐えていることか。夫のもとから去るにしてもそれなりの勇気がいるものです。その上もし心が壊れているとしたら？　もしも怯えているとしたら？　もしも昼も夜も恐怖の中で暮らしているとしたら、どうでしょう？」

「そうですね、愚問でした」とスレスクは言って、ふたたび腰を下ろした。「あと二つ、お聞きしたいことがあります。あなたはステラにこのことを話したことがありますか？」――バランタイン夫人という姓ではなくステラの名前が自然に口をついて出たが、二人のうちジェイン・レプトンだけが、そのことに気がついた――「アーグラの書斎であった出来事についてです」

「ええ」

「あなたが打ち明けた結果、ステラは夫との生活について何か説明をしましたか？」

レプトン夫人が答えをためらったのは、真実を洗いざらい話してよいものかどうか、これ以上迷いがあったからではなく――実のところ、もうすでに多くを語りすぎていた――質問の仕方が気に障ったからだった。レプトン夫人からすれば、それはまるで法廷での討論のように感じられた。彼女が知りたかったのは、スレスクという人間だった。法廷弁護士を知る必要はなかった。

「ええ、話してくれました」と彼女は答えた。「でも、わたくしに反対尋問はなさらないでください」

「失礼しました」とスレスクは笑いながら言ったが、その瞬間、その笑いが彼に人間らしさをもたらした。

「ええ、確かに」とジェイン・レプトンは大急ぎで言った。「ステラは真実を話してくれました――あなたがご存知のことも、ご存知ないことも。バランタインはお酒に酔うと服を脱ぐのです、丸裸になってしまう。何てことでしょう！　ステラはそのことをわたくしに打ち明けると、泣き崩れてしまいました。ああ、あの姿をご覧になったら！　ステラが自制心を失うなんて――それだけでも友人たちは驚くに違いありません。ああ、でも彼女の様子といったら！　ソファでわたくしの横に座って、両手を絞るように握りしめ、とめどもなく涙を流して……」スレスクはすぐさま椅子から立ち上がった。

「ありがとうございました」と話を遮るように言った。これ以上は聞きたくなかった。唐突に、スレスクは片手を差し出した。

レプトン夫人も立ち上がった。

「どうなさるおつもり？」レプトン夫人は息を凝らした。「わたくしにはお聞きする権利があると思います。ずいぶん多くのことをお話ししました。あなたにお伝えしてよいものかどうか、ずいぶん迷いました。でも――」声が途切れ、ひどくぎこちなく弁解を終えた。「わたくしはステラがとても好きなのです」

「分かっています」とスレスクは言った。その声は心地よく、顔には親愛の情があふれていた。

「それで、どうなさるおつもりなの？」

「ステラに手紙を書いて、ボンベイで私と落ち合うように伝えるつもりです」とスレスクは答えた。

第十章　チティプールからの知らせ

スレスクの言葉の後に長い沈黙が続いた。ジェイン・レプトンは炉棚のほうを向いて、飾り物をあちらこちらに動かしながら、スレスクのチティプールへの旅がもたらしたこの結果をよく考えてみた。まさにこの結果のために働きかけたのだ。その点については率直に認めていた。にもかかわらず、静かな口調で告げられたスレスクの決定は衝撃だった。それでも後戻りしようとは思わなかった。意見を述べたのは、スレスクが不用意な衝動にかられて行動するわけではないと、確かめるためだった。

「そんなことをしたら、あなたの経歴に傷がつきます」とレプトン夫人は言った。「もちろん、熟慮された上でのことでしょうけれど」

「確かに、影響はあるでしょう」とスレスクは答えた。「もし彼女が私のもとに来れば。もちろん、議会も去ることになります」

「それであなたのお仕事は？」

「しばらくのあいだは、当然のことながら損害を被ることになります。　だが、すべてを失ったとしても、情けない男にはなりたくありません」。

「蓄えはおありかしら？」

「いいえ。貯蓄をするほど十分な時間はありませんでした。でも、もう何年もかけて銀製品とミニチュア模型を収集してきました。それらについてはある程度の知識はありますし、収集品は価値のあるものです」

「分かりました」

レプトン夫人はあらためて彼を見た。そうなのだ、ボンベイまでの夜の旅のあいだに、彼はこの案を考え抜いたのだ――疑いようがなかった。

「ステラだって、やはり苦しむでしょう」とレプトン夫人は言った。

「今よりもひどく、ですか？」とスレスクは訊いた。

「いいえ。でも、少なくとも当分は難しい立場になるでしょう」彼女はスレスクに歩み寄って訴えた。

「ステラのために、ステラのことを思いやってくださいますね？　ああ、もしもあなたが彼女を裏切るようなことをしたら――どれほどあなたを憎むことか！」彼を見据えた目がぎらりと光った。

「そんな心配は無用かと思います」

しかし、レプトン夫人から見ると、スレスクはあまりに落ち着いていて、あまりに静かだった。スレスクには英雄的な行動に出てほしかった。この不安な気持ちを癒す薬として、彼に抗議してほしかった。それなのに、スレスクは抗議の声を上げることもなく、目の前に立っている。レプトン夫人は訝しげに彼の顔をうかがった。ああ、そこには優しさのかけらもないように見えた。

「ステラに必要なのは――愛情です」とレプトン夫人は言った。「そう――確かにそうです。あなたはステラを愛してくれますか?」

「もし、ステラが私のもとにきてくれたら――もちろんです。私は八年ものあいだ、彼女を求めていたのです」そのときスレスクの中で、英雄気取りの言動ではなく、本物の激しい愛情がほとばしった。心痛のあまり顔に痙攣が走った。スレスクは座り込むとテーブルをこぶしで叩いた。

「ステラを残してキャンプを去ることがどれほど辛かったか――友人からは何マイルも離れている場所です。たとえ一縷《いちる》の望みでもあれば、力づくでバランタインからステラを引き離してきたものを。だが、そんなことをしても、やつの兵士たちに道を封鎖されていたでしょう。だからこれが唯一のチャンスなのです。ボンベイまで戻って、まず彼女に手紙を書く、最初の夜に彼女がこっそり抜け出してここまで出てこられれば、待機している私と落ち合えるでしょう」

レプトン夫人は満足した。だが、彼が話しているあいだ、彼女の胸に新たな心配が頭をもたげた。

「考えておかなければいけないことがあったわ」と思わず声を上げた。

「何でしょう?」

「バランタイン閣下は寛容ではないということです。妻と離婚するような人ではありません」

スレスクは顔を上げた。確かに、これまでその可能性に思いが至らなかったのは、ジェイン・レプトンと同じだった。あらためてよく考えてみた。

「確かにそういう人間でしょう」スレスクも同じように感じた。「だが、その危険は負わなければならない――もし、ステラが来てくれるなら」

「まだ手紙は書いていないわ」レプトン夫人がそれとなく示唆《しさ》した。

「いいえ、書きます」と答えると、スレスクは立ち上がってレプトン夫人と向き合った。「書いてほしくないとおっしゃるのですか？」

レプトン夫人はスレスクの視線を避け、床の上を見て、逃げ口上をいくつか口にし始めた。だが最後には彼の両手を取り、きっぱりと言った。

「いいえ、そうは言わない！　書いて！　書いてちょうだい！」

「ありがとうございます！」

スレスクがドアに向かい、部屋を出ようとしたとき、レプトン夫人が声を落として呼びかけた。

「スレスク先生、もし彼女が来てくれたらと、何度も繰り返されたのは、どういう意味なのかしら？」

スレスクはゆっくりと部屋の中に戻ってきた。

「信頼してもらえなくても当然だと思えることを、八年前に私がステラに対してしたのです」

スレスクは、実に率直に、かつ簡潔にその意味を明かしたが、それ以上踏み込んでは話さなかった。レプトン夫人は納得してスレスクを送り出した。スレスクはアポロバンド海岸通りにある大きなホテルに戻って、〈汽船に乗りそびれたので、自分の帰りを待っている仕事はほかの人に回さなければならない〉との内容で、ロンドンに向けて電報を何本も打った。ステラ・バランタインへの手紙は最後まで残しておいた。ステラはキャンプ中なので、焦ったところで手紙がすぐに届くことはなかった。ことによると彼女が手紙を読むまでに何週間もかかるかもしれない。そして手紙を書くにあたっては、何より慎重でなければならなかった。ステラがかけてくれた言葉にはスレスクを勇気づけてくれるものもあったが、スレスクのことを信頼してくれているのか疑わしいものもあった。ステラはこれまでに何度か苦い思いをしている。かつて彼のせいで恥をかいたのは、チチェスターへ続く石畳の街道があるビッグナーヒルの丘の上だった。そして二度目はチティプールのテントの中、スレスクの目の前でのことだ。そうだ、書かなければならない手紙は簡単ではなかった。一晩かけ、また翌日の大半も費やして、書き記す言葉を決めた。いずれにしても夜行郵便列車が出るまでは配達されない。スレスクは夜の六時までに手紙を書き終え、宛先を書いた。それを持ってメインロビーに下りていき、そこにある郵便箱に投函しようとした。だが、その手紙は決して投函されることはなかった。

　階段を下りたすぐそばに電信受信機《チッカー》（株式相場やニュースなどを紙テープに自動的に印字する機械）があった。スレスクが下りていくと、カチカチという機械の音が聞こえ、いつものように少人数の一団がまわりを囲んでいた。大半がアメリカ人で、株式市場の最新の価格を互いに読み合っている。早口でしゃべっている声の一部がスレスクの耳にぼんやりと聞こえてきた。床まであと二段というところだった。二つの有価証券の価格のあいだで、ぞんざいに放たれた言葉が、彼の足を止めた。話していたのはえらの張った顔の若い男で、濃い髪をぴったり真ん中分けにしている。薄い灰色の背広に身を包み、受信機からテープが出てくるのを指でつまんで送っていた。そのときの男の姿はスレスクの心に強く印象に残ったので、時が経ってもその顔を忘れることはなかった。

「銅は一ポイント上昇だ」と彼は読み上げていた。「いいぞ。バランタイン閣下って何者だ？ユナイテッド・スチールは八分の七ポイント下落だ。まあ、俺には影響なしだ」と彼は続けた。

スレスクはそれ以上のことは聞かなかった。チティプール州でキャンプに出ているバランタインについて、どんなニュースがテープで送られてくるのだろうか。それとも、もう一人別にバランタイン閣下という人物がいるのだろうか。スレスクは機械の前の人だかりの中に分け入って、床からテープを拾い上げ、〈ユナイテッド・スチール〉のところまで遡《さかのぼ》るようにして目を走らせた。その前にある文はこうだった。

〈昨日早朝、バランタイン閣下はジャワール・ジャンクション近くに設営されたテントの外で死亡しているのが確認された〉

スレスクは二度読んでからその場を立ち去った。テープにあったニュースは、もちろん間違いの可能性もあるが、もしそれが本当なら自分の人生に大きな変動が起こることになる。手にしているこの手紙は必要なくなるのだ。ステラにとっても、自分にとっても、行く手から障害が取り除かれた。たとえ一瞬であってもこのニュースを歓迎しないではいられないし、心の底からこれが本当であってほしいと願わずにはいられなかった。そしてこれは十分にありそうな知らせだった。何しろあの写真の件がある。スレスクは、ボンベイに到着した当日の朝に、マラバール岬にある総督の屋敷に預かった写真を届けておいた。そこで写真を手渡してから、その足でレプトン夫人の家まで車を飛ばしたのだ。だが、チティプールからその写真を持ってきた日は、バランタインの命を救うには遅すぎた。結局、彼がその写真を持っているあいだは、恐れるに足るもっともな理由があり、そして、その写真が彼の手から離れたという知らせは、サラクの仲間にはまだ届いていなかったのだ。スレスクは、バランタインの死に至る経緯をこのように理解した。

だが、受信機は真実とはまったくかけ離れた単なる噂話を打ち出した可能性もある。スレスクは売店に行き、地元の夕刊紙『アドヴァケイト・オブ・インディア』を一部買って、最新の差し替え電報記事を目で追った。バランタインの死亡に関する記述はない。特別寄稿欄までざっと目を通してみたが、バランタインに不幸が襲ったという記述はどの欄にも見当たらなかった。だがその一方で、ヘンリー・スレスクが訴訟の成功を勝ち取って、昨日郵便汽船マドラスでインドを発ちマルセイユに向かった、という自分自身についての記事があった。スレスクは新聞を投げ捨てると、電話ボックスに向かった。もしこのニュースが真実ならば、それについて知っていそうな人物はレプトン夫人だった。スレスクはカンバラヒルの屋敷に電話をかけて、彼女に取り次いでほしいと頼んだ。即座に、レプトン夫人からは邪魔をしないようにと言われている、との答えが返ってきた。それでもスレスクは引き下がらなかった。

「私の名前を伝えてくれませんか――ヘンリー・スレスクです」受話器を耳にあてたまま、百年とも思えるほどの時間を待った。ようやく返事があったが、またしても召使の声だった。

「申し訳ございません、奥様《メムサーヒブ》はただ今どなたともお話しになれません」相手側の受話器が勢いよく置かれ、回線が切れて耳障りな機械の雑音だけが残った。

スレスクは困惑した顔に重苦しい様子で電話ボックスから出てきた。レプトン夫人が、自分と話すことを拒絶した！

それは事実だ、不可解な事実だ、何かがおかしい。ただ単に最後の二十四時間熟考したというだけで、レプトン夫人の気持ちがこれほど劇的に変化したとは到底信じられなかった。昨日あれほど熱を込めて「書いて！　書いてちょうだい！」と自分に向かって叫んだ人物から、こちらに落ち度がないのに、今日はただ話をすることさえ禁じられたりするだろうか。自分は何もしていないし、誰とも会っていない。スレスクは、あのテープのニュースが真実であると確信した。だが、真実だというだけではないのだろう。その裏には何かがある——何かひどくおぞましく、恐ろしいものが。

スレスクはホテルの玄関まで行き、車を呼んだ。「カンバラヒルまで行くように頼んでくれ」と彼はホテルのボーイに言った。「止まるところで声をかけるから」

ボーイが指示を通訳して、スレスクはレプトン夫人の玄関のところで運転手に声をかけた。

「奥さまは、今日はどなたにもお会いになりません」と執事が言った。

「分かっている」とスレスクは答えた。彼はカードに走り書きをして、渡してもらうよう頼んだ。長い時間がかかった。スレスクはホールに立ったまま、開いたままの戸口から外を見ていた。すでに夜になっていた。車道には明かりが灯っている。明かりはずっと下のブリーチ・キャンディの波打ち際まで続いていて、アラビア海に突き出た先に光が一つ瞬いている。だが、スレスクの後ろにある屋敷の中は暗かった。スレスクは悲嘆と哀悼の住みかにやってきたのだった。心が沈み、胸騒ぎがした。ようやく背後の通路に足を引きずる音がして、かすかな光が見えた。奥様がお会いになるそうです、とのことだった。

スレスクは客間に通された。その部屋にも明かりは灯っていなかった。だが、ブラインドは下がっていなかったので、外の街灯から漏れてくる明かりが、暗闇に薄明をもたらしていた。誰も彼を迎えに出てこなかったが、部屋は空ではなかった。暖炉近くの隅にあるソファに、レプトンと妻がうずくまるように寄り添っていた。

「ボンベイからこちらに来たほうがよいと思ったものですから」部屋の中央に立ったままスレスクが言った。しばらく何の返答もなかったが、やおら口を開いたのはレプトンだった。

「ああ、そうだな」と彼は言ってソファから立ち上がった。「明かりをつけたほうがよさそうだ」と妙によそよそしい声で言い添えた。彼は中央のシャンデリアだけつけたので、部屋の四隅は闇に沈んだままだった。それはまるで――同じような光景がスレスクの心に浮かび上がった――チティプールのテントの中のようだった。それからレプトンは几帳面にブラインドを下ろした。彼はスレスクを見ようとしなかったし、ソファにいるジェイン・レプトンは身動き一つしなかった。スレスクの予感は恐ろしい確信に変わった。何か胸の悪くなるようなことが起きたのだ。もしかしたら自分は死を弔う家にいるのかもしれない。ここでは自分は歓迎されず、夫妻は二人きりになりたくて、自分がいることを不快に思っているのだと気づいた。だが、何の情報も得ないまま立ち去るわけにはいかなかった。

「三十分前に電信受信機のテープに通信文が届きました」とスレスクは低い声で言った。「バランタインが死んだと報じていました」

「そうか」とレプトンは答えた。彼はテーブルに身を乗り出して、まるで明かりがいつもより暗いとでもいうように、シャンデリアを見上げていた。

「それは事実です」先ほどと同じく、妙によそよそしい声だった。

「テントの外で、遺体で発見されました」とスレスクがつけ加えた。

「そのとおり」レプトンは認めた。「悲しいことだ」

「悲しいですって！」

スレスクは思わず驚きの声を上げた。

「そうだ」

レプトンはシャンデリアの明かりから離れた。レプトンは、スレスクが部屋に入ったときから一度も顔を合わせようとしなかった。妻のほうも見ていなかった。真っ青な顔をして、せわしなく椅子の位置を変えたり、写真を動かしたり、必要のない細々としたことをしている。帰ろうとしない煩わしい客が部屋にいるときに取るような、落ち着きのない行動だった。

「本当に、恐ろしく悪い知らせです」

「どんな知らせですって？」

「彼は撃たれたのですよ。むろん、テープの電文には書かれていなかったでしょう。そうです、彼は撃たれたのです――あなたがあそこで食事をした同じ夜に――あなたが去った後のことだ」

「撃たれた！」

スレスクの声が低くなった。

「そうです」くぐもった静かな声で先を続けた。彼らのうちの誰一人として興味を示さなくても不思議ではないような、一見ささいなことについてレプトンは語った。「彼が撃たれたのは小型の射撃用ライフルで、ステラのものです。彼女が普段からよく使っていた銃です」

スレスクの心臓が止まった。一つの光景が目の前に閃いた。赤い裏張りの施されたあの薄暗いテントの内部と、テーブルの横に立っているステラが見えた。ステラの声も聞こえた。「これはわたくしの小型のライフル銃です。明日のために銃がきちんと準備できているか点検しているのです」ステラの口調はさりげなく淡々としていたので、ここにいる三人の心の中にあることが、真実だとは考えられなかった。だが、やはりステラは、いま話しているレプトンと同様に、淡々としていたわけではなかった。レプトンは悲しみのあまり極度の緊張状態にあるのだった。そのときスレスクは、一連の推測の中の弱点を見つけ出した。

「でも、バランタインはテントの外で発見されています」スレスクは勝ち誇ったような調子で叫んだ。だが、レプトンの答えに同じ響きはなかった。

「分かっています。それが事態をより深刻にしているのです」

「どういう意味でしょう?」

「バランタインは、朝方にテントの外で石のように冷たくなって発見された。だが、銃声を聞いた者は一人もおらず、野営地の端には複数の歩哨《ほしょう》が立っていた。彼は死んだ後、あるいは死にかけているときに、外へ引きずり出されたのです」

低いうなり声がスレスクから漏れた。無理があると思われた点は、たちどころに事件の全容においてもっとも致命的かつ悲惨な要素となった。検察官がその点をさかんに強調している声が聞こえるようだった。スレスクは恐怖にかられ、しばし放心状態で立ちすくんだ。レプトンはそれ以上話すことはなかったし、レプトン夫人にいたってはただの一度も口を開かなかった。夫妻は自分に出ていってほしいのだ、この部屋から、この屋敷から。よく考えてみれば、夫人の沈黙の意味が理解できた。この悲劇を前にして、夫人は深い後悔の念にとらわれていた。ステラに害をもたらす筋書きを作ったのは自分自身だと考えていた。その筋書きに荷担したスレスクを、レプトン夫人は決して許さないだろう。

スレスクは、レプトンにも夫人にもそれ以上何も言わずに部屋から出ていった。今は何をするにしても、一人でやらなければならなかった。もう二度と屋敷に立ち入ることは許されないだろう。スレスクは部屋のドアを閉めた。すぐにスイッチの音がして、ドアの下から漏れる明かりの筋が消えた。客間はふたたび闇に包まれた。おそらくレプトンは妻の傍らに寄り添い、ソファに並んでうずくまっているのだろう。スレスクは、疎外感と孤独感に押しつぶされそうになりながら、歩いて丘を下っていった。だが、ボンベイの灯が近づくにつれ、その思いを振りきった。

第十一章　スレスク、訴訟に参加する

ホテルに戻ったとき、スレスクの頭の中には、ジェイン・レプトンがカラザーズ夫人の晩餐会で彼に言った言葉が鳴り響いていた。

「強く望みさえすれば、人生において欲しいものは何でも手に入れることができます。でも、そのための代償はコントロールすることができません。その代償については、あとからゆっくりと学ぶしかないでしょう」

自分は欲しかったものを手に入れた――輝かしい経歴だ。自分は今、その代償を学び始めているのだろうか。

スレスクはロビーとエレベーターを避け、中央の大階段ではなく、脇にある小さな階段を使って三階の部屋に上がった。途中誰にも会わなかった。部屋に入り炉棚の上とテーブルの上を確かめた。その日訪ねてきた者はいなかった。手紙もなかった。インドに上陸して以来初めて、招待状や手紙の届かない一日が過ぎた。新聞を見ればその理由は明らかだった。彼はイギリス行きのマドラス号に乗船したはずだった。念のため呼び鈴を鳴らしてウェイターを呼んだが、いかなるたぐいの伝言も届いていなかった。

「事務所に問い合わせてみましょうか?」とウェイターが言った。

「いや、その必要はない」とスレスクは答えて、言葉を続けた。「今夜の食事は部屋でとることにしよう」

もしかしたらこの特別な代償を免れることができるかもしれない、とスレスクは考えた。彼は投函しなかったステラ宛の手紙をポケットから取り出した。もはやこの手紙は不要になったどころか、存在自体がステラにとっては危険だった。もしこれが明るみに出たら、いくらステラが手紙の内容は知らないと主張したところで、バランタインの死についての動機がそこから推測されるかもしれない。おそらくは見当違いな動機が邪推され、世間の人たちはすぐさまそれに飛びつくだろう。スレスクは注意深くその手紙を皿で燃やして、焼けた紙の黒い断片を砕き、灰しか残らないようにした。これで当面できることは済ませた。あとは待つだけだったが、それも長くはかからなかった。まさにその翌日、スレスクはボンベイ警察のクールソン警部がチティプールに向かったことを新聞で知った。

クールソン警部は仕事に人生を捧げているような若者だが、今回ばかりは喜んで同僚に譲ってしまいたい心境だった。彼は今、その任務で遠くの現地へと向かっていた。彼は以前ボンベイでステラ・バランタインに会ったことがある。ステラが珍しくジェイン・レプトンを訪ねたときのことで、彼はステラと同じ夕食の席に着いた。そのため、これからステラが背負わなければならない悲劇的な運命を考えると気が重かった。判明している事実は決定的だった。

金曜日の明け方、ジャワール・ジャンクションの野営地の外縁に立っていた歩哨《ほしょう》が、総督代理の大テントの戸口に近い空き地に、何か黒いものがあることに気がついた。走り寄ってみると、バランタイン閣下が、前夜の夕食のときに着ていたスモーキング・ジャケット姿のまま、うつぶせに倒れていた。歩哨はバランタインの肩をそっと揺すってみたが、その体が力なくだらりとしていたので驚愕した。それから、地面に血が流れていることに気づき、大声で助けを呼びながら警備兵のテントまで走っていった。ほかのインド兵とともに現場に戻り、バランタインを持ち上げてみたが、すでに息はなく、体は冷たかった。兵士たちは遺体をテントの中に運び入れ、シャツを開いてみた。心臓を撃ち抜かれていた。そこで彼らはバランタイン夫人付きのメイドを起こして、夫人を呼んでくるよう命じた。メイドがバランタイン夫人の部屋に行ってみると、夫人は熟睡していた。メイドは夫人を起こして、ことの次第を告げた。ステラ・バランタインは何も言わなかった。ベッドから出て大急ぎで服を身につけ外側のテントに行くと、召使たちが遺体を取り囲むようにして立っていた。ステラ・バランタインは遺体のすぐそばに寄って、死んだ男の顔を長いこと見下ろしていた。ステラは真っ青な顔をしていたが、その態度に怯えている様子はなく、目にも不安の色はなかった。

「殺されています」ようやくステラが口を開いた。「ただちに電報を打たなければなりません。お医者様を呼ぶのにアジメールに、それとボンベイと、マハラジャにも」

バラム・シンが、イスラム教徒の敬礼である額手礼をした。

「お言葉どおりにいたします」とバラム・シンは言った。

「わたくしが電文を書きます」ステラは静かに言った。そしてその場ですぐに自分の書き物机に向かった。

アジメールからの医者はその日のうちに到着すると、検死を済ませ、電報でアジメールの高等弁務官に報告書を送った。報告書には、レプトンがスレスクに列挙した三つの重要な点が述べられていたが、さらに重要な詳細も含まれていた。バランタイン閣下の心臓を撃ち抜いた弾丸はバランタイン夫人の小型のライフル銃から発射されたもので、銃身の後尾には爆発した薬莢がまだ残っていたということ。そしてアジメールの医者が発見したときには、そのライフル銃はテントの隅にあるバランタイン夫人の書き物机に立てかけられていたということだ。第二に、バランタインの遺体は戸外で発見されたが、テント内の敷物の上に血だまりがあり、そこから戸口のところまで血痕が続いていたという証拠だ。バランタインがテント内で殺害されたことに疑問の余地はなかった。その説を裏づける三つ目の事実もあった。警備についていた歩哨も、近くのテントで寝ていた召使も、誰一人としてライフルの炸裂音を聞いていないとのことだった。いずれにしても大きな音ではなかったのだろう。もし銃が屋外で発射されたなら、警備についていた男たちの注意を引くような、鋭くはっきりとした銃声が響いたはずだ。それに対して、テントのどっしりとした二重の裏地は音を抑え吸収してしまうのに十分な厚みがあるため、テント内で発砲があっても気づかれずにすむはずだった。

報告書はアジメールで検討され、送られた。その結果、クールソン警部がボンベイから列車に乗ってやってきたのだった。チティプールのインド総督代理公邸に着くと、バランタイン夫人が彼を待っていた。

「私が何者であるか、名乗らなければなりません」警部は気まずそうに言った。

「その必要はありません」とステラは答えた。「存じ上げています」

警部はステラに向かって手順どおり被疑者に対する警告をし、手帳を取り出してから、夫の死について申し述べたいことがあるかどうか訊いた。

「いいえ」とステラは言った。「何も申し上げることはございません。メイドが夫の死を知らせに部屋に入ってきたとき、わたくしはベッドでぐっすり眠っておりました」

「そうですか」と警部は言い淀んだ。この惨劇全体において、今返ってきたステラの答えの内容は、テントの外に遺体が引きずり出されたという事実の次に、残酷な部分であるように思えた。

警部は手帳を閉じた。

「残念ながら、すべてが納得のいかない状況です」と彼は言った。「ボンベイまでご同行願わなければなりません」

「あなた様のお言葉どおりにいたします」ステラがヒンドゥスターニー語で言ったので、警部は趣味の悪い冗談だと思い、ひどく驚いた。この言動を理解するにはステラとバランタインとの生活を知る必要があったが、警部には二人の生活に関する知識はなかったからだ。それでも彼は愚かではなかった。あらためてステラを見れば、冗談でそんな言葉を口にしたのではないと分かった。ステラは憔悴のあまり、自分の身に何が起きているのかまるで理解していないのだという印象を受けた。もしステラが自らの人生のために戦わなければならないと気づいたならば、間違いなく疲れは吹き飛んでしまうだろう。だが今は考える気力もなく、ただ言われるまま彼の前に立っているのだった――まさに現地の兵士がステラの夫の前に立っているときと同じであった。それゆえに、兵士たちが使う言語や言葉が、この機会にふさわしいものとして、自然とステラの口から漏れたのだった。

「よろしいですか、バランタイン夫人」と警部は優しく言った。「あなたに仕えている者たちについては、誰一人疑う理由がありません」

「そして、わたくしを疑う理由はある」ステラは静かにしっかりと警部を見つめながら言った。

警部のほうは目をそらした。彼は若く――ステラ・バランタインよりせいぜい一つか二つ年上というだけだった。血統的にも同じだった。ステラの親族と彼の親族は、イギリスの田園地方の気持ちのよい田舎の村で、友人同士であるかもしれなかった。その上、真っ青な顔で目の下にくまができているとはいえ、ステラは美しかった、当惑するほど美しかった。ステラの容貌やドレスから醸し出される繊細さが、彼の優しさに訴えかけてくるのだった。その訴えは、あるがまま無意識になされるので、より一層心に迫ってきた。声にも、態度にも、眼差しにも、ステラは何の要求も祈りも込めていなかった。

「宮殿に寄ってきました」と警部は言った。「マハラジャにも謁見してきました」

「そうですか」とステラは答えた。「警部さんがお困りになるようなことはいたしません」

警部はステラの客間に立って、いったいどうしたらこんなふうに快適さと優雅さが融合できるのだろうかと感心していた。この部屋をまるでイギリスにいるようにしつらえるために、流れる血の本能にどのように従ったのだろうか。窓の外を見れば、ガーデン・スプリンクラーで水まきをしている芝生があり、庭師が美しい花壇の手入れをしている。そこでもまた半エーカーほどの黄色い砂漠の土地をイギリス式の緑の庭園に変えようと、ステラはいつものように涙ぐましい努力をしていたのだ。ステラ・バランタインは、この穏やかな色に満ちた部屋と外の緑の芝生の眺めを――最良でも――何年にもわたってプーナ刑務所の独房の生活に変えることになるだろうと、カールソン警部は少しも疑わなかった。彼は音を立てて手帳を閉じた。

「一時間以内に出発する準備をしてもらえますか？」と彼はぞんざいに言った。

「はい」とステラは答えた。

「そばで見張っていなくても、一時間以内に準備を整えると約束していただけますか？」

ステラはうなずいた。

「もう、自殺しようとはしません」とステラが言ったので、警部はとっさに顔を見たが、ステラはあえてその言葉の意味を説明しようとはしなかった。ただ、「いくらか着替えを持っていってもよろしいでしょうか」とだけ言い添えた。

「必要なものは何でもお持ちください」と警部は言った。そしてカールソン警部はステラをボンベイまで連行した。

翌朝、ステラは有給判事の前で夫殺害の容疑で正式に起訴され、一週間拘留された。

ステラは朝の十一時に送還され、五分後にはそのニュースがタージマハル・ホテルで電信受信機のテープに打ち出された。それがまた五分以内に階上のスレスクの元に届いた。スレスクは運がよかった。彼は大きなホテルに滞在していたのだが、人々は他人の行動には無関心で、一泊すると翌日には去ってしまい、大きな鉄道の駅のプラットフォームのように到着と出発を繰り返すばかりだった。ボンベイ中のどこにも、これほど簡単にスレスクが人に気づかれずにすむ場所はなかった。そして実のところ、誰にも気づかれずに過ごすことができた。確かに、ひと言受付に問い合わせれば、彼が滞在していることは分かっただろう。だが、その頃には彼が乗ったはずの船がもうすぐアデンに入港する予定になっていたため、ホテルには誰からも問い合わせはなかった。日中は部屋にこもっていて、日が暮れてから少し外の空気を吸いに出るだけだった。無線電信が始まったばかりの時代で、マドラス号にはまだそうした装置が搭載されていなかった。彼に対する問い合わせは、アデンであるかもしれない。待つことしかできないスレスクの耳には、ジェイン・レプトンの言葉が鳴り響くばかりだった。「支払わなければならない代償は、コントロールすることができません」

ステラ・バランタインは一週間の内にふたたび裁判所に召喚され、それから裁判は連日行われた。バランタインの性格は、その残忍性も狡猾さも白日の下にさらされた。次々と詳細が語られるにつれて、バランタインが密かに暴力を振るう極めて陰険な人物であることが判明し、満員の法廷でその実態が明らかになると、不快な思いに震える傍聴人たちの目は被告人席にいる若く物静かな女の上に注がれた。そして検察側はバランタインの性格に犯行の動機を見出した。ステラ・バランタインに対しては、ときおり同情が高まるものの、常に容赦なく二つの点が確認された。バランタインの死から数時間と経たないうちに、ステラがぐっすりと安心して眠っているところをメイドが見つけたということ。そして検察当局の仮説によれば、ステラは感情が激しく高ぶっている状態にあったので、死にかけている男をテントから引きずり出して星空の下で息が絶えるよう置き去りにする力が出せたということだ。

スレスクはタージマハル・ホテルの部屋から裁判を見守った。ステラのために同情を誘うような事実の一つ一つが、同時にステラを非難する材料にもなっていた。ステラがスティーヴン・バランタインを撃ったことは誰も疑わなかった。彼は撃たれても仕方ない——いいだろう。だが、だからといってステラに死刑執行人となる権利があるわけではない。ステラの弁護はどのようなものになるのだろう？　挑発的言行に耐えきれず、発作的に犯行に及んだのか？　それがどうしたら敷物の上から戸口まで遺体を引きずっていったことと整合性がとれるのか？　そこにはどうしても目をつぶることのできない行動があった。

スレスクは、弁護側の方針に関して手掛かりになるものはないかと、訴訟の法廷記録を何度も読み返した。その記録を手に入れたのは、検察当局の召喚状を受けたレプトンが、スティーヴン・バランタインの暴力について証言するために、証人台に立った日のことだった。レプトンはステラの手首についた痣を見たことがあった。それは人前で手袋をはずせないほど酷《ひど》いものだった。

「どんな痣でしたか？」と弁護士は訊いた。

「誰かに腕をねじられてできたような痣でした」とレプトンは答えた。初めて世間の注目を浴びて浮かれている若い法廷弁護士のトラヴァーズ氏は、反対尋問に取りかかった。

スレスクはその反対尋問に目を通すと立ち上がった。「支払わなければならない代償はコントロールすることができない」と心の中でつぶやいた。その日、バランタイン夫人の事務弁護士が法廷で反対尋問を終えて事務所に戻ると、スレスクが待っていた。

「バランタイン夫人のために証言をしたいのです」とスレスクは言った「彼女の容疑を晴らすことのできる証言です」

スレスクの確信に満ちた口調に、事務弁護士はひどく驚いた。

「それほど決定的な証拠があるのに、今日の午後になって初めてここにきて、そう主張するなんて！　なぜです？」

その質問への答えは用意してあった。

「私にはロンドンで片づけなければならない仕事が山のようにありましてね」とスレスクは返した。「私が出る必要などないかもしれないと思っていたのです。だが、どうやらそうはいかないらしい」

事務弁護士は真っすぐにスレスクを見つめた。

「レプトン夫人から、あの晩あなたはバランタイン夫妻と夕食を共にしたと聞きました。しかし事件については何も知らないはずだと、夫人は確信していました。事件が起こる前にあなたはテントを去っていた」

「そのとおりです」とスレスクは答えた。

「それなのに、バランタイン夫人の容疑を晴らす証拠を持っていると？」

「そう思います」

「それならどうして」と法律家は尋ねた。「われわれはその証拠についてバランタイン夫人自身から何も聞かされていないのでしょう?」

「彼女は何も知らないからです」とスレスクは答えた。

法律家は椅子のほうを指した。二人は一緒に腰を下ろし、事務所で長い時間話をしてから別れた。

スレスクが事務弁護士の事務所から戻って一時間と経たないうちに、警部が一人ホテルに訪ねてきたのでスレスクはすぐに応対した。

「われわれは今日になるまで知りませんでした」と彼は言った。「あなたがまだボンベイにいるとはね、スレスク先生。今朝早くにマルセイユに着いたマドラス号に乗船しているものとばかり思っていました」

「乗り損ねてしまいました」とスレスクは答えた。「必要なら五日前にポートサイド（エジプト北東部、スエズ運河の地中海側の港）で私を調べることができたでしょうに」

「五日前には、何も分かっていませんでしたから」

バランタインに仕える現地の召使たちは、最初から知らないふりを決め込んでいた。彼らはどんな質問に対しても、訊かれたことは答えただろう。だが、それより先は一インチたりとも踏み越えて話そうとはしなかった。この事件はヨーロッパ人の問題であって、とにかく総督官邸からどの方向に流れが向かっているのかはっきりするまでは、できるだけ関わらないほうがよいとしていた。自分たちは何も知らないというのが、彼らが進んで取った態度だった。そういう状況だったので、ごみ箱の中にくしゃくしゃに丸めて捨てられていたバランタイン閣下宛のスレスクの手紙が発見されて初めて、あの夜テントにはスレスクがいたのではないかという疑惑が持ち上がったのだった。

「妙ですな」と警部はぶつぶつと言った。「船に乗り損ねたときに、あなたは自ら名乗り出て、知っていることを話してくれようとはしなかった」

「私は少しも変だとは思いません」とスレスクは答えた。「なぜなら私は被告側の証人です。被告弁護人の陳述が始まったら、証言をいたします」

警部は当惑して立ち去った。そこまでのところは、スレスクのやり方は成功だった。だが、それまでに彼は大きな危険を冒していたのだった。その危険が過ぎ去った今、それがどんなに重大なものであったか気づいて、心から安堵した。もしも、警部がスレスクのところに来る前に、バランタイン夫人の事務弁護士に自分の存在を知らせて証言を申し出ていなかったならば、スレスクの立場は難しいものとなっていたかもしれない。ここ数日間じっとホテルにこもっていたのはなぜか、ほかによい理由を探さなければならないところだった。だが、運が味方してくれた。とりわけ、召使たちの口が重いことに感謝しなければならなかった。

第十二章　スレスク証言台に立つ

スレスクの不安は的中した。ステラ・バランタインへの同情はすでに薄れ始めていた。バランタインが戸外で発見された事実は、残忍で重要な問題だと受け取られていた。バランタイン夫人の弁護士はこの厄介な問題については慎重に避けて通った。実に幸運にも、弁護士はアジメールの医者に対していっさい反対尋問を行っていなかったことが判明した。だが、大多数の見方に反対する人々というのは常に存在するもので――少数派だという理由だけで少数派にまわる人間がいるのだ。ステラ・バランタインに対して感情的な賛美が沸き起こったがゆえに誕生した少数派の人々が怒りを露わにした。禁欲的な人や、学者ぶった人や、正義を振りかざす人や、嫉妬に駆られた人たちが、こぞってこの当惑する事実に飛びついた。ステラ・バランタインは死にかけている夫をテントから引きずり出したのだ。血も涙もない無情な行為か、それとも計画性のない凶暴な行為か――どちらを取るかはあなた次第だ。いずれにせよ、そうした意見は、一、二週間にわたってステラ・バランタインの額にあれほどまでに光を放っていた受難の輝きを曇らせた。そしてこのように論じていた少数派の人々は、日ごとに支持者を増やしていった。やがてステラ・バランタインへの同情が薄れるとともに、この事件への関心も次第に薄れていった。

治安判事の尋問は退屈なものになりそうだった。新聞の紙面で証人や関係者たちの写真の占める割合が、次第に小さくなっていった。あと一週間もすれば、ただ肩をすくめられるだけで、冷たく法廷任せにされる事件になってしまうだろう。だが思いがけず、あらためて人々の好奇心がかき立てられた。というのは、スレスクが弁護士を訪ねた翌日、その日は検察当局の陳述が終わった日であったが、バランタイン夫人の弁護士であるトラヴァーズ氏が再度バラム・シンを召喚してほしいと願い出たからだった。要請は認められ、バラム・シンはふたたび証人席に立った。

トラヴァーズ氏は後ろの机にもたれて、可能な限りゆっくりとした口調で質問をした。

「あなたにお尋ねしたいのですが、バラム・シン」と彼は言った。「木曜日の夜における食事の席についてです。あなたが食卓を整えましたね？」

「はい」とバラム・シンは答えた。

「何人分でしたか？」

「三人分です」

法廷全体にざわめきが起こった。

「そうです」とトラヴァーズ氏は言った。「あの夜、バランタイン閣下には一人の客人があった」

バラム・シンは認めた。

「法廷を見回して、あの夜バランタイン閣下と彼の妻と一緒に食事をした人物がここにいたら、判事に示してください」

しばし法廷はささやき声でいっぱいになった。廷吏が「静粛に！」と叫んだので、声はやんだ。

バラム・シンの目がゆっくりと周囲を巡っていくあいだ、満員の部屋は期待に満ちた静けさに包まれた。バラム・シンが法廷の事務弁護士席に視線を落としたとき、表情に乏しい彼の顔が見つけたとばかりに明るくなった。

「あそこです」と彼は叫んだ。「あそこにいます！」彼は弁護士席のすぐ下に座っている男を指差した。

トラヴァーズ氏は身を乗り出すと、静かだがひときわはっきりとした声で言った。

「すみません、お立ちいただけますか、スレスクさん」

スレスクは立ち上がった。その場に居合わせた多くの人々にとって——傍聴席や法廷を埋めていたのは、仕事を持たない人や、社交界の人や、ぞくぞくする興奮を求める人たちであったが——壮大なカラザーズ裁判を長きにわたり指揮していたスレスクは、馴染みのある人物だった。いずれにせよほかの人々にも彼の名前は知られていたので、彼が法廷の場で立ち上がったとき、小波のように規則的な動きが素早く群衆のあいだに広がった。人々はスレスクをよく見ようとして身を乗り出し、しばし興奮してささやき合った。

「あの人が、バランタイン閣下が殺害された夜に、閣下とバランタイン夫人と一緒に食事をしていたのですね？」とトラヴァーズ氏は言った。

「はい」バラム・シンは答えた。

何が起きているのか誰にも分からなかった。スレスクが殺人に関わったのだろうかと人々は思い始めた。報道によれば彼はすでにヨーロッパに向けて出発したはずだった。どうして今この場にいるのだろうか？ トラヴァーズ氏としては、自分の質問が喚起した懸念を最大限に楽しんでいた。スレスクを敵と見ているのか、それとも味方と見ているのか、声の調子からわずかでも悟られないように気をつけた。

「どうぞ、おかけください」と彼は言い、スレスクはあらためて席に着いた。

「スレスク氏が閣下を訪問した件について、知っていることを話してください」トラヴァーズ氏が質問を再開すると、バラム・シンはジャワール・ジャンクション駅のそばの宿屋にラクダが送られた経緯を話した。

「そうですか」とトラヴァーズ氏は言った。「そして、スレスク氏はテントで食事をした。どのくらい滞在していましたか？」

「ボンベイ行きの夜行列車に乗るために、ラクダに乗って十一時にキャンプを出ました。閣下はキャンプの端から彼を見送りました」

「そうですか」とトラヴァーズ氏は言った。「バランタイン閣下が見送ったのですね？」

「はい――キャンプの端から」

「そしてテントに戻った？」

「はい」

「では、別なことをお尋ねします。あなたは夕食の給仕をしましたね？」

「はい」

「そして夕食が終わる少し前に、バランタイン夫人は部屋を出た？」

「はい」

「夫人は戻ってこなかった？」

「戻りませんでした」

「戻らなかった。男が二人だけになった？」

「はい」

「食事の後、テーブルの上を片づけましたか？」

「はい」とバラム・シンは言った。「閣下は急いでテーブルを片づけるようにと命じられました」

「なるほど」とトラヴァーズは言った。「それでは、あなたがテーブルを片づけているあいだに閣下は何をしていたか話してくれますか？」

バラム・シンは思い返した。

「最初に、旦那様はお客さんに葉巻の箱を差し出して勧めました。お客さんはそれを断って、自分のポケットからパイプを取り出しました。そこで閣下は自分のために葉巻に火をつけて、箱を書き物机の上に戻しました」

「その後は？」トラヴァーズが訊いた。

「その後は」とバラム・シンが言った。「旦那様は身をかがめて机の一番下の引き出しの鍵を開けると、突然こちらを向いて、急いで出ていくようにと言いました」

「その命令にあなたは従った？」

「はい」

「ところでバラム・シン、あなたはもう一度部屋に入りましたか?」

バラム・シンは、テーブルクロスを持って部屋を出た後、灰皿を持って数秒間だけ部屋に戻り、灰皿はお客の旦那様の横に置いたと説明した。

「そうですか」とトラヴァーズは言った。「バランタイン閣下の位置は変わっていましたか?」

バランタイン閣下は書き物机の側の椅子に座ったままだったが、机の引出しは開いていて、バランタイン閣下の足元近くの床の上には赤い公文書箱があったと、バラム・シンは証言した。

「閣下は」と彼は続けた。「ひどく怒ってこちらを見て、もう一度わたしを部屋から追い出しました」

「ありがとうございました」とトラヴァーズ氏は言って、腰を下ろした。

ただちに検察官が立ち上がった。

「さて、バラム・シン」と彼は厳しい口調で言った。「あなたは最初に証言席に立ったとき、あの夜キャンプにはこの紳士がいたと、なぜ言わなかったのですか?」

「訊かれなかったからです」

「訊かれなかった、確かにそうだ」と彼は続けた。「特にそれについては訊かれなかった。だが、あなたは知っていることをすべて話すように言われたはずだ」

「わたしはよけいな話をしなかっただけです」とバラム・シンは答えた。「訊かれたことはすべて答えました。それに、あの旦那様がキャンプを出たときには、閣下は生きていました」

このとき、トラヴァーズ氏は検察官のほうに身を乗り出して言った。「スレスク氏がその箱について詳細を語れば、すべてが明らかになるでしょう」

トラヴァーズ氏がこう述べたので、ふたたび法廷に期待のざわめきが走った。

翌朝、トラヴァーズは被告弁護人の陳述を始めた。もともとは陪審員の前で行われる本審のために弁護は控えておくよう指示されていたが、緊急に彼自身が提言して当初の計画を変更したとのことだった。この事件は、有給治安判事の前で裁かれるべき種類のものだが、バランタイン夫人はまったく関与していないということを、何としても確実に証明しなければならない。また、最初の機会に事実を公にしなければ、バランタイン夫人に対する自分の義務を果たせないとトラヴァーズは感じていた。検察側によってこれまで示された事実に、たとえごくわずかでも耳を傾けた者はみな知っているはずだが、この不運な女性は、すでにその結婚生活においてあまりに大きな苦悩と悲しみを味わってきた。その上このような深刻な容疑で裁判にかけて、もっとも純粋な人でさえ苦しまなければならないような、苦悩や悲しみを課すことは、公平ではないだろう。トラヴァーズはただちにスレスク氏を証人として要請し、スレスクは立ち上がって証人席に着いた。

スレスクは、あの夜の会食についてひと言ひと言、順を追って話をした。折りに触れスティーヴン・バランタインの心に襲いかかる恐怖について強調しながら、バラム・シンが灰皿を持ってきて二人を残して出ていったところまで話を進めた。バラム・シンが退室した際には、スレスクは部屋の中央にあるテーブルの側に座り、バランタインは書き物机のところにいて、足元には公文書箱があった。

「そのとき、バランタインが尋常ではない恐怖を感じて顔をゆがめていることに気がつきました」スレスクは話を続けた。「彼の視線の先を追うと、女の腕のような、痩せた茶色い腕が、テントの壁の下から公文書箱のほうに、這いずるように伸びているのが目に入りました」

「はっきりと見たのですか？」とトラヴァーズは訊いた。

「テントの中はあまり明るくなかったので」とスレスクは説明した。「最初は何かが動いているのだと思いました。ヘビではないかと思い、バランタイン閣下が恐れて急に態度が硬くなったのだろうと考えました。でもよく見ると、それは間違いなく人の腕でした」

その証言に、法廷に居合わせた人たちの興奮が高まり、大きなざわめきが起こった。かなりの時間を要して静かになってから、スレスクは話を再開した。彼はバランタインが関わっていた盗賊の捜索について説明した。

「それで、あなたは何をしていたのですか」とトラヴァーズは尋ねた。「その腕が伸びているときのことです」

「バランタインに頼まれて、すぐに公文書箱を両手で抱え、テーブルの脇に立っていました」

「なるほど」とトラヴァーズは言った。いまや法廷の注目は、公文書箱とその中に保管されていたバハードゥル・サラクの人物写真に向けられた。その写真の歴史と、サラクの裁判が差し迫ったこの時期における写真の重要性と、写真の所有者にもたらされる大きな危険についてバランタインが確信していること――写真を盗もうとする大胆な試みが目の前で繰り広げられたことにより、その確信が揺るぎないものとなったこと――それが、有給治安判事の前で述べられた。判事はこの事件を規定どおり裁判にかけたが、大多数の人にとってその結果は予測のつくものであった。スレスクは犯罪の原因となった話を提供し、反対尋問は彼を揺さぶることができなかった。スレスクが野営地の端にあるキャンプファイアのそばでバランタインに別れを告げているあいだに、盗賊が大テントに忍び込み、バランタインが戻ってきたとき、あるいはその後に、姿を見られた盗賊が夫人のライフルで彼を撃った。そう信じるのはたやすいことだった。この話が受け入れられる中で、有罪判決が下りることがないのは明らかだった。そうしてバランタイン夫人は無罪となった。スレスクがキャンプを出る前にテントに戻ったことについては、まったく触れられなかった。スレスク自身は話さなかったし、検察側の法廷弁護士もそのことを彼から引き出すような手掛かりを持っていなかった。

こうして事件は幕を閉じた。刑事裁判にかけられた人気のヒロインは、やがてすべての観察者たちが気づくことになるように、自由になる瞬間に冒険物語の王座を降りることとなった。そしてその幸運がステラ・バランタインを待っていた。翌日スレスクはジェイン・レプトンを訪ねたが、ステラはもうすでにボンベイを去ったと、冷やかに言い渡された。ステラの事務弁護士のところにも足を運んでみた。事務弁護士は誠意を持って応じてくれたが、口は重かった。訴訟の処理については、どうやら彼に対してレプトン夫妻が責任を負っているようだった。彼はステラの行き先については何も知らず、その言葉の裏づけとして、多数の電報や手紙を指し示した。

「これらはすべてカンバラヒルに届けることになるでしょう」と彼は言った。「ほかの住所は分かりません」

それでも翌日、感謝の気持ちをしたためた短い手紙がスレスクのもとに郵送されてきた。署名もなく、住所も記されていなかった。だがそれはステラ・バランタインの筆跡で、消印はカラチ（現在のパキスタンの商都。イギリス統治時代はインドの地方の中心都市だった）になっていた。ステラは自分に会いたくないのだと、スレスクにはよく分かった。カラチは様々な目的地に向けて船が出ていく港だ。何の当てもなくステラを捜して世界中を駆け巡る決心はなかなかつかなかった。どうやらこれで大事な区切りがついたようだった。スレスクはボンベイから西へ向かう次の汽船に乗って、ブリンディジ（イタリア南部のアドリア海に臨む港）で下船し、ロンドンの高等裁判所と議会の仕事に戻った。

第十三章　リトルビーディングふたたび

姿を消したものの、ステラ・バランタインは周囲の人々から逃げだしたわけではなかった。人を避けたのは、人が邪魔になるかもしれないという可能性を除けば、差し当たり自分にとっては重要でないと思ったからだ。ステラは逃げだそうとしていたというよりは、むしろ心から望んでいる場所へ助けを求めに行こうとしていたのだった。人とは何の関係もなく、ただ自らの衝動に身を任せた。その衝動があまりに強すぎたために、レプトン夫人でさえ、早急にことを運ぼうとするステラの態度が恩知らずのように思えた。ステラは釈放後すぐにジェイン・レプトンと自動車でカンバラヒルの屋敷へ向かった。車に乗っているあいだにステラは言った。

「明日の朝、ここから去らなければなりません」

張り詰めて真剣な顔をしたステラは、身を乗り出すようにして、両手を膝の上できつく握りしめている。

「そんな必要はないでしょう。もうしばらくわたくしたちと一緒にいて気持ちを休めたらどうかしら。ステラ、堂々と振る舞えばいいのよ」

ジェイン・レプトンはこの提案について、すでに夫と相談をしていた。もしステラを自分たちの屋敷で受け入れることになれば、それなりの犠牲を払うことになるだろう。偏見も厄介な問題になるはずだ。だが、二人とも友情に対して誠実でありたいと思い、こうした考えは横に追いやっていたのだった。それなのに、ステラが礼儀をわきまえることもなく二人の申し出をはねのけたため、ジェイン・レプトンは少なからず傷ついた。

「だめだわ。そんなこと」とステラは苛立たしげに言った。「お願いだから、引き留めないで」

ぎりぎりの精神状態だったステラは、自分で思う以上に、ひどく乱暴な口調になった。ジェイン・レプトンはステラを説得しようと努めた。

「ここにいて、きちんとものごとに向き合うほうが、賢明ではないかしら？　たとえ何がしかの努力が必要で、痛みを伴うとしてもね」

「分からないわ」とステラは答えたものの、議論をするつもりなどない断固とした口調だった。「そんなことはどうでもいいの。賢明かどうかなんて、今のわたくしには関係がないわ。人と交わりたいとはちっとも思わない。わたくしが願っているのは――ああ、心から願っているのは――」と言って、ステラは言葉を濁した。「もっと別なことなの」ステラの声は次第に小さくなり、黙ってしまった。それ以後車に乗っているあいだ、ステラはただうずくような苛立ちを覚えながらひと言も話さずに座っていたが、自動車が止まってもまだ同じように座ったままだった。ジェイン・レプトンが車から降りたとき、ステラははっと我に返って屋敷を見た。まるで自分の目が天国からこの地上に舞い戻ってきたかのようだった。屋敷に入るとステラは真っ先にレプトンのところに行った。レプトンは、ステラと妻を法廷に残して、一足先に家に帰っていた。その日、彼はステラにひと言も話をしていなかったが、今も言葉をかける間がなかった。というのは、ステラが真剣な声と熱を帯びた目で、いきなり話し始めたからだった。

「あなたは、わたくしを止めようとはなさらないでしょう？　わたくしは明日発たなければなりません」

レプトンは、妻がステラに取った態度よりは、もっと如才なく振る舞った。問題を抱え興奮している相手の手を取ると、大そう穏やかに答えた。

「もちろんだ、ステラ。あなたの好きなときに発てばいい」

「ああ、ありがとうございます」と思わず声を上げ、苦しみから解放されたステラは、ようやくこの素晴らしい友人たちから受けている恩を思い出した。「わたくしのことを人でなしだと思っているでしょう、ジェイン。あなたが示してくださったご親切にひと言もお礼を申し上げていなかったのですもの。でも――ああ、あなたが知ったら、きっとわたくしのことを愚かだと思うでしょう」――そしてひと息のうちに、声を立てて笑ったかと思うと泣きだした。ステラはあの長い裁判のあいだ中、感情を失くした状態に深く陥っていたので、二人の友はステラが号泣したのを見て胸をなでおろした。ジェイン・レプトンはステラを二階に連れていき、まるで子供を扱うようにステラをベッドに寝かしつけた。

「さあ！　気が向けば夕食のときに起きてきてもいいし、そのまま休んでいてもいいわ。それでもし何をしたいのか教えてくれたら、あなたのためにわたくしたちが手配してあげましょう。何も訊いたりしないわ」

ジェイン・レプトンはキスをしてから、ステラを一人残して出ていった。ヘンリー・スレスクが屋敷を訪ねてきたのは、ステラが二階で眠っているあいだのことだった。スレスクは、何も知らせることはないと告げられた。

「ステラは、自分がどうしているか知ってほしければ、きっと手紙を書くでしょう。でも、わたくしがあなたなら、それをあてにはしないと思います」とジェイン・レプトンは言った。優しい声だったが、目には強い意志が感じられた。「こんなことを言ってごめんなさい。でも、裁判が終わったときステラはあなたのことについて何も言わなかったの」

レプトン夫人は、今ではステラに対するスレスクの「不実」と呼んでいる行為に自分が荷担したために、彼を許すことができなかったのだ。ジェイン・レプトンがその気質において論理学者的要素を持っていないのと同じくらい、スレスクは英雄的要素を持ってはいなかった。興奮と同情の強いストレスのもとで、自らのすべての経験と人生の秩序からすれば最悪とも思える罪を犯してしまった。そして目的が達成されステラ・バランタインが自由になった今、法の持つ至上の権威に対して自分が加えた害だけが目につくような気がした。何とも落ち着かなかった。真実が発覚すれば自分が完全に潰されてしまうかもしれないと思い悩んだのではない。実際、そんなふうには考えなかった。だが、王室顧問弁護士の法服を身にまとった自分の姿を思い浮かべずにはいられなかった。自分と同じ罪を犯したと思われる他者に対して、法の怒りを厳しくぶつけている自分の姿だ。それ以上でもそれ以下でもない。そんなわけで、最後にレプトン夫人の家のドアが閉ざされ、助けた女からは何の知らせもないと知ったとたん、スレスクは人間くさく、英雄とは程遠い気持ちになり、ステラに対してわずかに憤りを感じた。チティプールの夜以来、ステラとはまったく言葉を交わしていなかった。何年にも及ぶ精神的苦痛の中でステラが陥ってしまった無感情な状態や極度の衰弱状態について、スレスクは何も知らなかった。ステラが今、身も心も固く縛られている、やむにやまれない熱情を、しっかりと見抜く力がスレスクにはなかった。スレスクはドアに背を向けると、タージマハル・ホテルへ戻った。二日後にはポートサイドに向けて出港する汽船があり、スレスクはその船で旅立つことになるだろう。ステラは間違いなくカンバラヒルの屋敷にいるはずだが、彼に対して何の言葉も、何の思いも向けるつもりがないのであれば、スレスクは背を向けて立ち去るしかなかった。

一方ステラは夕食に起きてきて、食事を終えた後で、自分の心をとらえて離さない憧れについて二人の友に語った。

「裁判のあいだ中」とステラは、頑なに秘密にしていた心の内を明かすとき、嘲笑されるのではないかと恐れ、身を固くして恥ずかしそうに言った。「法廷の熱気の中でも、独房の閉ざされた監禁状態の中でも、ただひたすらどうにも抑えがたい思いに身をゆだねていました——サセックスダウンズで顔に吹きつけてくる風を感じたいという願いです。理解していただけるでしょうか？　側面に白亜の窪みがある広々とした緑の丘陵と、チチェスターから行進してくるローマ兵のように丘から谷間へと下っていくあの森を見たい。ただそれだけのこと——ああ！　あの眺め、あの匂い、あの音に夢中になっていました！　頭の中にあったのはそのことだけでした。わたくしは被告人席でよく目を閉じていました。すると瞬く間にチャールトンフォーレストやファームヒルを駆け巡ったり、ガンバーコーナーからスリンドンを見下ろしたり、スリンドンの森の向こうに広がる海を見ることができました。そのわたくしがようやく自由になれたのです」――彼女は両手を握りしめ、晴れやかな顔になった。「ああ、わたくしは人と交わりたくないのです」彼女は二人の友人それぞれに片手を差し出した。「わたくしにとってお二人は特別な存在です。でも、そんなお二人にさえ――どうぞ理解して許していただきたい。そしてどうぞ傷つかないでいただきたいのですが――ほんのしばらくのあいだは、お目にかかりたくないのです」

疲れきったステラの表情をみると、彼女が口にした言葉に対して、恩知らずだとはとても言えなかった。ステラは二人のあいだに立っていたが、その繊細な顔はすっかり痩せ細り、目だけが不自然に大きい。死病に侵されて何カ月も床に伏している人のように、妙に透き通るような美しさがあった。ジェイン・レプトンは目を涙でいっぱいにして、手でハンカチをさぐった。

「何ができるか調べてみよう」とレプトンは言った。「もちろん郵便船ならあるが、その船には乗りたくないだろう」

「ええ、それは」

レプトンは、ボンベイやインドの西海岸にある別の港から出航する船便を調べて計画を練り、ステラは彼の肩越しに身を乗り出して見守った。

「よし!」とレプトンは言った。「これが一番よさそうだ。明日カラチ行きの汽船がある。それでカラチまで行けば、サザンプトンに寄港するドイツのジャーマンロイドの船に乗り継ぐ時間がある。十三日間では帰国できないが、それでも、詮索好きな人間に悩まされることはないだろう」

「そうですね、そうします」ステラははやる思いで声高に言った。「それなら明日発つことができます」

「そうだね」

レプトンは時計を見た。まだ十時半になったばかりだった。レプトンの目には、焦燥感にかられたステラがすっかり疲れきっているように見えた。

「今夜のうちに、船会社の支店長を捜し出して、旅の手配を整えてあげることができるだろう」

「お願いできるでしょうか?」とステラは声高に言った。レプトンはステラに何よりの宝を差し出していたのかもしれない。ステラの目は感謝の気持ちで明るく輝いていた。

「大丈夫だよ」

レプトンはテーブルから立ち上がってステラを見たが、何か迷っているように唇をすぼめて視線をそらした。

「何か?」とステラが言った。

「どうだろう。旅のあいだは、別の名前を使ってみるかな? そうしろというつもりはないが、ただ、少しは解放されるかもしれない——厄介なことからね」

レプトンのためらいは、かえって相手を傷つけた。ステラ・バランタインのプライドはすっかり打ちのめされた。

「はい」と彼女はすぐに答えた。「わたくしは、そのように望むべきなのですね」ステラが間をおかずに答えたことから、レプトンも夫人も、ステラが人生の最後に立ちはだかる大きな行き止まりの壁にどれほど近くまで迫っていたのか、これまでになく深く理解した。七年のあいだ、毅然と振る舞い、夫に対する非難の言葉はつぶやきもせず、常に用心して自らの惨めな状況の秘密を守ってきた。自尊心がステラの原動力であり続けてきた。今やそれさえも壊れてしまった。レプトンは屋敷を出て夜中に戻ってきた。

「手はずはすべて整えた」と彼は言った。「どちらの汽船も甲板の客室が取れたよ。地元の支配人に内々にあなたの名前を伝えてあるから、できるだけのことはするように気を配ってくれるだろう。ドイツの船には客はほんのわずかしかいないはずだ。旅行客にしても国へ帰る人たちにしても、季節が早すぎるからね」

ステラ・バランタインは、人目を忍んでボンベイから出てゆき、五週間ののちにサザンプトンに上陸した。そこでふたたび自分の名前を使った。サセックスまで旅をして、何日か宿屋に泊ったが、その宿屋は何年も前にスレスクがやってきて、あの容易ならざる休暇を過ごしたところだった。ステラは少しばかりの金を持っていたので――両親が亡くなったときに遺してくれたささやかな財産だった――それで家を捜し始めた。幸運なことに、以前リトルビーディングで住んでいた小さな家が、数か月のうちに空くことになっていた。そこを買い取り、夏が終わる前にあらためて住まいを構えた。ステラがふたたびその家で生活を始めたのは八月のある日の午後だった。ステラは、ニレの大木の根が露出している高い土手を両手に見ながら、黄色に染まった小道を奥へと歩いた。一歩一歩が懐かしい馴染のある道だった。頭上でアーチ状に伸びている枝の下を曲がりくねりながら、急勾配の丘を下っていくと視界が開け、道の脇に大きな屋敷が姿を現す。柱で支えられた玄関ポーチのある薄灰色の石造りの建物だ。芝生と花とヒマラヤ杉の素晴らしい庭がついている。屋敷の隣には小さな教会があり、小ぢんまりとした墓地と妙に丁寧に四角く刈り込まれたイチイの茂みがある。教会を越えて川のほうに小道を下ると、その小さな家に着いた。

ステラは部屋から部屋を見て歩いた。ステラはその家をすっきりと品よくしつらえた。壁は明るく、手伝いの娘が花を摘んできてあちらこちらに飾ってくれた。窓の外では、陽の光が緑の庭を明るく照らしている。誰にも邪魔されることはなかった。これこそ願っていたとおりの帰郷だった。
三、四か月のあいだ、ステラは人と交わることなく暮らしていた。そんなある日の午後、散歩から家に戻ってくるとテーブルに白いカードが置いてあった。カードにはヘイゼルウッドという名が記されていた。

第十四章　ヘイゼルウッド家

ステラが不在だった八年のあいだに、静かな郊外の町には明らかな変化がいくつもあった。もっともそれらは重要な変化ではなく、ひと言でそれらをすべて象徴することができる――道路が舗装されたことだ。だが、町から一マイル先、木々に深く覆われた小道の最後に家が立ち並ぶあたりでは事情が違った。ハロルド・ヘイゼルウッド氏がリトルビーディングに越してきたのだ。彼が今住んでいる屋敷は村の名前の由来となっているだけではなく、村の存在自体もその屋敷の恩恵にあずかっていた。ハロルド・ヘイゼルウッドが住んでいる――周辺何マイルにも及ぶ名士たちのあいだに驚きが広がった。

「ああ、アーサーさえ死ななければ！」年老いたジョン・チャブルは嘆いたものだった。彼は三十年ものあいだ、ウエストサセックスハウンドを連れて狩りをしてきたが、リトルビーディングと聞いただけで赤ら顔を紫色に変えるのだった。「あそこには立派な男がいたのに。だが、やつはだめだ！　それがあの美しい屋敷を手に入れるなんて！　あの場所じゃキジ一羽だってめったにお目にかかれない。昔は山のように空から撃ち落としたもんだ。ところで、やつには王室の近衛連隊にいるディック・ヘイゼルウッドという倅《せがれ》がおるが、そっちのほうは悪くない。だがハロルドときたら！　まったく食えたもんじゃない！」

実際ハロルドは、ステラがインドに渡った後の最初の夏に、ある事故によってリトルビーディングを相続したのだった。屋敷の所有者でハロルドの甥であったアーサー・ヘイゼルウッドが、ポルトガル沖で一陣の風にあおられてヨットとともに行方不明になってしまった。アーサーは独身であったため、まったく予期せぬことにハロルド・ヘイゼルウッドが中年もかなり過ぎてから大地主に収まった。彼は男やもめで、人目を引く外見の持ち主だった。ひと目見ただけで、彼がほかの人とは違うことに気づくはずだ。次に、彼は自分が人と違うことを誇らしく思っているらしいと感じるだろう。ハロルドは長身で、いくぶん足元が覚束なくなっている。淡い青色の瞳を持ち、禿げかかった金髪は灰色になり始めている。だが、身体的な特徴で何より印象に残るのは長さだった。足も、腕も、顔も、髪の毛さえも人一倍長い。ただ、軍に所属する息子がたまたま一緒に居合わせれば、その長さもさほど目立ちはしなかった。

「あんたの親父さんは、頭がいかれているのか？」あるとき、チャブル氏はディック・ヘイゼルウッドに声をかけた。二人は正午にグレイトビーディングの大通りで出くわし、年長の男は憤懣やるかたないとばかりに、ディックの真正面に立ちはだかった。

「いかれている？」ディックは思わず同じ言葉を繰り返した。「いや、そこまでひどいとは思いませんが。ああ！　今度は何をしでかしたのですか？」

「あいつときたら、赤ん坊に予防接種を受けさせないと決めたグレイトビーディングの親たちの罰金をすべて肩代わりして自分の金で払ったんだ」

ディック・ヘイゼルウッドは驚いて、憤慨している相手の顔をじっと見つめた。

「まあおそらく父ならそんなこともするでしょう、チャブルさん」とディックは愉快そうに答えた。「何にでも反対する――何にでもと言っても、つまり、経験から確証を得たり、真剣に考えたりした結果だと思いますがね」

「おまけに、海軍を処分すれば船からクズ鉄が得られると言うし、陸軍も廃止したがっている」

「そうですね」とディックは穏やかにうなずきながら言った。「父はそういう人なのです。陸軍や海軍がなければ、それほど攻撃的にはならないと考えているのです。その考えは否定できません」

「まあ、そうかもしれんが」とチャブル氏は言った。「家まで歩いて帰るのかね?」

「はい」

「それじゃあ、一緒に行こう」チャブル氏はディック・ヘイゼルウッドの腕を取ると、道すがらずっと不平不満を並べ立てた。

「おまえさんにはやつの考えを否定できないと考えるべきだな。まったく、あいつはその問題について自分の意見を押しつけるために小冊子まで書きおった」

「あなたはご自分の幸運を感謝すべきですよ、チャブルさん。何しろそれ一つだけですから。父は何冊もの小冊子に悩まされています。何冊も書いて、それらを印刷して議会の委員一人一人に無料で配布しているのです。ほかの老紳士が痛風に苦しむように、父は小冊子に苦しんでいます――小冊子のおかげで父はずいぶんと体を悪くしました。それなのに今度は刑務所の改革について取り組んでいます」ディックは心から楽しそうに笑った。「それについてはお聞きになっていませんか？」

「いいや、そんなこと知りたくもないね」チャブル氏は激高した。

チャブル氏は頭上に張り出している枝を、ハロルド・ヘイゼルウッドの頭でもあるかのように荒々しく叩くと、さらに彼の犯罪的行為を列挙した。「先週、やつは町のホールで演説をしたんだが」チャブル氏は、二人が後にした町のほうを指して親指を後ろに引いて言った。「どうにも我慢ならなかった。自分の同胞たちを弾圧者の民族だと公然と非難しやがった」

「父なら言いそうなことだ」とディックは物静かに答えた。「一分前に、言いましたでしょう？父は進歩的なのですよ」

「進歩的だって！」とチャブル氏が鼻で笑ったので、ディック・ヘイゼルウッドは足を止めて、考え深い目で連れのことをじっと見つめた。

「おそらく、あなたは父のことを分かっていないのだと思います、チャブルさん」ディックの声には穏やかな抗議の調子が込められていたため、チャブル氏はまともに受け止めるべきかどうか困ってしまった。

「理解する秘訣を教えてもらえるかね？」

「ええ、もちろんです」

「では、聞かせてもらおう」

チャブル氏はディックの熱のこもった話に耳を傾けたが、どんな説明を聞いたところで到底納得できるものではなかった。それでもディックは気に留めなかった。反応の鈍い学生に講義するようにゆっくりとしゃべった。

「父は生まれながらにして宿命を負っていて、自分が知っている人はみな常に間違っていて、知らない人はみな常に正しいと信じているのです。祖国を罵る父を嘆かわしく思ったときには、こんなふうに考えて自分を慰めることにしています。つまり、父はイギリスにとって最高の味方になっていたはずだ——もしドイツに生まれていれば、とね」

チャブル氏はぶつぶつ言いながら、その話を怪しむように頭の中でよく考えてみた。ディックはこの俺をからかっているのか、それとも自分の父親をからかっているのだろうか？

「ずいぶん学者ぶった物言いだな」とチャブル氏は言った。

「確かに、そうですね」とディック・ヘイゼルウッドは謙虚に同意した。「実際、僕はいま参謀大学の教官をしていて、多くを期待されている立場ですから」

二人はリトルビーディング・ハウスの門に到着した。季節は夏だった。砂利を敷き詰めた黄色の私道が、長く幅の広い花壇のあいだを真っすぐに玄関へと続いている。

「中に入って父に会っていかれますか？」ディックが無邪気に尋ねた。「家におりますから」

「いや、いや」チャブル氏は急いでつけ加えた。「時間がなくてね。だが、おまえさんに会えてよかった。屋敷でゆっくりしていくのかね？」

「いいえ。昼食に寄っただけです」そう言うと、ディックは門の中の私道を進んで屋敷に入った。ホールで執事のハバードに迎えられた。青白い顔をした年配のハバードは、洗練された動きが身についていて、ゆったりしているようで驚くほど素早く優雅に立ち動き、喉を鳴らすような優しい声を操る。ハロルド・ヘイゼルウッド氏にはうってつけの執事だった。

「お父上が、あなた様はまだかとずっとお尋ねでした」とハバードが言った。「だいぶ気を揉んでいらっしゃるご様子でして。大部屋のほうにいらっしゃいます」

「分かった」とディックは言った。玄関ホールと客室を通り抜けながら、父はその勤勉な頭で世界を革新するためのどんな新計画を目論んでいるのだろうかと思った。前日カンベリーにいたディックは、今日の昼食の時間までにリトルビーディングに帰ってくるよう執拗に求める電報を受け取っていた。書斎と呼んでいる部屋に入っていったが、実際そこは儀礼的な行事をする場合を除けば、誰もが使っている部屋だった。広い部屋で半分はビリヤード台が占めていて、残りの半分に書き物用のテーブルや、長椅子や、座り心地のよい椅子があり、ブリッジ用のテーブルも置いてあった。寄木張りの床にはカーペットが敷いてあり、若者たちが滞在しているときには巻き上げてダンスができるようになっている。壁の二面には窓がついていた。一方の壁に並んだ窓からは、ヒマラヤ杉の木立と川のほうまで下っていく芝生が見え、もう片方の壁には外に出られる大きなガラス戸の張り出し窓がついていて、そこからは教会を囲う高い壁の角と、草の茂った湿地と、その向こうにある草ぶき屋根の小さな家が見えた。ディックが部屋に入って来たとき、ヘイゼルウッド氏はこの張り出し窓のところに立っていた。

「お父さん、電報を受け取りました」

ヘイゼルウッド氏はにこやかな笑みを浮かべて、窓際で振り向いた。

「よかった、リチャード。どうしても今日来てほしかったのでね」

体格も考え方も似ていないが、二人のあいだには確かな愛情があった。三十四歳のディック・ヘイゼルウッドは激務に携わり特別待遇を受けている将校で、次に大きな戦争が起きた際には知恵を絞ってくれるだろうと将官たちから期待を寄せられている若者だった。ディックには大切にしている信条があった。もっとも過酷な戦闘にふさわしい肉体と、最新の戦略におけるもっとも困難な問題に対処できる優れた頭脳を保つこと、そしてそのどちらの資質についても自慢しないこと――それが彼の信条だった。見た目は実際の年齢よりも少し若く見え、しなやかで、足は長く、浅黒い顔に茶目っけたっぷりの灰色の目が輝いている。ハロルド・ヘイゼルウッドにとって何より自慢の息子だったが、その職業だけはどうにも気にいらないと公言してはばからなかった。そしてときおり、息子のただ単に健全で手入れの行き届いた姿が、苛立たしいほど平凡だと感じているのは間違いなかった。老人の哲学からすれば、至極健全なるものが至極正しいとは限らないのだった。一方、ディックにとって、父親は強烈なまでに愉快な人物だった。世の中のことは理解しているという最高に愉快な幻想を抱いている愛すべきお人好しだ。ディックには父親を何時間でもしゃべらせることができたが、そうさせながらも年寄りを失望させるようなことは決してしなかった。茶化すような言葉も、相手を傷つけることになる前にやめておいた。

「さてと、やって来ましたよ」と彼は言った。「それで今度はどんな窮地に陥っているのです?」

「困っているわけじゃない、リチャード。わしは窮地に陥ったりせん」と父は答え、落ち着かない様子で片足からもう一方の足へと重心を移動させた。「どうだろう、リチャード――この一年はずっと遠くにいただろう？――それで考えたのだが、おまえの夏の時間を少しばかり分けてもらえないだろうか」

ディックは父を見た。この年寄りは今度はいったい何を企んでいるのだろうか。

「もちろん、いいですよ。一両日中に休暇を取りましょう。あちこちでポロでもしようかと思っていたところです。手配した試合もいくつかあるし。それから、きっと――」ディックは言いかけてから言葉を切った。「でも、ちょっと待ってください！　そんな頼みごとのために緊急の電報をよこしたわけじゃないでしょう」

「違う、リチャード、そうではないのだ」ほかの者たちはみな息子のことをディックと呼んでいたが、ハロルド・ヘイゼルウッドは決してその名を使わなかった。父にとって彼はリチャードだった。リチャードという名前からは多くのことを期待できる。より高貴な特質を喚起し、世界再生への献身や、人道主義や、すべての反対論者への崇拝さえ望むことができる。ディックからは、健康と、清潔さと、粗野な慣例尊重以外には、何も期待することができない。だからこそ、コールドストリーム近衛連隊将校団のリチャード・ヘイゼルウッド大尉となったのだ。

「そうではない、ほかに頼みがあるのだ」

ヘイゼルウッド氏は息子の腕をつかんで張り出し窓のところに連れていき、草原の向こうにある草ぶき屋根の小さな家を指差した。

「あそこに誰が住んでいるか知っているか？」

「いいえ」

「バランタイン夫人だ」

ディックは首をかしげて、そっと口笛を吹いた。あの有名な事件の大要は知っていた。ヘイゼルウッド氏は異議を唱えるように両手を上げた。

「ほらみろ！　おまえもほかの連中と同じか、リチャード。最低の見方だ。ここにいるのは、誹謗中傷されている善良な女性だ。彼女には誹《そし》りを受けるいわれはない。インドでは、最高裁判所の裁判官の下で、責任のある市民の陪審員団によって、公開裁判で無罪を言い渡されている。それなのに彼女は一人ぼっちだ――忌避された病人のようにな。彼女は噂話の犠牲者だ、あまりにひどい噂のな。リチャード」老人は真面目くさって言った。「無慈悲な心と根性のひねくれた愚かな悪意のために、サセックスの村は、ヴォルテール（フランスの啓蒙思想家）やスウィフト（アイルランド生まれのイギリス風刺作家）の悲惨な努力を無視して、噂話に花を咲かせているのだ」

「お父さん、あなたがその努力をしようというのですか？」くっくっと笑いながらディックが言った。「僕に義理の母を与えてくださるおつもりですか？」

「そうじゃない、リチャード。そんな不埒なことは考えたこともない。だがな、わしは彼女の家にちょっと立ち寄ってみたのだ」

「ほう、そうですか！」

「そうだ、彼女にも会ったぞ。わしは名刺を置いてきた。すると彼女のほうも名刺を届けてくれた。それであらためて家を訪ねてみた。幸運だったよ」

「彼女は家にいたのですか？」

「お茶をいれてくれたよ、リチャード」

リチャードは小首をかしげた。

「どんな女性です、お父さん。いかした美女でした？」

「リチャード、彼女はお茶をいれてくれたんだ」と老人は、むきになって同じ答えを繰り返した。

「そうでしたね、確かにそれは親切な方です。だが、だがそれだけじゃどんな美人なのか、まったく分かりませんね」

「分かるだろう、リチャード」ヘイゼルウッド氏が苛々しながら言い返したので、ディックはまたしても不思議に思った。「彼女がお茶をいれてくれたんだ。だから分かるだろう、親切なもてなしの心には返礼をしなくてはならない、どうしてもそうしたいのだ。リチャード、おまえが頼りだ。助けてくれるだろう？　あのか弱い女性を擁護してやらねばならない。おまえは自分の目で確かめたらいい。彼女はこれから昼食に来ることになっている」

ついに本当の目的が明かされた。だがディックはもっと容易に想像できたはずだった。父なら必ずそうした行動に出ると予想のつくドンキホーテ的な筋書きだった。

「それじゃ、僕らがよそ見をしているあいだに、彼女がこっそりデカンターに何か入れやしないか、しっかり目をあけて見ておかないといけないな」

ディックはくすくす笑いながら言った。老ヘイゼルウッド氏は息子の肩に片手を置いた。

「そういうことを言うのだよ、世間の連中は。おまえは本気で言っているわけじゃないが、やつらは違う」ヘイゼルウッド氏はそう言って、穏やかに、非難の意を込めて首を振った。「ああ、いつかおまえのより善い性質が目覚めるだろうよ」

　ディックはその日の急な客人について不安な思いは口にしなかった。

「昼食のとき、こちらは何人ですか？」とディックは訊いた。

「われわれ二人だ」

「そうですか。危険があっても家族だけですみますね。賢明です、じつに賢い」

「リチャード、おまえはわしの意図を誤解しておる」とヘイゼルウッド氏は言った。「近隣の者たちは、バランタイン夫人に親切ではないのだ。彼女は苦しんでいるのだよ。例えば、牧師の奥さんがそうだ――大そう無慈悲なことだ。それにグレイトビーディングのわしの妹、つまりおまえの叔母のマーガレットもそうだ――妹のことはおまえも何とかと言っていただろう――」

「やばいって」

「まったくそのとおりだ」とヘイゼルウッド氏は答えて、その顔にあからさまな興味を表して息子のほうを向いた。

「わしはそんな言葉に馴染みはないが、リチャード、きっとおまえの周囲にはあふれていて練兵場で拾ってくるんだろう。気づいたのはこれが初めてじゃないが、その粗野で垢ぬけない下品な言葉が、唸るほど多くの意味をほんの数語に圧縮して表現しているというのは驚きだ」

「まさにおっしゃるとおりですよ」とディックは見事なまでに落ち着いて答えた。「そしてもし提案させていただけるのであれば、その興味深い主題で小冊子をお書きになればいかがでしょう。ブランヴィリエ侯爵夫人（フランスの殺人犯。侯爵と結婚したものの若い将校と恋仲になり、親兄弟など多くの人を毒殺した）についての最新号を気まぐれで世に出すよりは危険が少ないでしょう」

小冊子という言葉は、ヘイゼルウッド氏にとって召集ラッパと同じだった。

「ああ！　小冊子と言えば」と彼は話し始め、紙の散乱した机のほうへ歩み寄った。

「時間がありませんよ、お父さん」ディックは張り出し窓のところから口をはさんだ。女が一人小さな家から出てきたところだった。彼女は外の草原のほうに開く作りになっている小さな門扉の掛金を外し、草原を通ってやってきた。もう一つの門扉を開けると、リトルビーディングの庭に入った。ほどなくハバードが知らせにきた。

「バランタイン夫人がお見えです」ステラが部屋に入ってきた。遠慮がちな態度で、大きな目を用心深そうにおどおどさせながら、ドアのすぐそばに立っている。鹿を思わせるような姿だった。一つでも急な動きがあれば踵を返して逃げ出してしまうだろうとディックには思えた。

ヘイゼルウッド氏が前に進んで挨拶をすると、ステラは温かな感謝の気持ちを込めてほほ笑んだ。張り出し窓のところから見ていたディックはステラの繊細な表情と、いかにも儚げな様子に驚いた。とても控えめな服装で、白い上着と短めのスカートに白いスエードの靴と手袋、それに小さな帽子を被っている。

「これは息子のリチャードです」とヘイゼルウッド氏が言った。ディックは張り出し窓のところから前に進み出た。ステラ・バランタインは頭を下げたが言葉は発しなかった。ステラは友人の息子に対してさえ自分から手を差し出そうとはしなかった。もしも親交を深めようと思うなら、それは彼女からではなくディックから行動を起こさなければならない。ぎこちないためらいの瞬間があった。それからディック・ヘイゼルウッドが片手を差し出した。

「お目にかかれて大変光栄です、バランタイン夫人」ディックが心をこめて言うと、ステラは頰を赤く染め、瞳からは恐れの色が消えた。

　ヘイゼルウッド氏の言葉を借りれば、近隣の人々はステラ・バランタインに対して親切ではなかった。ステラはかつて被告人席に立ったことがあり、その事実が彼女を傷つけていた。その上、村のあちこちにインドから手紙が届いていた。評決は必然的なものであった――しかし、その裁判には疑いの余地があった。厳罰に処すべきか――そうではない。誰もそんなことは望まなかったし、それが正しいとも思わないはずだ。けれども、譲歩しながら解決策を探るイギリス的な健全な精神において、中庸であるべき何かが適切ではなかったのだろう。それゆえに噂が広まったのだ。その上ステラ・バランタインはあまりにも美しすぎた。きちんとした簡素な服を見事なまでにきれいに着こなしていた。女たちの中には、もし陪審員の評決が違っていればステラはどんな服を着ていただろうかと考えて、ステラの服装を腐《くさ》す者もいた。こうして一年間というもの、レプトン夫妻が二、三度訪ねてくれたことを除けば、ステラはたった一人で過ごしてきた。最初のうちはステラも一人でいることの安らかな静けさに救われた。それはステラにとって慰めとなった。彼女は夜の花のように自分を取り戻した。だがステラは若かった――まだ二十八歳だ――そして鉛のように重かった手足がふたたび生き生きと輝きだすと、人と交わりたいという気持ちが生まれた。そんな気持ちなど愛する丘の芝の上で踏みつぶしてしまおうとしたがうまくいかなかった。この夏の日々の喜びを分かち合う友がいたら！　ステラの血が友を求めてやまなかった。

だが、ステラは見捨てられた人間であった。彼女の前に友は現れなかった。それゆえにステラは喜んで老ヘイゼルウッド氏を自分の家に迎え入れ、不安に思いながらも彼の招待に応じて大きな屋敷で昼食を共にし、彼の息子と知り合うことになったのだった。

その食事の席に着いたときステラは緊張していたが、父も息子もステラがくつろげるようにと気を配った。やがて、ステラは顔を上気させ、ときに笑い声を交えながらごく自然に話をするようになった。ディックはその笑い声がまた聞けるように働きかけた。ディックはステラの澄んだ笑い声と、甘くとろけるような表情と、それと一緒に出てくる優しいユーモアに心を惹かれた。そしてもう一つディックの心に浮かんだのは、実際そのとおりだったが、ステラが楽しく笑う喜びを取り戻したのは本当に久しぶりだということだった。

三人は外の芝生に出てヒマラヤ杉の大木の下でコーヒーを飲んだ。足元には川が流れ、小さな桟橋にはカナディアン・カヌーと漕ぎ舟が寄り添うように繋がれている。屋敷は灰色の石造りの建物だった。灰色のスレートの屋根は風にさらされて苔むした色に染まり、大きな長円形の煙突が澄んだ空に突き出ている。縦長の窓の列に陽の光が当たってきらきらと輝いている――一階の書斎にある大きな張り出し窓を除けば、あとの窓はみな建物に則してついている。そして、辺りの木々から鳥のさえずりが聞こえてくる。またたく間に時間が過ぎていった。気がつくとディック・ヘイゼルウッドは自分の仕事の話をしていた。仕事の話をすることなどめったになかったが、ステラと一緒にそんな話ができるとは驚きだった。なぜステラに軍の知識があるのか、その理由に気づいてディックははっとした。だがステラはディックが自分のことをよく知っているに違いないとでもいうように、自然に率直に話をした。参謀大学の特殊用語までステラの口から飛び出した。「先週は、ボックスヒルにいる想定で演習をされていらしたでしょう?」とステラが言った。ディックがその言葉に驚くと、ステラは相手が自分の情報量に驚いたのだと思ったのだろう。「新聞に載っていました」とステラは言った。「一語も漏らさず読んでいます」そして一瞬顔を曇らせてから言い添えた。「時間は十分にありますから」ステラは自分の時計を見ると跳び上がるようにして立ち上がった。

「もうお暇《いとま》しなければなりません」とステラは言った。「こんな時間になっているとは気づきませんでした。本当に楽しゅうございました」今度はためらうことなく手を差し出した。「ごきげんよう」

ディック・ヘイゼルウッドは門扉のところまで送ってから、父のもとへ戻ってきた。

「僕に頼みがあると言っておられましたね」とディックはさりげなく言った。「夏の時間を分けてくれないかと。一両日中にこちらに来るのも悪くなさそうです。ポロの試合は大して重要ではありませんから」

老人は目を輝かせた。

「そうしてくれればありがたい、リチャード」ヘイゼルウッド氏はその顔に歓喜の色をたたえて息子を見た。ついに息子にもより善い性質が目覚めたのだ。「わしは心から信じておった――」彼は感嘆の声を上げたが、ディックはその言葉に割って入った。

「そうですね、そうかもしれません。でも、そうではないかもしれません。はっきりしているのは列車に乗らなければならないということです。ですから車を頼んでもよろしいですか？」

「もちろんだ、もちろんだよ」

ヘイゼルウッド氏は息子と一緒に玄関ポーチまで見送りに出た。

「われわれは今日善いことをしたな、リチャード」とヘイゼルウッド氏は感激したように言い、草原の向こうの家を顎で指した。

「そうですね、まったく」とディックは楽しげに答えた。

「あれほど素敵な女性に会ったことはありますか？」

「今日の午後は彼女も悲しそうな顔は見せなかった、リチャード。われわれは彼女を擁護してやらねばならん」

「この夏は心して過ごしましょう」ディックは手を振り、駅へと車で向かった。

ヘイゼルウッド氏は書斎に歩いて戻った。だが、「歩く」という言葉では物足りない。まるで空中を浮遊しているようだった。またとない機会が訪れたのだ。息子の助けも取りつけた。ディックと自分は〈慣例尊重〉と札のついた雄牛の顔の前で赤い旗を振る闘牛士のようだと思った。ヘイゼルウッド氏は情熱も新たにして小冊子作りに向かい、夜遅くまで精力的に取り組んだ。

第十五章　擁護運動

「今朝、僕はグレイトビーディングにいたのですが」ディックは父と昼食をとっているときに言った。「マーガレット叔母さんの屋敷のブラインドが上がっていました」

「それじゃ休暇から戻ったのだな」父の声は震えているようだった。どうやら恐れているらしい。そして苛立ってもいるようだった。

「ペティファは気をつけないと体を壊すな」と不機嫌そうに言い放った。「分別があれば、あんな無茶な働き方はしないものだ。今年はせめて二カ月は休むべきだったのに」

「でも、どうしたって休暇の最後にはマーガレット叔母さんに会わなければならないでしょう」とディックは穏やかに言った。ペティファが働きすぎだというヘイゼルウッド氏の嘆きが本心だとは思っていなかった。

　ステラを守ろうという立派な擁護運動の開始からひと月が過ぎていた。あらゆるところに噂が広まり、さまざまな場所から憤りの声がやかましく聞こえてきたが、ある程度の成功も勝ち得ていた。だが、すべてはペティファ夫人が留守にしていたあいだの出来事だった。その人物が今帰ってきた。ヘイゼルウッド氏は自分の妹に対してある種の畏怖の念を抱いていた。妹は、性格は悪くないが、自分の意見をしっかりと持っていて、それをすぐに押しつけてくる。現実的な問題として視野の狭いところがあった。見えているものについてははっきりと理解しているのだが、周囲の情勢は分かっておらず、より広い視野を持つ人たちに対して理解もしなければ共感もしない。年齢は四十歳。見るからに裕福で、ペティファ・グリル・アンド・マスグレイブという広く知られた事務弁護士事務所の所長であるロバート・ペティファァ氏の妻だった。ペティファァ夫人は兄の性癖について少しも寛容ではなかったが、実のところ兄には大いに借りがあった。かれこれ二十年ばかり前になるが、当時まだ事務所の下級弁護士にすぎなかったロバート・ペティファァと結婚したとき、ハロルド・ヘイゼルウッドだけが彼女の味方になってくれた。それゆえ残りの家族のことは相手にしなかったが、兄のハロルドにだけは良くしていた。もっともそれが良いことだからしていたのではなく、特別なことだったからだ。だがロバート・ペティファァは成功を収めた。そして暇な時間を楽しめばよい歳になっても、相変わらず九時の列車で毎日ロンドンへ出かけてゆくのだった。

「いずれにしてもマーガレット叔母さんはそれほど乱暴ではありませんよ」とディックは言った。ペティファァ夫人は、ディックに対しては心の中に実に優しい場所を保っているのだった。

「おまえの叔母さんはな、リチャード、いわゆる女の原始的本能に基づく凶暴性をすべて持っているんだ」彼の青い目に狂信者の炎が燃え上がった。「わしが何をするつもりか教えてやろう。わしは新しい小冊子を彼女に送ってやるつもりだ、リチャード。それを読めばあいつも少しは慈悲深くなるかもしれん。手元に試し刷りが何冊かある。今日の午後に一冊送るとしよう」

ディックの目が輝いた。

「僕がお父さんだったら、やはりそうしますね。でも確か、以前に試した計画は大した成果が得られませんでしたよ」

「そうだ、リチャード、確かにそうだった。だが、わしは今までこれほどの高みにまで登ったことはない」ヘイゼルウッド氏はナプキンを投げ出して部屋の中をゆっくりと歩き回った。「リチャード、わしは自慢屋ではない。謙虚な人間だ」

「謙虚な態度こそが偉業を成し遂げるのです」ディックは満足げに食事を続けながら言った。

「だが、この小冊子の題は、軽率な人間の好奇心をそそり、思慮深い人間の興味を引きつけるべく計算しているように思えるがね。すなわち、『刑務所の塀は影を落とすことなかれ』だ」

ヘイゼルウッド氏は片手を伸ばして、その題名を一語一語手のひらから発するように言った。そしてにこやかに、自信たっぷりに、賞賛の言葉を待った。それまで期待に満ちあふれていたディックの表情が、ゆっくりと深い失望へと変わった。彼はナイフとフォークを置いた。

「ああ、お父さん、塀はどれでも影を落とすものです。すべては太陽の高さ次第です」

ヘイゼルウッド氏は席に戻って穏やかに言った。

「これはまあ、比喩というやつだ。わしはこの小冊子で、自分の信条を詳しく説いている。つまり、囚人は一度罪の償いを終えて釈放されたなら、罪を犯す前に持っていた特権も含め、寸分違わない元通りの社会的地位に戻されるべきだ、ということだ」

ディックはいかにも不謹慎にけたけたと笑った。

「そいつは無茶だな、お父さん」とディックが言うと、ヘイゼルウッド氏はひどくがっかりした。「リチャード」ヘイゼルウッド氏は穏やかに抗議した。「まずおまえの承認を得ておけばよかった。おまえの中でようやく何かが変わり始めたと思っていたのに。害のない小さな白いボールを狙う野蛮な狩人が人道主義者になったと思ったのにな」

「まあそうですね、お父さん」とディックが加勢した。「近頃は、お父さんの説もなかなか捨てたもんじゃないと思うようになりましたからね。だが、最初からあまり極端に期待しないでください。何しろ、私は見習い期間中の身ですからね。でも、それはどうぞマーガレット叔母さんに送ってください。そして――ああ、叔母さんが何と言うか、ぜひとも聞きたいものです」

ヘイゼルウッド氏はふと思いついた。

「リチャード、今日の午後におまえが持っていってくれないか？」

ディックは首を振った。

「無理ですよ、お父さん。やらなければならないことがありますから」ディックは窓の外に目をやり、木陰に流れる川を見た。「でも、明日の朝行ってみましょう」

翌朝、ディックは早々とグレイトビーディングに出かけていった。叔母は朝一番の郵便でその小冊子を受け取っているかもしれない。ディックは叔母が興奮して最初に発する感想を聞いてみたかった。だが、叔母は我慢できずにまくしたてるどころか苦悩している様子だった。

ペティファ家の屋敷はジョージ王朝時代の大きな建物で、小さな町の中央にある不規則な四角い広場の端に建っていた。ペティファ夫人はすぐ脇の小さなテーブルに小冊子を置いて、裏庭のほうを向いて座っていた。ディックが部屋に入っていくなり、飛び跳ねるようにして立ち上がり、彼が挨拶の言葉を発する前に声を上げた。

「ディック、あなたに会いたかったの」

「それは、どうも」

「かけてちょうだい」

ディックは言われたとおりにした。

「ディック、あなたのお父さんを止められるのは、この世の中であなたしかいないと思うの」

「ええ。子供用のエプロンをしていた頃に、両親を統制するのは子どもの第一の義務だという重要なことを学びましたよ」

「ふざけないでちょうだい」叔母はピシリと諌めた。それからディックを眺めまわした。「そうですとも、あなたなら彼を統制できるわ。だって、彼は陸軍が大嫌いなのに、あなたが陸軍にいることを許しているのですものね」

「筋を通そうとすれば、それは父にとって大きな嘆きの種です」とディックは答えた。「でもご存知のとおり僕はかなり優れた成果を上げていますから。実のところ父は鼻高々なのですよ。感傷的な哲学者は、誰でもいずれは自分の説で自分の頭をおかしくしてしまうものですからね」

ペティファ夫人は感心したようにうなずいた。

「その最後の言葉は上等よ、ディック。そのとおりだわ。あなたが止めないと、お父さんは本当に頭がおかしくなってしまうわ」

「何のせいで?」

「バランタイン夫人よ」

ディック・ヘイゼルウッドの表情から軽さが消え、たちまち改まった慎重な態度に変わった。

「ハロルドのことはいろいろと聞いています」とペティファ夫人は続けた。「バランタイン夫人と親しくしているとか——彼女は死刑に値する罪で被告席に立ったことのある女性よ」

「だが、無罪になりました」ディック・ヘイゼルウッドが静かにつけ加えると、ペティファ夫人はかっとなった。

「あたくしが陪審員だったら無罪にはならなかったでしょう。ばかな男たちがよってたかってあの可愛い顔に騙されたのよ!」とペティファ夫人が叫んだので、ディックが口をはさんだ。

「マーガレット叔母さん、お言葉ですが、この件に関して僕は父とまったく同じ意見であるとご理解ください」

ディックが実にゆっくりと落ち着いて話したので、ペティファ夫人はすっかり狼狽してしまった。

「あなた!」とペティファ夫人は叫んだ。血の気が失せ、驚きのあまり悲劇の仮面が張りついたような顔になった。「ああ、ディック、まさかあなたまで!」

「ええ、そうです。ひどく辛いことだと思うのです」ディックはペティファ夫人の顔を見据えながら続けた。「世間の注目や、中途半端な状態や、裁判が失敗に終わるかもしれないという不安。そんな裁判の恐ろしさを耐え抜いてきたバランタイン夫人のような女性は、その後も世間から忌み嫌われて苦しまなければならないのです」

このときペティファ夫人の頭の中には腹を立てる余裕はなかった。ただ驚愕するばかりだった。ディックから出てくる穏やかで揺るぎない言葉の一つ一つを秤にかけ、言葉に翼を与えている感情を読み、その表情と心の内を探った。ディックには父親のような浮ついたところは微塵もない。ディックは分別のある賢明な人間で、時代と職業によって育まれた社会的慣習が身についていた。もしディックが確信と深い同情を持ってこのように言うのであれば、その理由はいったい――ペティファ夫人は意気消沈し、結論を出すことをためらった。彼女はすっかり静かになってしまった。

「ああ、あの人はリトルビーディングに来るべきではなかったのよ」とペティファ夫人はもはや地面を見つめながら声を落として言った。それは独り言であったが、ディックは挑むような声でその言葉に答えを返した。

「なぜいけないのです？　彼女はここで生まれて、ここで見守られて育ったのです。リトルビーディングに帰ってきて、しっかり前を向いて生きる以外にどうしろというのです？　誇りを持ってそのように生きている彼女に、僕は敬意を表したいと思います」

確かにステラがここに帰ってくる理由はあった。だがなぜ帰って来たのか、そのわけまでは説明に含まれていない。ディック・ヘイゼルウッドはそれについても十分承知していた。彼がそのわけを知ったのは、前日の午後、彼女と一緒に川で過ごしたときのことだった。だが、ディックはその理由があまりにも繊細なものだと思った。想像力に欠ける叔母のマーガレットに話して聞かせるには、極めて繊細すぎた。いかなる嘲笑と不信で叔母はそれをずたずたに引き裂くことだろう！　それほど繊細なステラの気持ちは、叔母には到底受け入れられず、決して理解することはできないはずだ。

ペティファ夫人は忠告をあきらめて、その件はもう持ち出さなかった。だが、ディックは執拗に食い下がった。

「マーガレット叔母さんはバランタイン夫人をご存知ないでしょう。彼女のことを知らないから不当な扱いをするのです。彼女に会っていただけませんか」とディックは大胆に切り出した。

「何ですって！」ペティファ夫人は叫んだ。「あなた、本当に――ああ！」腹立たしくて言葉も出なかった。ショックのあまり息もできない。

「ええ、そうですとも」とディックは穏やかに続けた。「夜にいらしていただいて、リトルビーディングで食事をしましょう。バランタイン夫人にも来ていただくよう説得いたします」

それは大胆な手段で、ディックの目にもステラにとって危険があると映った。ペティファ夫人とステラを会わせることは、固く凍てついた大地に繊細な炎をかざしてみるようなものだ。だが、彼はステラに絶大な信頼を寄せていた。二人を会わせさえすれば、凍てついた大地も溶けるかもしれない――誰に結果が分かるだろう？　最悪の場合、叔母が怒りを露わにするかもしれないが、父と自分がいれば叔母の怒りなど大した痛みにもならないだろう。

「そうです。うちに来て食事をご一緒してください」

甥の大胆な申し出に驚きも吹き飛んでしまった。そしてペティファ夫人の中で好奇心がそれに取って代わった——好奇心と恐れだ。その女をこの目で確かめなければならない。

「そうね」しばしためらった後で答えた。「行くわ。ロバートも連れていきます」

「それはよかった。日にちを決めて手紙でお知らせします。では、失礼します」

ディックはリトルビーディングに戻って父親を捜した。老紳士にはもう一つ別の道楽があって、収集家としての顔も持っていた。それは実に生産的な趣味だった。というのは、ヘイゼルウッドは生涯をかけて集めてきたミニチュア模型のコレクションを所有していて、もしそれをクリスティーズ（ロンドンの美術競売商）で競売にかければ大金になるはずだったからだ。そのコレクションは書斎の飾り棚に並べてあるが、ディックが見たときには、彼はその飾り棚の引出しに身をかがめて宝物を並べ直しているところだった。

「マーガレット叔母さんに会ってきました」とディックは言った。「夕食のときにこちらへ来てステラと会うことになりました」

「それは素晴らしい」と老人は感激して言った。

「たぶん、そうですね」と息子は答えた。そして翌朝ペティファ夫妻は招待状を受け取った。

ペティファ夫人はすぐに承諾した。ディックが帰ってからというもの、彼女はのんびりしていられなかった。ディックが来るまでは、ステラの擁護運動をハロルド・ヘイゼルウッドのあきれた愚行の一つと見なしていた。だが、ディックが帰った後でペティファ夫人は心底恐ろしくなった。ディックがこれまでめったに見せたことがない強情な顔をして、厳しい目で話すのを見たからだ。こういう場合、ディックは意志を貫き通す。ペティファ夫人は車を走らせ、友人たちに聞いて回った。どの家で尋ねてみても答えは同じ、彼女の恐れは確かなものとなった。今や擁護運動を主導しているのはディックだった。ディックはポロにも行かず、休暇はすべてリトルビーディングで過ごしていたが、その大半がステラ・バランタインと一緒だった。午前中はステラに馬を用意して一緒に乗馬を楽しみ、午後にはステラのために川で舟を漕いでいる。ステラの家を訪れるよう友人たちにせっついている。ディックは先頭を切ってステラとの友情を誇示していた。〈われを愛するなら、わがステラを愛せ〉というのが彼の新しい標語となった。ペティファァ夫人はあらゆる不安を大きく膨らませて家に戻ってきた。ディックの将来は完全に潰されてしまうだろう――たとえこれ以上悪いことが起こらなくても。ステラ・バランタインが抱いているであろう目的については考えるまでもなかった。それがどんなものであるかペティファァ夫人にははっきりと分かっていた。ステラ・バランタインは甥に飛びつくだろう。彼は容姿端麗で、社会的地位も金も名誉も持っている。それは究極の資質であり、ステラ・バランタインの目にまたとない価値を持った男として映るはずだ。彼は楽屋口でつきまとうような軟弱な男ではないし、悪名高い人間と繋がることで評判を得ようとするような、ずる賢く退廃的な種類の男でもない。そうだ。ステラから見ればディックは理想的な夫に違いなかった。

ペティファァ夫人はその晩、いつになく待ちきれない気持ちで夫の帰りを待っていた。だが彼女は賢かったので、夕食を終えた夫が葉巻をくわえて、目の前のテーブルクロスの上に年代物のブランデーのグラスを置き、機嫌良く相手の話に耳を傾ける気持ちになるまで黙っていた。いよいよペティファァ夫人は厄介な出来事について話を切り出した。

「ねえ、これは止めなくてはいけないわ、ロバート」

五十五歳になるロバート・ペティファはやせ型だが筋骨たくましい体の持ち主で、気候の変化によると思われる茶色の乾いた顔は、彼の法律書の装丁の色をしていた。彼もその話には少々当惑したが、根は公正で慎重な性格だった。

「止める？」と彼は言った。「どうやって？　もう一度バランタイン夫人を逮捕するわけにはいかないよ」

「それは無理ね」とペティファ夫人は答えた。「ロバート、あなたがどうにかしなくちゃ」

ロバート・ペティファは椅子の中で跳び上がった。

「私がか、マーガレット！　そいつはだめだ！　その問題に関わるのはごめんだな。ディックは大人だし、バランタイン夫人は無罪の判決を受けている」

マーガレット・ペティファは夫のことをよく知っていた。

「それでおしまいなの？」と彼女は悲しそうに尋ねた。

「そうだ」

「あたくしはそうはいかないわ、ロバート」

ロバート・ペティファは含み笑いをして、妻の手に自分の手を重ねた。

「分かっているよ、マーガレット」

「今度の金曜の夜、リトルビーディングで食事をしてステラ・バランタインに会うことになっているの」

ペティファ氏はぎょっとしたが、口はつぐんでいた。

「今朝あなたがロンドンに発った後、招待状が届いたの」と彼女は言い添えた。

「それで、すぐに承諾の返事をしたのか？」

「ええ」

ペティファァは、彼女が口を開いて答える前から、行くと返事をしたのだろうと確信していた。

「では、金曜日にリトルビーディングにお邪魔して食事をするとしよう」と彼は言った。「何しろハロルドはいつも素晴らしいヴィンテージポートを出してくれるからね」と言ってその話題を締めくくった。ペティファァ夫人は彼の頭の中にその件をくすぶらせておくことで満足した。夫人の望みどおりに彼が心を痛めたかどうかははっきりしないが、彼がディックを誇りに思っていることは承知していた。そして万が一にも、彼の中で不安に思う気持ちが強くなっていけば、遅かれ早かれちょっとした意見を口にするかもしれない。そして、そのちょっとした意見はおそらく役に立つだろう。

第十六章　成り行き

リトルビーディングでの夕食会は小ぢんまりした集いだった。ヘイゼルウッド氏の食卓を囲んだのは十人で、ペティファ夫妻を除けば、ディック・ヘイゼルウッドが熱心に説いたおかげで皆ステラ・バランタインの味方だと宣言している者ばかりだった。それにもかかわらず、ステラはためらいながらその集いにやってきた。インドを離れてから外食するのは初めてで、この一年半の中で唯一楽しい機会であったが、ステラは厳しい試練に立ち向かうかのようにその集いにやってきた。というのは、友人たちが彼女を励ますために同席してくれるとはいえ、ペティファ夫妻にも会うことになっていたからだ。侮りがたいマーガレット叔母のことを考えると、この一週間というものステラはよく眠れなかった。服を選ぶときにはペティファ夫妻のことを念頭に置いた。夫妻がドレスの色に象徴的なものを見つけて、それを侮辱の種にすることがないように、用心して白や黒は避けた。淡い青色のサテンのドレスに母の形見の白いレースの襟をあしらい、首には細い金の鎖さえつけなかった。だが、その夜のステラには宝石など必要なかった。静かに過ごしてきた何か月ものあいだに美しさを取り戻していた上に、この夜の興奮で彼女の顔は生気に満ちほんのりと赤みが差していた。わずかとはいえ妙な具合に口角が下がり、大きな苦難と精神的な苦痛を無意識のうちにさらけだしていた険しさはもう完全に消えていた。ところが、すっかり身なりを整え、鏡に向かって勇気を奮い起そうと誓ったにもかかわらず、ステラは座り込んでしまい、急に具合が悪くなり伺えなくなったと詫び状を書いた。しかし、ステラはその手紙を送らなかった。書いている最中も気持ちは後ろ向きになっていたが、最後の署名をする段になってその手紙を破り捨てた。ステラを屋敷まで連れていくことになっている馬車の車輪が、窓の外の小道でガタガタと音を立てて止まった。ステラはマントをはおると駆け下りていった。

夕食会はやや気まずい雰囲気の中で始まった。ヘイゼルウッド氏は客間で客を迎えたが、その部屋は普段あまり使われていなかったために、ひんやりとした堅苦しい空気が立ち込めていた。だが、その気まずさもテーブルに着くと次第に和んでいった。出席者の大半は、ステラ・バランタインがくつろげるように気を配り、ヘイゼルウッド氏がステラの隣に座って、ペティファァ夫人からは心地よい距離が保てるようにしていた。ステラは自分が観察されていることを知っていたので、ときにはそれで居心地の悪い思いもした。

「わたくし、ずっと見張られているようです」とステラは家の主に言った。

「気にすることはない」とヘイゼルウッド氏は答えた。ステラはそっとテーブルを見回して口元をほころばせた。

「そうですね、大丈夫です」とステラは声を落として言った。「皆さまがいてくださいますから」

「友はあなたを見捨てたりはしませんよ、ステラ」と老人は言った。「今宵、大きな変化が始まるのです。見ていてごらん」

ロバート・ペティファァは彼の妻よりもさらにステラを当惑させた。妻の心を読むのは簡単だった。彼女は冷たく儀礼的で、ステラの敵だとすぐに分かる。だが、ロバート・ペティファァは違った。何度かステラが顔を向けたときに、静かにじっと見つめられていることに気づいたが、その眼差しからは何を考えているのか一つも読み取れなかった。実際にはペティファァはステラの態度を好ましく感じていた。ステラは傲慢でもなければ卑屈でもなく、騒がしくもなければ静かすぎるわけでもなかった。彼女は厳しい試練をくぐり抜けてきたのだ。それは明らかだった。だがそれが明らかだったのは、彼女の暗い瞳に見え隠れする妙に心を乱すもののせいだった。苦難は彼女を枯らすことはなかった。ペティファァは心底驚いた。ステラがどんな女性であるのか明確には予想していなかったものの、いま目にしているような姿は期待してはいなかった。澄んだ瞳にみずみずしく繊細な顔色、しっかりとした白い肩に胸の谷間を見れば、ステラは健全な女性であると思えてくる。彼は頭の中でステラの裁判にまつわる記憶のページをめくり始めた。これまであえて思い出さないように避けてきた記憶だった。

夕食会が中盤に差しかかる頃には、ステラの不安も消えていた。照明やさざめくような話し声、人々との触れ合いや華やかなドレスがステラに感銘をもたらした。まるで、暗い水中を深く潜った後で水面に顔を出し、太陽に向かって勢いよく腕を広げたような感じだった。ステラはペティファァ夫妻の探るような視線は気にしないことにした。テーブルの向こう側にいるディックを見ると目が合った。優しい眼差しにステラが顔を輝かせるのを見て、ペティファァ夫人はぞっとした。

「彼女は恋をしている」とつぶやいてペティファァ夫人は青くなった。ステラ・バランタインが望んでいるのは、現在のディックの社会的地位でもなければ、安全地帯としてのディックでもなかった。彼女は恋をしているのだ。ペティファ夫人は素直にそれを認めた。だが、今まで恐れていたものなど、実際の危険に比べたら取るに足らないものであったことに気がついた。

「今夜は何としてもハロルドを説き伏せないといけないわ」とペティファ夫人は言い、しばらくして男たちが食堂から出てきたときに夫の姿を捜した。だが最初は見つからなかった。ペティファ夫人は客間にいて、大きな書斎に通じている幅広の両開きの扉は開いたままになっていた。男たちが入ってきたのはその扉からだった。何人かはそこに集まっている。ビリヤードの玉のはじける音がして、男たちの声に混じって女たちの声が聞こえてきた。書斎へ行くと、夫がハロルド・ヘイゼルウッドの机の横で、小さな本を手にして熱心に読みふけっている姿が目に入った。ペティファ夫人は急いで夫に歩み寄った。

「ロバート」と彼女は言った。「今夜は急いで帰らないでね。ハロルドに話をしなくてはならないの」

「分かったよ」とペティファは答えたが、いかにも心ここにあらずという様子だったので、夫人は夫がきちんと理解してくれたのだろうかと訝った。もう一度同じ言葉を繰り返そうとしたところに、ハロルド・ヘイゼルウッド本人が近づいてきた。

「君はわしの新しい小冊子を読んでいるのかね、ペティファ。『刑務所の塀は影を落とすことなかれ』だがね。わしはその論文が大きな影響力をもたらすと期待しているんだ」

「いいえ」とペティファは答えた。「違います。これを見ていたのです」と言って、彼は小さな本を差し出した。

「なんだ、そいつか」ヘイゼルウッドはがっかりして目をそらしながら言った。

「そう、この本です」ペティファは妙に思わせぶりな顔で義兄を見た。「どうも確信はありませんが」と彼はゆっくりと言い添えた。「どちらの本がより重要な意味を持つのか、すぐには分からないかもしれませんね」

　ペティファはその本を下に置くと、自分の順番がきたのでビリヤード台のほうに行ってしまった。マーガレット・ペティファはその場に留まっていた。夫が使った妙に意図的な言葉が強く印象に残った。これは求めていた助言なのだろうか？　彼女はその小さな本を手に取った。『ノーツ・アンド・クィアリーズ』だった。中を開いてみた。

　それは小さな定期刊行雑誌で、投稿者が情報を求めて送った質問と、それに対する別の投稿者からの答えをまとめて印刷したものだった。夫が読んでいたページが分からないかと急いで本を繰ってみた。だが、彼は本を置くときに読んでいたところを閉じていったので、彼が言った言葉を裏づけるようなものは何も見つからなかった。それにしても彼は何の意図もなく意見を述べたわけではない。その点についてペティファ夫人には確信があったが、次の瞬間その確信はさらに強固なものとなった。なぜなら、彼女がもう一度客間のほうを見たとき、ロバート・ペティファが鋭い視線をこちらに向けたかと思うとすぐに目をそらしたからだった。ペティファ夫人はその視線の意味を理解した。彼の注意を引いた雑誌の記事に、妻が気づいたかどうか気になったのだ。だが、ペティファ夫人は夫を問い詰めなかった。ただ、もっと時間の余裕があるときに、『ノーツ・アンド・クィアリーズ』を調べてみようと思っただけだった。

ペティファ夫人は夕食会が終わるのをじりじりしながら待ったが、十一時の鐘が鳴るまでは誰も帰ろうとは言いださなかった。やがて全員がまとまって帰り支度を始めた。ロバート・ペティファと妻は、自分たち二人が帰らないのを見て同じように残ろうとする者が出ないように、ほかの客たちと一緒に玄関ホールまで出てきた。別れ際のせわしない場から少し離れて二人で立っているときに、マーガレット・ペティファはステラ・バランタインが軽やかな足取りで階段を下りてくるのを見た。突然猛烈な怒りが頭の中で渦巻き、めまいがした。秩序正しい自分たち一族に、この若い女がもたらしているあらゆる災難と害悪を考えると、ステラに罪がないとはどうしても思えなかった。前を開けたままマントを肩にかけたステラは、階段の暗い鏡板を背に眩いばかりに輝き、すらりとしている。顔には若さが満ちあふれ、瞳は喜びできらめいている。ペティファ夫人の指は、ステラの明るい色のドレスや、手袋や、華奢なサテンの靴や、胸元をかざる繊細な白いレースをはぎ取ってやりたいと疼いた。頭の中でステラに、重い不格好な服や、粗末な靴や、囚人のストッキングを着せてみた。時間に追われ、黒く割れた爪で必死に卑しい仕事をしている姿を思い描いてみた。もし強く願って奇跡を起こせるものならば、今ここで、ステラ・バランタインをひざまずかせ、働かせることができるのに。その顔を忌まわしい土気色に変えて、彼女の魅力を根こそぎ枯らせてしまうのに。ペティファ夫人があまりに急に顔をそむけて気分の悪そうな顔をしたので、体の具合が悪いのではないかとロバートが心配したほどだった。

「いいえ、なんでもないわ」と言ったものの、嫌でもその目は階段のほうに引き戻された。だが、ステラ・バランタインはすでにその場所にはいなかったので、マーガレット・ペティファは安堵のため息をついた。感情が高ぶった瞬間に危険が身近なものとして感じられた。それは危険であるばかりでなく、恥ずべきことでもあった。そして、この二つの悪は、もうすでに彼らを待ち受けているのだった。

一方ステラは、ディック・ヘイゼルウッドにそっと目配せをして、目立たないように広間に戻っていた。しばらく待っていると、ドアが開いてディックが入ってきた。

「お別れのご挨拶をしていなかったものですから」ステラはそう言ってディックに近づき両手を差し出した。「二人きりになれたときにご挨拶をしたかったのです。今夜のことをあなたとお父さまにお礼を申し上げなければなりません。ああ、何と言葉にすればよいのか」

涙があふれそうになり、声が震えた。ディック・ヘイゼルウッドは急いで言った。

「大丈夫！　お礼の言葉など必要ない。明日は馬にでも乗りましょう」

ステラはディックから自分の手を離すと、部屋の奥にあるガラス戸のついた大きな張り出し窓のところに行った。

「喜んで」とステラは言った。

「八時に。今夜の会の翌朝にしては時間が早すぎるかな？」

「いいえ、ちょうどいい時間ですわ」彼女は微笑んで答えた。「世界を一人占めできる時間ですもの」

「同じ馬を連れていこう。あの馬はもう君のことを分かっているだろう？」

「ありがとうございます」とステラは言った。掛金を外してガラス戸を開いた。「わたくしが出たら鍵をかけてくださいますか？」

「いいえ」とディックは言った。「家まで送っていきましょう」

だが、ステラはディックの申し出を断り、ガラス戸のところで立ち止まった。

「その必要はありません。ほら、何てすてきな夜なのでしょう！」夜の美しさが魂にしみ込んできて、ステラは声をひそめた。青い空には白く輝く円盤のような月が昇り、緑のヒマラヤ杉の木々が明るい芝の上に影を広く落とし、枝一本も揺れることはない。

「耳を澄まして」とステラが囁いた。川が深くすすり泣いたかと思うと、今度は妖精の笑い声になり、土手に小波を立てながら二人に歌いかけてくる。水の心地よい調べと木の枝にいる鳥の羽ばたきだけが聞こえる。二人は肩を並べて立った。ステラは庭の遥か向こうにぼんやりと浮かぶ真珠色の丘陵を眺め、ディックは見上げているステラの顔とその首筋を見つめた。いかにも危うげな沈黙だった。ひんやりとした新鮮な空気が鼻を通ってくる。ステラは微笑み、深く息を吸い込んだ。

「おやすみなさい！」ステラは彼の腕にそっと手を置いた。「どうか来ないでください！」

「どうして？」

はっきりと、細い声が返ってきた。

「怖いの」

隣にいるディックが急に黙り込んだように感じた。「ほんのわずかな距離ですから」と急いで言い添えると、ガラス戸から小道に出た。ディック・ヘイゼルウッドは後を追ったが、ステラは振り向いて片手を上げた。

「来ないで」ステラは懇願した。声には戸惑っているような響きがあったが、目に迷いはなかった。「もし一緒に来るなら申し上げないと」

「何を?」とディックが口をはさんだ。急いで発した言葉がステラにかけられていた夜の魔法を打ち砕いた。

「もう一度、どんなに感謝しているかお礼を申し上げないといけません」とステラは軽やかに言った。「お庭の門の横の草原を通っていきます。そうすればわたくしの家に着きますから」

ステラは片手でスカートを寄せてつかむと、小道を横切って芝生の端に出ようとした。

「そんなことをしてはだめだ」と叫んだかと思うと、ディックはもうステラのそばにいた。立ち止まったときには芝の上だった。

「芝生でさえびしょ濡れだ。草原を通れば夜露で足首まで沈んでしまう。この家で僕らと夕食をとるときは、決して草原を通らないと約束しないとだめだ」

ディックはまるで聞きわけのない子どもを諭すように言ったが、あまりの心配ぶりにステラは声を立てて笑った。

「分からないかい、僕にとって君はとても大切な人になったんだ」とディックは言い添えた。

暦は七月だったが、その夜のステラはまるで四月の陽気そのもので、陽の光のように笑っているかと思うと、すぐに涙の雨に濡れるのだった。ステラの口元から笑みが消えて、何かに打たれたように素早く両手で顔をおおった。

「どうしたの?」と訊かれ、ステラは手を下ろした。

「お分かりになりませんか?」と彼女は訊いたものの、その質問には自分で答えた。「そうですね、分からなくて当たり前です」ステラはいきなりディックのほうを向いた。喘ぐように胸をはずませながら、両手をしっかりと握りしめている。「この故郷で、わたくしがどんな立場に置かれているかご存知でしょうか? 何年も前、わたくしが子供だった頃、グレイトビーディングには豚顔の女性がいると信じられていました。その人は広場にある小さな黄色い小屋に住んでいました。そこは町の名所の一つとして、よその人たちに知らされてきました。ときには夕暮れの後でランプとブラインドのあいだに立った彼女の影が見世物になりました。またときには夜遅く暗い路地でこっそり歩いている姿をのぞき見されたこともありました。そして、その豚顔の女の人がいなくなって、わたくしがその人の代わりになったのです」

「それは違う」とディックは叫んだ。「そんなことはない」

「そうなのです」とステラは熱を込めて答えた。「わたくしは好奇の的なのです。異形の存在です。町の人たちはわたくしを噂の種にしています。本当です。ちょうど豚顔の女の人をはやし立てていたのと同じことなのです。そしてわたくしはそんな町の人の噂に耐えることが、ペティファ夫妻の反感に耐えることよりも難しいと分かっています。わたくしもまた、朝早くにそっと歩き回ったり、夜の帳《とばり》が下りてから隠れるように歩いたりしていました。それなのに、あなたは――」ステラの声からは苦しみの影が消えていた。固く結んでいた手は開いて脇におろし、顔は優しい笑みで輝いていた――「わたくしと並んで歩いてくださる。朝早く馬も一緒に乗ってくださる。あなたといると、わたくしは心配しなくてよいのだと知りました。あなたはご自分のお屋敷にわたくしを喜んで迎えてくださいます。あなたは今お話ししてくださったように、わたくしに話しかけてくださいます」ステラは声を詰まらせた。歓喜の叫びがステラからディック・ヘイゼルウッドの胸に飛び込んだ。「ああ、あなたが家まで送ってくださる。草原は横切りません。道をたどって歩いてゆきます」ステラは言葉を切って、息を吸いこんだ。

「お話ししたいことがあります」

「何だろう？」

「心にかけていただけるのは素敵なことです。これまでのわたくしには無縁なことでした。とても素晴らしいことです」自分の中から言葉を引き出すように言うと、幸せそうにそっと笑った。

「ステラ！」とディックは呼びかけた。ファーストネームで呼ばれて、ステラは両手を胸に当てた。「ああ、ありがとう！」

二人が屋敷の角を曲がって敷地内の広い私道へ出たときには、玄関の扉は閉まっていて、一台を除いて自動車はすべて走り去っていた。二人は月光を浴びて歩いた。あたりに花の香りが漂い、マツヨイグザの大きな黄色い花がぼんやりと輝いている。二人はゆっくりと歩いていった。もっと早く歩かなければいけないとステラには分かっていたが、どうしても急ぐ気持ちになれなかった。こうして歩いているあいだにあるものはすべて、どんなにちっぽけで細かなことも胸にしまっておこうと思った。そうすれば、何年経っても思い出の中でもう一度歩くことができるし、自分は決して一人ぼっちだと感じなくてすむだろう。二人は大きな鉄の門扉を抜けて小道に入った。大きなニレの木が頭上に張り出している。二人は暗い中を歩いて、ふたたび光を浴びた。ステラの足の下で小枝がピシリと音を立てた。そんな些細なこともきっと思い出すだろう。

「急がないといけません」とステラは言った。

「できるだけの努力はしているよ」とディックは答えた。「何しろ遠いからね——この道は」

「そんなふうに思われる?」ステラはディックの気持ちを誘うように言った——何と浅はかなこと! だが、ステラは時と場所の魔法にかかっていた。

「そうだよ」とディックはステラに向かって答えた。「男の一生のうちで長い道だ」ディックはステラのそばに寄った。

「だめ!」ステラは思わず強く言った。だが気づくのが遅すぎた。「だめよディック、だめだわ」と繰り返したが、ディックはステラに腕を回した。

「ステラ、僕には君が必要だ。愛する女性がいなければ人生は退屈だ。本当だよ」ディックは熱く語った。

「女性はほかにもいます——大勢」とステラは言って、ディックを突き放そうとした。

「僕には君だけだ」ディックはそう答えてステラを放さなかった。ステラは抵抗するのをやめて彼のコートに顔をうずめ、両手を肩にかけて小さく震えていた。

「ステラ」ディックは囁いた。「ステラ!」

ディックはステラの顔を優しく包んで自分の体を傾けたかと思うと、すぐに向き直った。

「ここはだめだ」とディックは言った。

二人は木の陰に立っていた。ディックはステラの腰に腕を回すと、開けた場所へ向かった。そこは月が明るくきれいに輝いていて、どこにも影は落ちていなかった。

「ここがいい」ディックはステラに口づけをした。ステラは頭を反らして空に顔を向け、目を閉じた。

「ああ、ディック」とステラはつぶやいた。「こんなことになってはいけないと思っていたのに。今ならまだ――どうぞ忘れてください」

「いいや――それはできない」

「そんなふうに言ってくださる。でも――あなたがだめになってしまいます」ステラは急いでディックから離れた。

「聞いてください！」

「ああ」とディックは答えた。

ステラは一メートルほど離れて、苦しそうに喘いで涙で頬をぬらしながら、必死の思いで向き合った。ディック・ヘイゼルウッドはじっと待っている。ステラの唇は話をするように動いているが言葉にならず、体中から力が抜けてしまったようだった。ステラは急に目が見えなくなったかのように、両手で探るようにして前に出た。

「ああ、愛しい方」ディックがその手を取ったときにステラは言った。二人はまた共に歩きだした。ステラはディックの父親のことを案じ、土地の住民たちのことを心配した。ディックはその一つ一つに答えていった。

「ほんの少しだけ勇気を出してごらん、ステラ。僕たちが結婚すれば、何の問題もなくなるだろう」彼の腕に抱かれると、そう信じたいと思うのだった。

ステラ・バランタインはその夜、寝室の肘掛椅子に座って空っぽの火床を見つめ、不安にさいなまれながら遅くまで起きていた。体が冷えて震えた。突然、騒がしい鳥たちの鳴き声が開いたままの窓から飛び込んできた。ステラは窓に歩み寄った。朝になっていた。広がってゆく灰色の光の中で、緑の草原の向こうにあるリトルビーディングの静かな屋敷を見た。ブラインドはすべて下りたままだ。皆ぐっすり眠っているのだろうか？　それとも自分と同じようにこちらを見ている人がいるのだろうか？　ステラは暖炉のところに戻った。火床の中に破った手紙の紙片が目にとまり、身をかがめてそれを拾い上げた。前日の夕方に書いた詫び状を破いたものだった。

「これを送るべきだったわ」ステラはつぶやいた。「行ってはいけなかった。この手紙を送るべきだった」

だが、後悔しても無駄だった。もう行ってしまったのだ。朝方メイドが覗いたとき、ステラは出かけたときに着ていたドレスのまま、ベッドでぐっすり眠っていた。

第十七章　ヘイゼルウッド氏の苦悩

　ディックとステラが屋敷の私道を歩いて小道に出ようとしていたときに、夕食会の成功に嬉々としていたハロルド・ヘイゼルウッドは、玄関ホールでロバート・ペティファァのほうを向いた。

「ロバート、帰る前にウィスキーのソーダ割りでもどうだ」ヘイゼルウッドはそう声をかけると、先に立って書斎へ戻った。ペティファァ夫妻は後に従ったが、マーガレットが戦いを挑もうと怒りをたぎらせているのでロバートは落ち着かず、百マイルは離れていたい心境だった。ヘイゼルウッドは肘掛椅子に腰を下ろした。

「今夜は来てくれてとても嬉しかったよ、マーガレット」ヘイゼルウッドは思いきって切りだした。「自分の目で確かめることができただろう」

「ええ、確かにね」と彼女は答えた。「ハロルド、あたくし今夜は何度も叫び声を上げそうになったわ」

　ロバート・ペティファァはデカンターとサイフォン瓶のトレイが置いてある奥のテーブルのほうへ急いだ。

「マーガレット、わしはこれまで世の中の不当な扱いに対して、反論の叫び声を上げてきたのだよ」とハロルド・ヘイゼルウッドが言ったので、ロバート・ペティファァは葉巻の端を切りながら含み笑いを漏らした。「人間関係の修復のための行動が、おまえを同じような気持ちにさせるとは奇遇だな」

「修復ですって！」マーガレット・ペティファァは憤然として叫んだ。そのときふと窓が開いていることに気づいた。彼女は部屋を見回してから、兄の正面に椅子を引いた。

「ハロルド。もしあなたがあたくしたちに対する遠慮もなく、あなたの立場や近隣の人たちに対する配慮もせずに、大きな犠牲を払ってあの人をあたくしたちに押しつけるとしても、息子を大切に思う気持ちはあるでしょう?」

ロバート・ペティファァもその夜は、妻と同じようにしっかり見て考えていた。彼は部屋の中のほうへ一歩踏み出したが口論には加わりたくなかった。自分は公正でありたいと願っていた。ステラ・バランタインを好意的に受け止めたいと思った。ステラを見て少し心を動かされもした。だが、何よりディックのことが大切だった。子宝に恵まれなかったロバートはディックを自分の息子のように可愛がっていて、毎朝列車でロンドンの事務所に出かけるときに心の奥で思うのは、自分が蓄えてきた財産はいつの日かディックの生涯に輝きを与えるだろうということだった。三人の中でハロルド・ヘイゼルウッドだけが、きつく目を閉じているようだった。

「なぜだ、いったいどういう意味だ、マーガレット?」

マーガレット・ペティファァは椅子に腰を下ろした。

「昨日の午後、ディックはどこに出かけたのかしら?」

「マーガレット、そんなこと知るわけがないだろう」

「あたくしは知っているわ。彼はステラ・バランタインと一緒に川にいたの——夕暮れどきに——カナディアン・カヌーに乗っていたわ」彼女はさらに憤慨した様子で、得られたばかりの詳細を、まるでそれが罪を大きくするかのように、一つずつ挙げてみせた。だがまだ終わりではなかった。最高の域に達すると思われる罪が残っていた。「彼女は白いレースのドレスを着て、大きな帽子を被っていたわ」

「ほう」とヘイゼルウッド氏は穏やかに言った。「大きな帽子が悪いとは思わんがね」

「彼女は水の中に手を下ろして、引きずるようにしていたのよ——もちろん、あのほっそりとした手にディックが気づくようにしてね。なんて恥知らずなの！」

ヘイゼルウッド氏は、憤慨している妹にうなずいてみせた。

「気持ちはよく分かるよ、マーガレット」とヘイゼルウッドは言った。「あの娘はうまく気が回らないのだよ。小さな帽子を被っていればフランス風になったものを」

だが、ペティファ夫人は議論する気分ではなかった。

「それがどういうことか分からないの？」彼女は激怒して叫んだ。

「分かるよ、分かっているよ」とヘイゼルウッド氏は言い返すと、得意げに妹に笑顔を見せた。

「少年のより善い性格が目覚めたんだ」

マーガレット・ペティファは両手を上げた。

「少年ですって！」と彼女は思わず声を上げた。「ディックは三十四歳よ、分かっているのかしら」

ペティファ夫人は椅子に座ったまま身を乗り出して、張り出し窓を指差して尋ねた。「なぜあの窓が開いているのかしら、ハロルド?」

ハロルド・ヘイゼルウッドはようやく不安なそぶりを見せた。彼は椅子に腰かけたまま体を動かした。

「今晩は暑いからね、マーガレット」

「それが理由ではないわ」ペティファ夫人は容赦なくやり返した。「ディックはどこなの?」

「バランタイン夫人を家まで送っていったのだろう」

「そのとおりよ」とペティファ夫人はことの重大さを声に込めて言った。

ヘイゼルウッド氏は居住まいを正して、妹を見た。

「マーガレット、わしを不愉快な気分にさせたいのだろう」とヘイゼルウッドは不機嫌そうに声を張り上げた。「だがそうはさせん。ああ、そうはさせんぞ」彼はふたたび椅子にもたれかかると、両手の指先を合わせながらじっと天井を見つめた。しかし、マーガレットはここぞとばかり、機関銃のように言葉を浴びせかけた。

「友人になるのと、結婚するのは、別な問題よ」

「そのとおり、マーガレット、そのとおりだ」

「あの二人は恋をしているわ」

「つまらん話だ、ばかばかしい」

「あたくしは夕食の最中も、その後も見ていたわ。あの二人は男と女よ、ハロルド。あなたにはそれが分かっていない。彼らはあなたの説の実例じゃないのよ。ロバートに訊いてごらんなさい」

「いや、私はいいよ」とロバート・ペティファァは思わず声を上げた。それからあわてて葉巻に火をつけた。「私がどんな推測をしたところで、それは単に仮説でしかない」

「いや、ロバートに訊こう。さあ、ペティファァ！」とヘイゼルウッド氏は促した。「ぜひ意見を聞かせてくれ」

ロバート・ペティファァは隅のほうからしぶしぶ前に出てきた。

「どうしてもと言うのであれば。私には、二人はとても親密に見えました」

「ほら！」とヘイゼルウッドは勝ち誇ったように言った。「友人であることと、結婚をするということは、別な話だよ、マーガレット」

ペティファァ夫人は非常に腹立たしく思いながらも、憐れみを感じて首を横に振った。

「ディックはこのあいだ、賢いことを言っていたわ、ハロルド」

ヘイゼルウッド氏は不安げに妹を見た。

「わしはそれについては確信があるんだ」と彼は答えたが、息子の賢い寸言については触れないように気をつけた。だがマーガレットは兄を放免する気分ではなかった。

「感傷的な哲学者というのは、いずれ自分たちの説に頭をぶつけて行き詰まるものだってディックは言ったのよ。よく考えてみてちょうだい、ハロルド！　あなたがその言葉どおりにならないよう願っているわ。本当に心からそう願っているのよ」

だがヘイゼルウッド氏は、その言葉が現実のものになろうとは夢にも思っていなかった。彼は侮辱的な言葉にかっとなった。

「わしは感傷的な哲学者ではないぞ」と彼はむきになって言った。「感傷なんてものはまったく忌み嫌っておる。わしには揺るぎない考えがあると自負しておる」

「確かにそうでしょう」妹は皮肉な笑いで遮った。「そうそう、あなたの小冊子を読んだわ、ハロルド。刑務所の塀は影を落とすことなかれ、そして囚人はひとたび釈放されたなら、以前と寸分違わず私たちの夕食の席に着く権利があるとね。あなたはあなたの主義を実行に移している。いいでしょう。今晩はその実例というわけね」

「不公平だよ、マーガレット」ヘイゼルウッド氏はある種の威厳をかざして椅子から立ち上がった。「おまえはバランタイン夫人のことを、まるで裁判にかけられて有罪の判決を受けたかのように言っている。そう言うのも今回が初めてじゃない。実際には、彼女は裁判で無罪と認定されたのだよ」そして今度は自分の番だとばかりにペティファァに訴えた。

「ロバートに訊いてみろ」と彼は言った。

だが、ペティファァはなかなか答えようとはせず、やおら口を開いても言葉は濁した。

「そう――まあ――」彼は言葉を引き延ばすようにゆっくりと答えた。「確かにバランタイン夫人は裁判にかけられて無罪になった」ペティファァは、話を聞いていた二人に最後の〈無罪〉という言葉を言わなかったような印象を与えた。ペティファァ夫人は一心に夫を見つめた。彼女はただちに論争から身を引き、質問をするのはハロルド・ヘイゼルウッドに任せた。ペティファはかなり躊躇しながら話をしたので、ハロルド・ヘイゼルウッドは尋ねないわけにはいかなかった。

「答えを留保しているのか、ロバート?」

ペティファは肩をすくめた。

「われわれは留保の理由を知る権利があると思うが」とヘイゼルウッドは主張した。「君は大きな仕事をしている事務弁護士で経験も豊富だろう」

「刑事事件には詳しくなくてね、ヘイゼルウッド。刑事事件を判断する力は素人とさして変わりはない」

「だが、意見はまとまっているのだろう。そいつを聞かせてくれたまえ」ヘイゼルウッド氏はふたたび腰を下ろして足を組んだ。だが、今度はわずかに苛立っているのが声に聞きとれた。

「意見というほどのものじゃないが」とペティファは用心深く返答をした。「裁判は一年半ほど前に行われた。私はロンドンに向かう列車の中で、毎日欠かさずその記事を読んだ。だがそれらは概要にすぎない」

「きちんとそろった概要だ、ロバート」とヘイゼルウッドは言った。

「確かにそうだ。その裁判は世間を大いに騒がせた。けれども私にはどうも納得がいかなかった。この新聞記事を読んだ私の記憶が確かだったとしても、やはり判断を下すのは躊躇するだろう。いずれにしても私の記憶は定かではない。私が覚えていることを検証してみよう」

ペティファは椅子に腰を下ろし、しばし額にしわを寄せて難しい顔をしていた。夫は本当に思い出そうとしているのだろうか？　妻は夫を見つめながら考えた。それとも二人に伝えたいことがあって、それを彼特有の用心深くさりげない方法で伝えようとしているのだろうか。ペティファ夫人は油断なく耳を傾けた。

「さて――あの――悲劇的な事件と言っておきましょう――それはラージプターナという州のテントの中で起こった」

「そうだな」とヘイゼルウッド氏は言った。

「事件は夜に起きた。バランタイン夫人は自分のベッドで眠っていた。被害者のバランタインはテントの戸口の外で発見された」

「そうだ」

ペティファァはひと息ついた。「それ以来、私は多くの訴訟事件に注意を払ってきた」彼はためらっていることを詫びて言った。実に困っているようだった。それから先を続けた。

「ちょっと待て！　あの夜、彼らと一緒に食事をした男がいたな――そうだ、思い出したぞ」ハロルド・ヘイゼルウッドはわずかに体を動かして口を開こうとしたが、マーガレットがすばやく彼に向かって片手を上げた。

「確かスレスクという男だ」とペティファァは言って、ふたたび黙り込んだ。

「それで」とヘイゼルウッドが尋ねた。

「そう――私が覚えているのはそれだけだ」とペティファァはそっけなく答えた。彼は立ち上がって椅子を元に戻した。「ただし――」とゆっくりと言い添えた。

「何だ？」

「ただし、評決が下りたときに私の頭の中には漠然とした疑問が残った」

「ほら、ごらんなさい！」ペティファ夫人は意気揚々と叫んだ。「彼の意見を聞かなくちゃ、ハロルド」

ヘイゼルウッドは彼女のことは気にとめなかった。彼はいかにも困惑して義弟をじっと見つめた。

「なぜだ？」と彼は訊いた。「なぜ疑問を持ったんだ、ロバート？」

だが、ペティファは伝えようと思ったことはすべて話し終えていた。

「ああ、理由は思い出せないんだ」と彼は嘆いた。「まったくの見当違いかもしれない。さあ、マーガレット、もう家に帰る時間だ」

彼はヘイゼルウッドに歩み寄って片手を差し出した。だが、ヘイゼルウッドは立ち上がらなかった。

「ずるいじゃないか、ロバート」と彼は言った。「君の話を聞いても自信が揺らいだりしないぞ、当然だ――裁判のこともよく考えた――ただし、その疑いが正当なものではないと、君を納得させる機会をわしに与えるべきだろう」

「いいや、ご容赦ください」とペティファは言った。「この件で悩むのはまったく御免こうむります」窓の外の砂利道で足音がした。ペティファが指を立てて注意を促した。「もう十二時だ、マーガレット」と彼は言った。「帰らないといけない」彼が話しているときに、ディック・ヘイゼルウッドが開いているガラス戸から中に入ってきた。

ディックは不穏な空気を面白がるように身内の者たちに笑顔を見せた。三人とも明らかに気まずい顔をしている。父の顔にも困惑の色があるのを見て驚いた。

「叔母さんを見送ってくれないか、リチャード」とヘイゼルウッド氏は言った。

「もちろんです」

ペティファ夫妻とディックは玄関ホールに出ていった。椅子に座ったまま一人残った老人は、半ば放心状態で半ば戸惑っているようでもあった。

「マーガレット叔母さん、父を惑わせていたでしょう」とディックは言った。

「ばかを言わないでちょうだい、ディック」と彼女は答えて顔を赤らめた。質問を避けようと急いで車に乗り込んだ。そのときディックは叔母が小さな本を持っていることに気がついた。ペティファが後に続いた。「おやすみ、ディック」と彼は言い、しっかりと愛情をこめて甥と握手をした。だが、ペティファの親しみのこもった態度にもかかわらず、車が走り去るのを見届けるとディックは顔を曇らせた。ステラは正しかった。ペティファ夫妻は敵だった。いずれにしてもひと悶着あるだろうと思ってはいた。それならばいっそ早いほうがいい。書斎に戻ってドアを開けたとき父の声が聞こえた。老人は椅子に沈み込んで独り言を繰り返していた。

「そんなことは信じない。信じないぞ」

ディックが入るとすぐに口を閉ざした。ディックは心配して父を見た。

「お疲れのようですね、お父さん」と彼は言った。

「ああ、少しばかりな。もう寝るとしよう」

ヘイゼルウッドはディックが部屋の隅の三角テーブルのほうに行くのを見た。テーブルの上の盆の横には蠟燭が何本か置いてあり、ディックの顔を明るく照らし出した。器量がよく身なりの整った礼儀正しい息子の姿を見て、ヘイゼルウッドは人生で初めて心から嬉しく思った。リチャードは世の中の良識ある人々から非常に大切に思われるような人物だった。まさかそれを軽々しく捨てるような真似はしないだろう。ヘイゼルウッドは立ち上がって、蠟燭を一本息子から受け取った。「おやすみ」父は息子の肩を軽く叩いた。息子の顔を見て父はすっかり安心した。

「おやすみなさい」とヘイゼルウッドは言った。

「それはそうだ」老人は心からそう言った。「わしの人生をごらん！」

良いものはありませんね」

「そうですね」とディックは答えた。「それでは、今度は僕の人生を見てください。僕はステラ・バランタインと結婚します」

瞬間、ヘイゼルウッド氏は立ちすくんだ。やがて弱々しくつぶやいた。

「ああ、そうか。本当にそうなのか、リチャード？」彼は足を引きずるようにして急いで部屋から出ていった。

第十八章　ヘイゼルウッド氏、助言を求める

七時半にディックがベッドから出ようとしていたとき、思いつめたような短い手紙が届いた。走り書きされたその手紙は、ほとんど支離滅裂な内容だった。

「ディック、今朝はあなたと馬には乗れません。とても疲れていて……それに、わたくしたちはもう会わないほうがよいと思います。どうぞ昨夜のことは忘れてください。わたくしは、いつでも昨夜のことを思い出して誇らしく思うでしょう。でも、わたくしはあなたを駄目にしてしまうことはできません、ディック。どうぞ、わたくしがひどく苦しむだろうなどと思わないでください」ディックは優しい笑みを浮かべながらその手紙を読み終えた。彼は一行だけ返事を書いた。「ステラ、十一時に会いに行きます。それまで眠ってください」そしてそれをステラの家へ届けさせた。それからもう一度ベッドに転がって、自分自身もその助言どおりにもう一度眠った。食堂に下りたときはすでに遅い時間だったので、一人で朝食をとった。

「父はどこだろう?」と執事のハバードに尋ねた。

「ヘイゼルウッド氏は三十分前に朝食をすまされました。只今はお仕事中です」

「それは立派だ」とディックは言った。「ソーセージをくれないか。ハバード、もし僕が結婚す

ると言ったらどう思う？」

ハバードはディックの前に皿を置いた。

「私は冷静でいなくてはなりません」とハバードは穏やかな声で答えた。「紅茶はいかがですか？」

「ありがとう」

ディックは窓の外を見た。晴れ渡った空に陽の光があふれている。これからの毎日、特別に自分のものとなるはずの素晴らしい日々、その幕開けにふさわしい朝だった。まるで神々の一人になったような気分だった。世界はこの手の中にある、というよりむしろステラのためにこの世界を預かっているような気がした。世界は正しく機能している。ディック・ヘイゼルウッドは満足だった。朝食をたっぷりとると、ふらりと書斎に入りパイプに火をつけた。書斎には父親がいて、窓の前の机で書類に身を乗り出すようにしている。どうやら新しく夢中になるものを見つけて忙しくしているようだが、それがまた隣人たちを怒らせる種になるのだろう。まあ、好きにさせておこう！　ディックは老人の背中を見て温かい笑みを浮かべた。しかし、すぐに眉をひそめた。父が朝の挨拶をしないのは奇妙だった。奇妙で珍しいことだった。

「ぐっすり眠れましたか」とディックは言った。

「眠れなかったよ、リチャード」父は背中を向けたままだった。「昨夜おまえが言ったことが気になって、横になったまま考えていた――ステラ・バランタインのことだ」

最近では、ハロルド・ヘイゼルウッドは彼女のことを単にステラと呼んでいた。バランタインと名字をつけて呼ぶことには意味があった。形式的儀礼が友情に取って代わったということだ。

「ええ、僕たちは彼女を擁護するということで考えが一致しましたよね?」とディックが明るく言った。「昨夜はお父さんが素晴らしい一歩を踏み出して、僕が次の一歩を引き継ぎました」

「おまえのは距離の長い、大股の一歩だよ、リチャード。前もって相談してくれればよかったのに」

ディックは父が座っている机のそばまで歩み寄った。

「ステラはまさに同じことを言っていましたよ」とディックは言ってから、父にはその言葉の意味が分かりづらかったかもしれないと思った。ヘイゼルウッド氏は、自分の考えを支持するような話であれば、何でも素早くつかみ取った。

「ああ!」と彼は感嘆の声を上げ、その朝はじめて息子の顔を見た。「ほら見ろリチャード、分かるだろ!」

「ええ」とリチャードは落ち着いて答えた。「でも、僕は彼女の不安をすっかり取り除くことができました。お父さんは二人の結婚を心から歓迎してくれるはずだと伝えました。なぜって、お父さんは僕たちの結婚を自分の信条の勝利と見なし、僕のより善い性質が完全に目覚めた確かな証しとして、僕たちの結婚を理解するに違いない、とね」

ディックは机から離れた。あんぐりと口をあけた老人の顔がいっそう長く見えた。仮にも彼が哲学者であるとすれば、まったく苦しい立場に追い込まれたことになる。自らの説を自分の身で試し、その説が正しいかどうかを証明する実験台になってしまったのだ。

「確かにそうだ」とヘイゼルウッドは哀れな声で言った。「そのとおりだ、リチャード、まったく」そして、今さらながら何とかかすかな望みをつなごうとした。「もちろん急ぐ必要はない。一つには、わしはおまえを失いたくないのだ……。それにおまえは自分の仕事のことも考えないといけないないだろう?」ヘイゼルウッド氏はこの点に、より確かな理由を見つけて強調した。「そうだ、おまえには仕事がある」

ディックは驚いた顔で父に言い返した。自分の耳で聞いた言葉が信じられなかった。

「でもそれは軍隊の中の話ですよ、お父さん! 自分で何を言っているのか分かっているのですか? イギリス軍での出世を考えろというのですか?」

今のヘイゼルウッドにとって、息子の仕事に対する自分の主張の一貫性などどうでもよかった。「そのとおりだ」と彼は声を上げた。「それを傷つけたくない——そうだろ? そうだ傷つけてはいかん、リチャード! おまえに関しては立派な話をたくさん聞いておる。それにこのところ軍では若者たちの育成に力を入れている。将軍の地位だって白髪になるまで待つ必要はないのだよ、リチャード。だから可能性を大切にしておかないといけない、そうだろ? そういうわけだから急ぐことはない」——老人はディックの顔から書類のほうへ目を落とした——「そうだ。しばらく婚約は私たち三人のあいだにとどめて、内密にしておけばいい」

その件はもう片づいたとばかりに、ヘイゼルウッドはペンを取った。だがディックは彼のそばを離れなかった。ステラを思うディックの気持ちのほうが勝り、しばらくすると老人は落ち着かない目でふたたび息子の顔を見た。それはマーガレット・ペティファが一週間前に見たときと同じ顔だった。ディックは、それまで父が聞いたことのないような鬼気迫る声で言った。

「秘密にするべきではありません、お父さん。お父さんは言いましたよね、無慈悲な誹謗中傷で、イギリスの村を丸ごとつぶしてしまうことなどできないと。僕らの秘密は一週間で広まってしまうでしょう。秘密にすれば疑念を呼びます。隠しごとほどステラを傷つけるものはありません。僕にとっても隠しごとほど害になるものはないのです。ものごとが少しばかり面倒になることは否定しません。だが、これだけは確信しています」――ディックの声は、静かだが自信に満ちていた。「何より大切なのは、しっかりと胸を張り、前を見て生きることです。秘密はいけません、お父さん！　僕が望むのは、この悩み多き人生においていくらかの慰めとささやかな幸せを手にすることです」

　ヘイゼルウッド氏はそれ以上何も言えなかった。自分の信条を捨てるか、口をつぐんでいるしかなかった。信条を捨てること――それは、決してできなかった。頭の中で隣人たちが声を立てて笑っているのが聞こえた――笑いの渦に飲み込まれる自分の姿が見えた。そう思うと身震いがした。彼、ハロルド・ヘイゼルウッドは、虚構の社会から解放された人間であるはずなのに、網にかかってもがいている愚かな魚のように、持論の網にがんじがらめになってしまった！　嘘だ、そんなことはあってはならない。ヘイゼルウッドは急いで仕事に戻った。彼は自分のミニチュア模型の目録を改訂しているところだったが、すぐに荷物の積み上がった机の上をあちこち捜し始めた。

「今朝は皆がわしの邪魔をしようとする」とヘイゼルウッドは腹を立てて言った。

「どうしました、お父さん？」ディックは『タイムズ』紙を置きながら言った。「手伝いましょうか？」

「マーリトン卿の競売で買ったマリー・アントワネットのミニチュア模型について、『ノーツ・アンド・クィアリーズ』に質問を送ったら、最新号にその答えが掲載されたのだ。完璧な答えだった。だがその本が見つからない。どこにも見当たらん」彼はまるで罰でも与えるかのように書類を放り投げた。

ディックは手伝って捜したが、紛れ込んでいた『刑務所の塀は影を落とすことなかれ』が一、二冊出てきただけで、ほかの出版物は一つも見当たらなかった。

「ちょっと待ってください」ふいにディックが言った。「『ノーツ・アンド・クィアリーズ』ってどんな体裁ですか？　僕が読んでいる情報交換室《ノーツ・アンド・クィアリーズ》は新聞の文化欄に掲載されているものだけでね。とても面白いけれどミニチュア模型のことは扱っていませんよ」

ヘイゼルウッド氏はその本の体裁を説明した。

「なんだか妙だな」とディックは言った。「それなら昨夜マーガレット叔母さんが持っていきましたよ」

ヘイゼルウッド氏は意味が分からず驚いて息子を見た。

「確かか、リチャード？」

「車に乗るときに、手に持っているのを見ました」

ヘイゼルウッド氏は机にこぶしを叩きつけた。

「まったく癪にさわるやつだな、マーガレットは」と彼は声を強めた。「そんなものに興味はないだろうに。あいつは美術品の愛好家なんかじゃない。そんな言葉ももったいないくらいだ。ただわしを困らせたくて持っていったのだろう」

「さあ、それはどうでしょうか」とディックは言った。彼は自分の時計を見た。十一時だった。玄関ホールへ出て麦わら帽子を取ると、川岸にある草ぶき屋根の家まで草原を歩いていった。歩きながら、なぜマーガレット叔母さんが父の机から何の変哲もないあの本を持ち出したのかと考えた。「ロバート叔父さんが関わっているんだな」と結論づけた。「どうも油断ならないな。叔父さんから目を離さないようにしないといけない」小さな家の近くまで来ていた。草原と庭を隔てているのは一本の横木だけだ。庭の向こうの窓は開いていて、部屋の中で薄紫色のドレスがひらめくのが見えた。

書斎の窓からヘイゼルウッド氏は息子が庭の門扉を開けるのを見ていた。それから彼は机の引出しの鍵を開け、封のしてある大型封筒を取り出した。封を破って中から新聞の切り抜きの束を引き出した。それは『タイムズ・オブ・インディア』紙に連日掲載されていたステラ・バランタインの裁判の詳細な記録だった。数か月前、深い考えもなく自らステラ・バランタインの擁護を始めたときに取り寄せたものだった。ヘイゼルウッドは熱い思いに駆られてそれらを読んだ。それほどまでに厳しい状況の中で彼女は生きてきた。彼女の潔白には一点の曇りもない。そう思っていた。今はそのときとは違う気持ちでその記録に向かっていた。ペティファァは裁判の要約を読んで、漠然とした疑いを抱いていた。ヘイゼルウッド氏はペティファァを尊敬している。法律家というものは用心深く、慎重で、冷静だ――それはヘイゼルウッドが本能的に共感できそうにない資質だった。だがその一方で、彼は偏見に手足を縛られることはなかった。ものごとを判断するときに慣習に縛られたりはしない。理性で語るべきものと、慣習から推定されるものは、きちんと区別すべきだという明確な考えを持っていた。もし、実際にペティファが正しかったとしたらどうだろう？　老人の心は沈んだ。その場合、何としてもこの結婚は避けなくてはならない――そして真実は公にされなければならない――そうだ、広く知らせなくてはならない。自分だって欺かれてきたのだ――これまでほかの多くの男たちが欺かれたように。欺かれたからといって、それは愚かなことではなかった。自分はあらゆる事態を己の説と一致させてきたからだ。確かに『刑務所の塀は影を落とすことなかれ』という小冊子のせいで、不快な苦痛を味わった。けれどもようやく自信を取り戻した。

「あの論文の中で、ひとたび罪を償ったならばすべての権利は回復されるべきだと論じた。だが、もしペティファが正しければ罪は償われていないことになる」

この救いの一節がヘイゼルウッドの気持ちを楽にした。だが彼は自分自身に対してもこの立場をそのままの言葉で述べる真似はせず、もっと大げさな言葉で説明した。すなわち、無罪判決を潔白の証しとして受け入れることはある種の慣例にすぎないのだと。しかしながら内心では終始一貫して恐れていた。もしも、ステラ・バランタインは有罪であるという理由以外で結婚への同意を拒んだら、自らの手で名士としての立場を傷つけてしまうことになるからだ。その原因となったステラに対して今朝は優しい気持ちになれなかった。昨日は彼女に対して親切な気持ちでいっぱいだった。なぜなら昨日のステラは、いかに彼が世の中の上に立っているかということを世間に示す一つの証しだったからだ。

「ペティファが疑いを抱いているというのだから」と彼は独り言を言った。「この裁判には、わしが同情するあまりに見落としてしまった不備があるにちがいない」ヘイゼルウッドはその不備を見つけようとして、ステラが有給治安判事の前に初めて姿を見せた朝から、評決が下された一か月後の朝まで、記録されている裁判の詳細を一つ一つ読み返してみた。だが不備は見つからなかった。ステラの無罪は証拠から見て当然の結果だった。殺人を誘発するようなバランタインの言動に、ステラがどれほど苦しんでいたかという証言は数多くあったが、ステラがそれに屈したという証拠はなかった。反対に、そうした挑発に長いこと耐えていたので、ステラなら最後まで耐え抜いていたに違いないと推定された。そして新たな証言もあった――スレスクによって決定的な事実が明かされ、それは反駁《はんばく》することが不可能なものであった。

ヘイゼルウッド氏は切り抜きを引出しに戻した。まったく満足できなかった。ひょっとしたら別の結果が得られるかもしれないと思ったのだ。一つだけ不思議に思うことがあったが、それは裁判の内容とはまるで無関係だった。それでも妙に気になったので、昼食のときに思わず話をした。

「リチャード」と彼は言った。「なぜスレスクという名前に見覚えがあるのだろう。よく分からないな」

ディックはちらりと視線を投げた。

「裁判の記事を何度も読み返しているからでしょう」

ヘイゼルウッド氏は困惑した様子だった。

「ごく自然な裁判の経過だったよ、リチャード」と彼は言った。「だが、裁判の記録を読み返しているときに、別の関係でスレスクの名前を知っているような気がしたのだが、どんな関係だったか思い出せないんだ」

ディックは思い出す助けにはならなかったし、そのときは父の記憶の問題など気にもとめなかった。ここにもう一人ステラの敵がいると気づいたことで頭がいっぱいだった。父の性格はよく分かっていたので、別に驚きはしなかったが、ぐずぐずしないで攻めてしまったほうが賢明だと思った。

「今日の午後、ステラがお茶を飲みにきます」とディックは言った。

「彼女が来るのか、リチャード?」父は椅子にかけたまま、居心地悪そうに体をよじって返事をした。「たいへん結構——もちろんだ」

「ところで、ハバードには僕の婚約のことを話しました」とディックは執拗に続けた。

「ハバードに! 何てことだ!」と老人は叫んだ。「もう村中に知れ渡っただろうな」

「そうですね」とディックは明るく答えた。「今朝お父さんに会う前、朝食をとっているときに彼に話しました」

ヘイゼルウッド氏はしばらく口を閉ざしたままだった。それから苛々しながらまくし立てた。

「リチャード、おまえにきちんと話しておかなければならないことがある。朝の時間が遅すぎるだろう。ひどく残念なことだ。召使に対する配慮に欠けるし、おまえの健康にも良くない。そうしただらしない態度がおまえの精神を蝕んでいるに違いない」

ディックは、ふだん七時前には家を出ていたが、そのことを父親に思い出させるのは差し控えた。

「分かりました」即座にディックは謙虚であることの手本を示した。「気をつけるようにします」

ステラとのお茶の時間になったとき、ヘイゼルウッド氏は仕事を盾にして困惑している自分の気持ちを隠そうとした。やらなければならない仕事が山のようにあるから——お茶を一杯だけ——それで失礼すると言い訳をした。翌朝には州議会が開催される予定で、重要課題である小規模借地の問題が議題に上がることになっていた。ヘイゼルウッド氏は誰よりも強硬な意見の持ち主だった。彼は可能なかぎり少ない語数で、自分の意見を研ぎ澄ますことに情熱を傾けた。簡潔であること、鮮明であること——そこに演説のすべての技がある。ヘイゼルウッド氏は五分間熱を込めてしゃべった。おしゃべりで始まり、おしゃべりで終わった。

「ほら大丈夫だろう、ステラ」二人だけになったときに、ディックは明るく言った。ステラはうなずいた。ヘイゼルウッド氏はステラの婚約を認めるような発言は一つもしなかったが、その朝ステラにはちょっとした葛藤があった。ステラは心の中の戦いに敗れ、もうこれ以上戦う気持ちにはなれなかった。なぜ昨夜のことを忘れなければならないのか、合理的な理屈を組み立てるために、惨めな思いをしながら三時間を費やした。それなのに、草原をやってくる恋人の姿を見ると胸が高鳴り、わずかな決まり文句を口ごもることしかできなかった。

「ああ、いらっしゃらなければよかったのに！」何度もその言葉を繰り返しながらも、彼が来てくれた喜びで体中の血が激しく脈打った。とうとうステラはきちんと立ち向かうことを約束した。彼の横にしっかりと立って勇気を持つこと――たかが一週間くらいの騒ぎがどうした？　そのようにディックに説得され、ステラはその言葉を信じたいと切望した。

ヘイゼルウッド氏は多忙を装っていたが、その晩は時間を見つけて自動車でグレイトビーディングまで行き、ロンドンからの列車が駅に到着したときにはプラットフォームで待っていた。降りてくる乗客を注意深く見て、ロバート・ペティファァを捜し出し、急いで彼に歩み寄った。

「いったいこんなところで何をしているのです？」と弁護士のペティファァが尋ねた。

「君をつかまえようと思って来たんだ、ロバート。二人だけで話がしたくてね。わしの車を止めてある。一緒に乗ってくれれば、君の家までゆっくり運転していける」

ペティファァは顔色を変えたが、拒むことはできなかった。ヘイゼルウッドは動揺して神経質になっていた。いつもの愛想のよさは微塵もない。ペティファァは車に乗り込み、車が駅を出てから尋ねた。

「ところで、どうしたのです？」

「昨夜、君の言ったことをよく考えてみたんだが、ロバート。君はどうも漠然とした疑いを抱いているようだった。この封筒の中にボンベイでの裁判の詳しい記録が入っている。これを最後までよく読んで、君の意見を聞かせてほしい」そう言いながら封筒を差し出したが、ペティファァは両手をポケットに突っ込んだ。

「それには触りません」と彼は宣言した。「その件に関わることはお断りします。昨夜は余計なことまで口にしてしまいました」

「だが、君は確かに言っただろう、ロバート」

「では、それは撤回します」

「そいつはだめだ、ロバート。君の言ったことを先に進めなければならん。今日になって問題が生じたんだ、それも深刻な問題だ」

「ほう？」とペティファは言った。

「そうだ」とヘイゼルウッド氏が答えた。「マーガレットはわしが思っていた以上に眼識がある。あの二人が結婚すると言ってきたのだよ」

ペティファは車の中で居住まいを正した。

「ディックとステラ・バランタインですか？」

「そうだ」

しばらくのあいだ、車の中は無言だった。その後ヘイゼルウッド氏の泣き言が延々と続いた。

「まったく、青天のへきれきとはこのことだ。そのせいで、わしは非常に難しい立場に追い込まれてしまったんだ、ロバート」

「なるほど、そうでしょうね」ペティファはひきつったように笑った。「全体の構図からすれば、それだけが唯一慰めになる要素ですからね。結婚への同意を拒めば笑い者になることは避けられないのに、バランタイン夫人の無罪に疑いがあるかぎり同意はできない」

それなのに、ヘイゼルウッド氏には自らの立場の難しさを受け入れる準備はまだ十分に整っていなかった。

「君はその可能性を調べ尽くしていないのだろう、ロバート」と彼は言った。「もしあの裁判には重大な誤りがあると信じるに足る理由があれば、わしは二人の結婚への同意を拒むことができるし、公に拒むことだってできる」

ペティファ氏は相手を鋭く見た。言葉だけではなく、ヘイゼルウッド氏の声も彼の注意を引いた。目の前にいるのは昨日までのヘイゼルウッド氏ではなかった。昨日までの擁護者は卑劣な人物へと小さく変貌していた。だが、ハロルド・ヘイゼルウッドは、こうした納得のいく理由を発見すれば喜ぶだろう。もしロバート・ペティファがそれらを発見する役を引き受けたなら、非常に感謝されるに違いない。

「なるほど、そうですね」とペティファはゆっくりと言った。彼は、ハロルド・ヘイゼルウッドに対して、その問題は自分で解決してほしいと思いかけていた。結局は自分で蒔いた種なのだ。だが、それとは別にもっと広い考えがペティファの心をとらえた。ヘイゼルウッドの虚栄心やもつれた状況の問題はすべて無理やり忘れることにした。

「いいでしょう。切り抜きをください！　それに目を通してから私の意見を伝えましょう。結婚しようという彼らの意志は、すべてを変えてしまうかもしれない――あなたの見解と同じように私の見解もね」

ペティファ氏は封筒を受け取り、ヘイゼルウッドが車を止めるとすぐに車から降りた。

「あなたは二人の婚約に何の異議も唱えなかったのですか？」とペティファは尋ねた。

「今朝リチャードにひと言だけ言った。あまり効果はなかったがね」

ペティファ氏はうなずいた。

「分かりました。私は誰にも何も言いません。今の時点ではあなたは婚約に反対する決定的な態度は取れないでしょうが、口うるさく言うのはおそらく最悪のやり方だ。今日は木曜日だから、土曜日に会いましょう。では、おやすみなさい」ロバート・ペティファは自宅のほうへ歩いていった。

ペティファはゆっくりと足を運びながら、人生における永遠の謎について考えていた。その永遠の謎によって、一人の男と一人の女が大勢の中から互いを選ぶのだ。ペティファはほかの多くの弁護士と同じように、この謎のおかげで富の大半を得ていた。だが今夜は、もしその選択の過程をもっと道理にかなった方法で管理することができるのであれば、自分の富のかなりの部分を喜んで差し出していただろう。愛情か？　性的な魅力か？　確かにそうだろう。だがなぜこの二人でなければならないのか。なぜ、ディックとステラ・バランタインなのだろう？

家に着くと妻が急いで駆け寄ってきた。妻はすでに婚約の知らせを耳にしていた。顔を見れば、興奮していることがすぐに分かった。自らの予測の正しさを宣言するためのお決まりのせりふが、むなしく唇の上で震えていた。

「言うな、マーガレット！」とペティファは深刻な顔で言った。「軽はずみなことを言えば道を誤るかもしれない厄介な状況だ。私は今までヘイゼルウッドと一緒だった。ここに裁判の記録がある」

マーガレット・ペティファは口を閉じて、二人はほとんど押し黙ったまま食事をした。ペティファは自分の視点をはっきりさせておこうと頭の中を整理していた。自分が何をしようが、何を忠告しようが、後で急に考えを変えることがないように、確信が持てるようにしておきたかった。自分の意向と希望を慎重に考えて、召使が食堂を出た後に葉巻に火をつけてから妻に事情を説明した。

「いいか、マーガレット！　君はハロルドのことを分かっているだろう。彼はいつも極端な考えに走ってしまう。右から左へと大きく揺れ動く。彼は今、この結婚が現実のものとなるかもしれないと恐れている」

「無理もないわ」とペティファ夫人が口をはさんだ。

ペティファはその言葉に対して意見は述べなかった。

「それだから」と彼は言葉を続けた。「この記録から、ステラ・バランタインの無罪の評決が重大な誤審であったと信じるに足る確かな証拠を見つけてほしいと彼は切望している。そうした理由なら結婚に反対する材料となるからだ」

「もちろんだわ」とペティファ夫人は言った。

「そしてそれなら自分も正当化できる——それが彼の主たる関心事項だが——公然と結婚の同意を与えずにいられる」

「そうね」

つい一週間前にディック自身が、感傷的な哲学者というものは自分たちの説に頭をぶつけて行き詰まるものだと言ったばかりだった。その言葉の正しさが期待以上に短い時間で証明されてしまった。ペティファ夫人は夫と同様に、ハロルド・ヘイゼルウッドの変わり身の早さに驚きはしなかった。彼女の考えによれば、ハロルドは感傷的な人間であり、感傷的な行為というのはモミの木のようなものだった――つまり、根が深く張っていないため、簡単に根こそぎにされてしまう。

「だが、私はそんなふうに考えていない、マーガレット」とペティファが続けて言ったので、ペティファ夫人は仰天して夫の顔を見た。今度は彼がステラの擁護者になったのだろうか、昨日まで疑っていた彼が？「それで、君が私の意見に賛同してくれるかどうか、考えてほしいのだ。まずは当事者の女性であるステラ・バランタインだ。私は昨夜、初めて彼女に会った。そして正直なところ私は彼女が気に入ったよ、マーガレット。そうだ、彼女には手段を選ばず地位をあさるようなところはまったく感じられなかった。そして私は感心させられた――いや、感動したと言ってもいい――面白味のない年寄りの弁護士であるこの私が心を動かされた――滑稽にならずにどう表現したらよいのだろう？」彼はひと息ついて言葉を捜したが、それはあきらめた。「だめだ、昨日夕食の席で心にひらめいた表現が、今でも唯一の正しい言葉のように思える――この女性の悲劇的な経験の中に息づいている妙に純潔な何かに、私は心を動かされたのだ」

マーガレット・ペティファも瞬時に同じように思った。夫が述べた真実は思いがけない内容であったが、確かにそのとおりだった。そこにステラ・バランタインの魅力があり、擁護者と友人を生みだす魅力があるのだった。結婚生活の悲惨な様子や、犯罪の容疑といった、彼女の過去は知られている。山師のような女が現れると思っていたら、何と！　目の前に立っていたのは、その容貌にも物腰にも「純潔な何か」を感じさせる女性で、それが柔らかで愛おしい魅力を醸しだしているのだった。

「私はそんな自分の感情に気がついた」ペティファはふたたび話しだした。「しかし、そんな感情は横に押しやろうとしている。そしてそれは横に置くとして、私は自分自身とマーガレット、君に聞いておきたいのだ。ここに一人の女性がいる。彼女はひどく苦しい歳月を過ごし、ずっと不幸で、被告席に立った経験があり、無罪の判決を受けた。その女性がようやく平和な天国にたどり着いたというのに、ヘイゼルウッドや私のような二人の民間人が裁判の記録を見直して、おそらくは結果を覆すようなことに手を出してよいのだろうか？」

「でもディックはどうなるの、ロバート」とペティファ夫人は声を上げた。「ディックがいるのよ。彼のことをまず考えなくちゃ」

「そうだ、ディックがいる」とペティファ氏が繰り返した。「ディックが二番目の問題点だ。君たちはみな、ディックの社会的な立場を心配している――外側からの見方だ。もちろんわれわれはその点を考慮しなければならない。だが、同時に彼を一人の男として見る必要がある。それを忘れてはいけない、マーガレット！　私はこの二つの視点を等しく大切だと思っている。しかし、われわれの隣人たちはそのようには考えないだろう。君はどうだ？」

ペティファ夫人はまごついていた。

「よく分からないわ」と彼女は言った。

「もう少し説明しよう。ディックのことを考えるときに、社会的な視点からは何が本当に大切なことだろうか？　家にこもっていないで、外出をして食事をとるということか？　違う。子供を持つべきだということか？　そうだ！」

ここでまたペティファ夫人が口をはさんだ。

「でも、それは良い子たちでなければならないわ」と彼女は主張した。「子供がいないほうがましだということもあるでしょう、もしその子たちが――」

「遺伝的に汚れているならば」とペティファが言葉をつないだ。「そのとおりだ、マーガレット。もし、ステラ・バランタインが告訴された罪を犯したという結論に行きついたならば、世の中でどんな評決が下ろうとこの結婚は阻止しないといけない。それは君と同じ考えだ。その確信があるから、裁判の再調査をすることはあの女性にとって不公平だという主張ははねつけよう。より視野の広い重大な判断だ」

これは夫が説明を始めてから、ペティファ夫人が聞いた初めて安心できる言葉だった。彼女は感激してその言葉を受け止めた。

「それを聞いてとても嬉しいわ」

「そうだな、マーガレット」とペティファはそっけなく答えた。「だが、この点も考えてみてくれないか。私が思うに、これは社会的な要素と個人的な要素が交錯するものだが、もしこの結婚が壊れたら、そもそもディックはこの先結婚するだろうか？」

「しないとでも言うの？」とマーガレットが訊いた。

「彼は三十四歳だ。これまでにもおそらく結婚する機会はいくらでもあったはずだ。そうだろう。ディックは器量もよく、裕福で、優秀な男だ。その彼が結婚を望んだのはこれが初めてだ。もしここでだめになったら、もう一度相手を捜してみようとするだろうか？」

ペティファ夫人は声を立てて笑った。彼女のようなタイプによくありがちな女性特有の見方からすれば、それは愚かな心配に思えたのだった。女がハンカチを投げて誘いをかけるのは男のためにしていることだ。それを拾おうとして大勢の男が殺到するに違いない。

「妻を大切にしていた男やもめだって、再婚するわ」と彼女は反論した。

「そのとおりだ、マーガレット！」とペティファは返した。「男やもめは――確かにそうだ。彼らはとても寂しいと感じるからだよ――家事を切り盛りしてくれる女性がいる家の習慣や、話し相手や、整った状態や、数えきれないほどある細々とした大事なこと、それらが恋しいと思うんだ。だが、三十四歳まで独身でいた男は事情が違う。もしその年になって初めて心ひかれる女性に出会ったのに、その人と結婚できなかったら、私の経験からすれば――率直に言えばね、マーガレット――その男は、愛人の一人や二人は持ったとしても、妻は持たないものだ」

ペティファ夫人は世事に通じた夫の知識に敬意を払ってはいたが、彼女は一つの明確な考えにこだわっていた。

「これ以上悪いことなどないわ」と彼女は率直に言った。「ディックが罪を犯した女と結婚するなんてね」

「確かにそうだ、マーガレット」とペティファ氏は冷静に答えた。「彼女が有罪でなければと願うばかりだ。君と私には金があるのにそれを残してやれる者がいない――名前を継いでくれる者もいない――私の仕事や君の兄さんの財産によって利益をもたらしてやろうと、少しでも心配してやれる者が誰もいない――リトルビーディングを譲ってやれる家族は一人もいない」

ペティファが話し終わると二人とも沈黙するしかなかった。彼は二人の大きな悲しみに触れたのだ。マーガレットはリトルビーディングの土地に深く根を下ろしていた。大切に思っているこの屋敷が他人に渡ってしまうことなど我慢できなかったが、もし家系が途絶えれば、そうなってしまうだろう。

「でも、ステラ・バランタインは七年間結婚生活を送っていたわ」ようやく彼女が口を開いた。「それなのに子供がいなかった」

「そうだ、そのとおりだ」とペティファは答えた。「だが、二度目の結婚でも子供ができないとは限らない。もちろん、それは予想にすぎない、だが――」彼は椅子から立ち上がった。「私は真面目に信じているのだよ、マーガレット。これは、私たちが息を引き取るときに、自分たちの命が無駄ではなかったと思える唯一のチャンスではないだろうか、とね。われわれは小さな松明《たいまつ》に火をともした。そうだ、そしてそれは十分楽しそうに燃えている。だが、決められた道しるべのところで家族の誰かがそれを受け取って運んでいかなければ、どんな意味があるだろう？」

彼は思い悩んだように真剣な面持ちで立ったまま妻を見下ろした。

「ディックはすでに人生の半分の時間を生きてきた。彼が情熱を注いだ相手から別の誰かへ乗り換えることは期待できないだろう。それに彼は簡単には心を動かされない男だ。だから私はこれからこの記事を読んで、胸を張ってハロルド・ヘイゼルウッドのところへ行き、〈ステラ・バランタインは、君や私と同じくらいこの犯罪については潔白である〉と宣言できるよう心から願っているのだ」

ペティファ氏は横のテーブルに置いてあった大型封筒を手に取ると、書斎へ持っていった。

第十九章　ペティファの計画

日曜日の朝、ヘイゼルウッド氏は早々とグレイトビーディングへ車を飛ばした。この数日はどうにも気持ちがはやるばかりで、夜はおちおち眠れず昼間はじっとしていられなかった。ディックがステラ・バランタインと婚約したというニュースは住人たちのあいだに知れわたり、それに対する非難がハロルド・ヘイゼルウッドの肩にのしかかった。それというのも誰もがみな同じ調子で、非難と無念を込めて責め立てるからだった。なかには礼儀もわきまえず親切ごかして、すぐにステラを見に出かけた者もいた。たいていはお茶を飲みながら、二人が結婚したら訪ねていくべきだろうかと、真面目な顔をして延々と話の種にした。だが最後には怒りを込めて、二人とは付き合わないという結論に達するのだった。二人の結婚は近隣の住民にとっては不名誉なことだ、リトルビーディングは受け入れがたいに違いないと噂した。ディック・ヘイゼルウッドは知人たちの困惑を笑い飛ばすばかりだった。グレイトビーディングで顔見知りの三人がステラとディックを避けるために慌てて道を横切ったとき、ディックは陽気に言った。

「やつらは訓練不足の出来の悪い兵隊のようだな。中の一人を軍隊から追い出してやろうか。そうすれば、残りのやつらも取り残されないように、われ先にと逃げ出すさ。見ていてごらん、ステラ。一人がこちらになびけば、あとは先を競って君の客間に押しかけてくるよ」

ディックが自分自身の言葉をどこまで信じているのか、ステラは尋ねなかった。ステラには沈黙を守ることができる天賦の才があった。自分が冷たく見られていることに気づくと、ほかの人間に悟られないように、ステラは歩きながらわずかにディックのほうに身を寄せてほほ笑んだ。要するに、ただ一人やつれて涙を見せているのは、ヘイゼルウッド自身にほかならなかった。その苦悩はあまりに深く、妹の嫌味も耳に入らないほどだった。

「わしは――ああ、まったく！」哀れを誘うほど困惑しきった様子で、ヘイゼルウッドは嘆きの声を上げた。「実際、世間の声に敏感になったよ」ペティファ夫人は喉まで出かかった言葉をぐっと飲み込んだ。ハロルド・ヘイゼルウッドが現れたとき、彼女も書斎にいた。前もってペティファから同席するように言われていたのだ。

「私がこの記事を読んでいたことはマーガレットも知っています」とペティファは言った。「座ってください、ヘイゼルウッド。私の考えを伝えましょう」

ヘイゼルウッド氏は、古い赤レンガの壁に紫のクレマチスが茂っている庭のほうを向いて、腰を下ろした。

「それで意見がまとまったのかな、ロバート？」

「一つばかりね」

「どんな考えだ？」

ロバート・ペティファァは、彼の前の机に置いてある新聞の切り抜きの上に、軽く叩くように手のひらをのせた。

「これは――おそらくこれ以外の評決が陪審から下されることはありえなかったでしょう。ボンベイでの裁判でなされた証言に基づいて、バランタイン夫人は当然の結果として無罪となりました」

「ロバート！」と彼の妻は叫んだ。彼女もまた正反対の意見を期待していたのだった。ヘイゼルウッドは目の前の庭から太陽の光が消えてしまったように感じた。彼は片手で額を拭った。半ば立ち上がりかけたとき、ロバート・ペティファがふたたび口を開いた。

「しかし」と彼はゆっくりとした口調で言った。「私は納得していない」

ハロルド・ヘイゼルウッドはあらためて腰を下ろした。ペティファ夫人は安堵のため息を漏らした。

「被告側の主たる証人、すなわち無罪を決定づける証言をした男は、私の知っている人物でした――スレスクという名の法廷弁護士です」

「確かに」とヘイゼルウッドが口をはさんだ。「君が以前に彼のことを口にしたときから、ずっと気にかかっていたんだ。どうも彼の名前に馴染みがあるような気がしてね」

「それについては、すぐ後で説明します」とペティファが言った。彼の妻は椅子に座ったまま、ぐいと身を乗り出した。口こそ出さなかったものの、顔は期待に満ちあふれていた。ペティファが二人を誘導しているのかどうかは分からなかったが、用心深く考えられたゴールに向かっていることは確かだった。

「私自身、一度ならず何度かスレスクに弁護を依頼したことがあります。彼は法曹界でも高い名声を博していて、不正のない正直な男です。重要な事件を難なくこなし、将来を嘱望された国会議員でもある。要するに、もし彼が裁判における証人として偽りを述べたならば、すべてを失うことになります。それでも——私には納得がいかない」

ペティファ氏の声が沈んで低いつぶやきになった。彼は机の前に座り、窓越しに正面を見つめた。

「なぜだ?」とヘイゼルウッド氏が訊いた。だが、ペティファは答えなかった。その問いが耳に入らないようだった。彼はそれまでと同じような低い静かな声で先を続けた。相手に話しかけているというよりは、独り言のように聞こえた。

「私は、スレスク氏に一つ二つぜひとも質問をしてみたい」

「それなら、なぜそうしないの?」ペティファ夫人が声を張り上げた。「その人を知っているのでしょう」

「そうだ」ヘイゼルウッド氏は真剣に妹の口添えをした。「君は彼のことを知っているのだから、ちょうどいい」

ペティファは首を横に振った。

「それは筋が違います。私はディックのことを息子のように思っていますが、私は彼の父親ではない。父親はあなたです、ヘイゼルウッド、あなたが父親です。スレスクは私には答えてくれないでしょう」

「わしには答えるというのかね？」とヘイゼルウッドは訊いた。「わしは彼とは一面識もない。彼のところに行って、真実を話したかどうかなどと訊いたりはできない」

「確かにそれは無理でしょうね」とペティファァは答えた。「それに、そうしろと言うつもりもありません。疑問に思う点は私自身のやり方で訊いてみたい。それで、あなたならば彼をリトルビーディングに呼ぶ口実がないかしら」

「だが、彼を呼ぶ口実がない」とヘイゼルウッドは声を荒らげた。ペティファァ夫人は夫の頭の中にあった計画がようやく理解できた。それはリトルビーディングで食事をした夜から次第に大きく膨らんで形になったものだった。

「大丈夫、口実ならあるわ」とペティファァ夫人が思わず声を上げると、ペティファァが詳しく説明した。

「あなたはミニチュア模型を集めているでしょう。いつだったかマーリントン卿の競売でマリー・アントワネットのミニチュアを買いましたね。その信憑性について『ノーツ・アンド・クィアリーズ』に質問を送った。それに答えたのが――」

ヘイゼルウッド氏は興奮して口をはさんだ。

「スレスクという名前の男だ。だからその名前に見覚えがあったんだ。だが、どうしても思い出せなかった」彼は妹のほうを向いた。「おまえのせいだ、マーガレット。私の『ノーツ・アンド・クィアリーズ』を持っていってしまっただろう。ディックが気づいて教えてくれたよ」

「ディックだって！」ペティファァは驚いて声を上げた。しかし、その驚きはすぐにおさまった。

「なぜ持ち去ったのか、その理由までは考えていなかったでしょう」

ペティファ夫人はその点については確信があった。

「そうだわ。あたくしがその雑誌を持って帰ったのは、ロバートがあなたにかけた言葉のせいよ。ディックはそれを聞いていなかった。大丈夫、あたくしがその雑誌を持って帰った理由までは分からないはずよ」

「まずは、この案について、わずかでも彼に疑いを抱かせないようにすることが大切です、ヘイゼルウッド」ペティファは重々しい口調で言った。「われわれはもう一つの国の訴訟手続きから学ばないといけません。うまくいくかもしれないし、うまくいかないかもしれない。だが、私が考える限り、これが唯一のチャンスです」

「聞かせてくれたまえ！」とヘイゼルウッドが言った。

「スレスクは古い銀製品とミニチュアの権威です。彼自身も貴重なコレクションを持っていて、彼の意見は取引をする人たちからも求められている。収集家とはどんなものかご存知でしょう。彼にあなたのコレクションを見に来るように誘ったらどうだろうか。そういう目的で客を招いて一晩屋敷に泊まらせたことだって、初めてではないでしょう」

「そうだな」

「多くの場合、そうした招待は受け入れられるのではないですか？」

「まあ――ときにはね」

「今回はそうであることを願いましょう。その口実を使ってスレスクをリトルビーディングへ呼び寄せるのです。そのときに、いきなりバランタイン夫人と対面させてみるのです。そして私をその場に同席させてください」

これがペティファの考えた案だった。彼の話の後に沈黙が続いた。苦悩の極みにいるヘイゼルウッド氏でさえ、その計画には尻込みをした。

「罠を仕掛けたように見えるだろうな」

ペティファ氏は苛立ってテーブルを叩いた。

「いいですか、遠慮は無用です。罠を仕掛けたように見えるのではない、これは罠だ。決して褒められた行為ではないが、この結婚がかかっているんですよ！」

「だめだ、わしにはそんな真似はできない」とヘイゼルウッドは言った。

「いいでしょう。それならもう何も言うことはありません」

この計画については、ペティファ自身も気が進まなかった。もともとの意図は、もしもヘイゼルウッドがスレスクと連絡を取りたければ、それを可能にする方法があると知らせることだった。だが、ディックの婚約という事実がペティファの背中を押し、裁判の証言を注意深く読んでからは、彼の心の中で不安が現実のものとなっていた。ペティファは新聞の切り抜きを新しい封筒に入れて封をすると、それをヘイゼルウッドに渡し、彼と一緒に部屋を出て玄関のところまで来た。

「もちろん」と老人は言った。「もし君の弁護士としての経験から、ロバート、われわれが満足できる説明を聞くべきだと考えるのであれば――」

「いや、そうじゃない」ペティファは急いでさえぎった。罠を仕掛けるという不名誉な行為を相手に負わせ、自分は手を染めずにおこうとする義兄の意図に気づいたからだ。「いいや、ヘイゼルウッド」と彼は明るく言った。「これは一流の弁護士が依頼人に勧めたいと思うような計画ではありません」

「それならば、わしにはそんなことはできない」

「分かりました」とペティファは言って、玄関ドアの掛金に手をかけた。「スレスクの事務所はキングズベンチウォーク（ロンドンの法曹学院にある通り）にあります」彼は部屋番号を言い添えた。

「そんな計画は論外だ」車のあるほうへ歩道を横切りながら、ヘイゼルウッドは繰り返した。

「まあ、そうでしょうね」とペティファは言った。「封筒はお持ちですか？　そうだ。週末に近い夜がいい、彼を呼ぶには金曜日が最良でしょう」

「だますような真似はしないよ、ペティファ」

「それじゃ、彼が来るときには連絡をください。ではまた」

ヘイゼルウッド氏は車で走り去ったが、このときは計画を実行に移すことなどまったく考えられないと断言していた。だが、翌週になるとその話ばかりが頭に浮かび、気分が晴れなかった。

「ペティファは優れた性格の刃先を擦り減らしてしまったな」と彼は独り言を言った。「残念だ――非常に残念だ。だが、三十年も法律事務所にいれば、そうなるのも無理はない。わしがそんな卑劣な陰謀に手を染めるなどと、ペティファが想像したのであれば、実に嘆かわしいことだ」

第二十章　丘陵にて

二人は大庭園の壁に沿って険しい坂道を上り、競馬場の上にある円錐形の丘の上に出た。草の茂った土手の急斜面が、頂上にある浅い噴火口のような窪地を囲んでいる。その窪地のまわりを馬で走ると、北の方角の谷の向こうにチャールトンフォーレストの鬱蒼とした斜面が現れ、次に平原とチチェスターが見えてくる。暗い芝土で屋根をふいたような海抜三十マイルのワイト島の白亜の崖がかすかに輝いている。まだ朝の九時前だ。やがて太陽は埃をかぶったような姿に変わり昼になるだろう。今はまだ、崇高な一日の最初の感動と静けさが満ちている。森林と海を見下ろしながら馬を駆る二人に、空の縁にかかるベールのようなかすかな靄《もや》と新鮮な空気が、世界を神秘的に見せていた。ステラは、チチェスターの尖塔の西にある、銀色にきらめく幅広の水面を見下ろした。

「あそこを通ってやってきたのです、たぶん、こんな日に」とステラはゆっくりと言った。「あの古代ローマの百人隊の隊長たちはね」

「古い時代のことを考えているのだね」とディック・ヘイゼルウッドは笑った。

「それほど昔のことを思っているわけではありません」ステラはそう言うと、ぱっと頬を染め、えくぼを浮かべてほほ笑んだ。

「今日は思い切って、いろいろなことを考えているのです」

ステラはディックと並んで草深い急斜面を競馬場のほうへ下りていった。リトルビーディングでの夕食会以来、一緒に乗馬を楽しんだ初めての朝だった。このとき、ヘイゼルウッド氏は自分の車に指示を出しているところだった。ヘイゼルウッドは町まで行って、新聞の切り抜きを読んだペティファが何を見つけたか知りたかったのだ。だが、ディックとステラは自分たちに対して策略が立てられているとは、まったく気づいていなかった。二人は小道に張り出している大きな根に気を配りながら、高いブナの木々の下を言葉少なに進んでいった。両側に木製の杭が打ち込まれている公道が芝土に変わり、丘陵を自由に走り回ることができた。周囲には誰もいない。ヒバリとノハラツグミがいるだけで、あとは二人だけの世界だった。灌木の下の陰ではまだ朝露が残っていて、草の上できらきらと光っていた。ハルナカーダウンの長く伸びた丘の端には、海に突き出した絶壁にある灯台のように、古い風車小屋が建っている。二人は丘を右手に見ながらその場を離れ、アップウォルサムからの本街道を横切って、ブナや、ハシバミや、オークの若木や、野バラの茂みに囲まれた狭い空き地に沿って馬を走らせた。ふたたび視界の開けた場所に出た。下に視線を投じると、森と、スリンドンの緑の田園地帯と、デールパークの谷間の深い草地が目に入る。そして二人は、石畳の街道がビッグナーヒルを越えるガンバーコーナーまで近づいた。ここでディック・ヘイゼルウッドは馬を止めた。

「ここで引き返そう」

「いいえ、今日は戻りません」とステラが言ったので、ディックは驚いて彼女のほうを見た。これまでいつもこの場所で引き返していたが、それはいつも必ずステラがそう望むからだった。疲れてしまったとか、家で用事があるとか、手紙を書かなければならないとか――さまざまに言い訳はするのだが、理由は教えてくれなかった。ステラはここを通りたくないのだろうとディック・ヘイゼルウッドは考えるようになっていた。ここから下へ傾斜していく一帯は、〈陣取り遊び〉の親の陣地のようなものなのだろう。ディックは不思議に思ったが、理由を尋ねてはいけないと本能的に感じていた。今まではステラが用意した口実を信じているかのように、ここで素直に引き返していた。

ステラはディックが驚いた顔をしたことに気づいてまた頬を赤らめた。

「わたくしがここから先に行こうとしないのを、気づいていらしたのですね」とステラは言った。

「そうだね」

「でもその理由は分からなかった」ステラの声には取り乱したような響きがあった。

「想像していたんだ」と彼は言った。「想像して楽しんでいた――別に深刻に考えていたわけじゃない」と言って、声を立てて笑った。「あそこにはチチェスターからロンドンに通じる石畳の街道があって、その道はロンドンを抜けてあの北の長城（古代ローマ帝国の北限の国境として築かれた防壁、ハドリアヌスの長城）まで続いている。ローマ兵たちはあの道を北へ進み、またあの道を通ってチチェスターのそばの水路に浮かぶガレー船へ戻っていった。僕はその時代に生きている君を想像してみた。さしずめウィールド地方のボアディケア（古代ブリトン人イケニ族の女王。ローマ軍に敗れて服毒自殺した）といったところだな。君は心ならずもビッグナーヒルの頂上で野営している古代ローマ兵の勇猛果敢な指揮官に望みをかけた。夜になると、あの坂の下の小道で彼と会うために、仲間のいる所からそっと抜け出してきた。そうやって毎週過ごすうちに、街道に重く響き渡る兵隊たちの足音が聞こえてきた。ガリア（現在のイタリア北部、フランス、ベルギーなどを含むローマ帝国の属領）やローマに向かう舟に乗るためにロンドンやリッチフィールドや北部地方から帰ってきた兵隊たちだ」

「彼らはわたくしの指揮官も一緒に連れて帰ったのかしら？」ステラはディックと一緒になってその空想物語を笑った。

「ああ、僕の話ではそうなるね。彼はサーカスや劇場や厚化粧の女たちが恋しかった。だから喜んで帰ってしまった」

「人でなしね」とステラが嘆いた。「まばゆい真鍮の戦闘服に身を包んだ放縦《ほうじゅう》なプレイボーイに心を引き裂かれたわたくしは、三百年後の別の人生でもそれを覚えているのね！　素晴らしいお話をありがとう、ヘイゼルウッド大尉！」

「いいや、君はそれをはっきり覚えているわけじゃない、ステラ。でも、石畳の街道の辺りでかつて恥ずかしい思いをし、不幸を味わったと感じているんだ」その瞬間、ステラはディックを残して馬を走らせた。だが、すぐに立ち止まって彼を待ち笑顔を見せた。

「ほら、今日は石畳の街道を越えたわ、ディック」とステラは言った。「アランデルまでこのまま駆けていきましょう」

「そうだね」とディックは答えた。「僕の話ではうまくいかないな」彼は一時間半ほど前にステラが言ったことを思い出した。「それほど昔のことを思っているわけではありません」

いずれにしても、今日のステラは解放された気分だった。二人は長い緩やかな坂の最後まで馬を走らせて、高く鬱蒼とした並木に囲まれて白く輝く大きなアーチ型の門からアランデル庭園へと入っていった。

第二十一章　書かれた手紙

だが、ステラの自信は長くは続かなかった。一方ヘイゼルウッド氏は罠にはまった子ども同然で、日を追うごとに不安は大きくなっていった。友人たちは論争を仕掛けてきたが——話題になるのはもっぱら彼の愚行と弱さで——何としてもそんな議論は撃退しなければならないのに、彼らが口にする言葉一つ一つに共鳴するのだった。自分の説を実行に移したばかりに、これほどまでに哀しく深い苦悩を味わわなければならないとは。彼は書類に顔をうずめて何時間でも机に向かい続け、ひょっとしたらペティファがこの部屋に現れて、弁護士としての見事な腕を披露してくれるのではないかと願っていた。息子の結婚について考えることはあまりに耐えがたく、昼も夜もそのことが頭から離れなかった。この問題に終止符を打ち、ふたたび顔を高く上げて歩けるようになるために、どうにか手段を探らなければならない。だが、考えられる方策は二つしかなかった。一つは、公平であることに失敗したという自らの不安を公言することだが、それは彼の虚栄心が許さなかった。もう一つはペティファの提案を受け入れることだが、こちらについても同じように腰が引けた。ヘイゼルウッドはステラ・バランタインの存在を腹立たしく思うようになり、態度にも表すようになった。ときには自分の気持ちとは裏腹に、異様なほど親切になることもあったが、たいていは不愉快な気持ちになり気まずくなるのだった。ヘイゼルウッドはあらゆる手を使ってステラを避けるようになった。うまく避けられないときには、いつも仕事を口実にした。

「お父様はわたくしを嫌っておいでだわ、ディック。わたくしがお父様の生活に踏み込むまではお友だちでいられたのに。たちまち疎まれてしまったわ」

ディックはその言葉に耳を貸そうとはしなかった。

「君は疎まれてなどいないよ、ステラ」とディックは精一杯ステラを励まして言った。「ちょっと厄介なこともあるだろうと、覚悟はしていただろう？　でも最悪なところはもう過ぎた。あとは日ごとに親しくなっていけばいいいさ」

「お父様とはそうはいかないの、ディック。心が離れていくばかりよ。あの夜以来ずっと――もう三週間になるわ――リトルビーディングからわたくしの家まで送ってくださったときからよ」

「そんなことはないだろう」とディックは言ったが、ステラは憂鬱そうにうなずいた。

「ペティファァ氏があの晩一緒に食事をされたでしょう。彼はわたくしの敵なのね」

「ステラ」若いヘイゼルウッドはステラをいさめた。「君はどこにでも敵を見つけるんだね」その言葉を聞いたステラは、不安そうに顔を震わせて、急に大きな声で言った。

「それが楽しいことかしら？　ああ、ディック、あなたを失うことなどできないわ！　一か月前なら――あの夜の前なら――できたでしょう。何も聞かされていなかったもの。でも今は違う！　わたくしにはできない、とても無理だわ！　本当は、すぐにここから立ち去って二度とあなたに会わないほうがいいだろうと、ずっと思っていたの、ディック。何度もそう思ったの」

「そう？」とディックは言った。ステラを勇気づけて安心させようと、腰に腕を回して抱き寄せた。

「話してごらん、ステラ」ディックは立ち止まってじっと動かなかった。

「つまりね」ステラは地面を見下ろしながら言った。「わたくしたちが別れたとしても、わたくしはそれほど苦しまないって言おうと思ったの。でも言えなかった。唇は動いたのに言葉にならなかった」ステラの声が突然笑い声に変わった。「あなたがほかの誰かと一緒に暮らしているところを想像したらね！　言えなかったの！」

「そんな心配をする必要はないよ、ステラ」

二人はリトルビーディングの庭を出て、真剣に話をしながらステラの家に向かって草原を歩いているところだった。

ヘイゼルウッド氏は書斎の窓から二人の様子を密かに見ていた。ディックが懇願していて、ステラは迷いためらっている。それを見ているうちに大きな怒りが込み上げてきた。いったいなぜディックが懇願する必要などあるのだろう、ディックはすべてを差し出しているではないか――自分自身の未来さえも。

「キングズベンチウォークか」とヘイゼルウッドはつぶやきながら、忘れないように住所を書きとめた紙を机の引出しから取り出した。「そうだ、そこに住んでいるんだ」そして、大そう不安げに長いあいだそれを眺めていた。もし自分の疑っていることが真実だとしたら！　そう思うと心が沈んだ。おそらく、どんな罠を仕掛けようとその行為は容認されるだろう。だが、ヘイゼルウッドは乱暴に引き出しを閉めると机を離れた。彼の目には自分の小冊子さえもつまらないものとして映った。静かな隠遁生活から引きずり出され、あふれるような昼間の光の下で惨めにまばたきをしながら、実際の感情と目の前の事実に向き合っていた。こんな状況にいったいいつまで耐えられるだろうか。

まさにその日の夜、ヘイゼルウッドに問いが投げられた。夕食の後、彼は息子と共に芝生の脇の舗装されたテラスでコーヒーを飲んでいた。暗い静かな夜で、澄んだ空には星が輝いていた。草原の向こうに建つステラの家の窓には明かりが灯っている。

「お父さん」椅子にかけたまま、気づまりな沈黙がしばらく続いた後でディックが言った。「なぜ、ステラを疎ましく思うようになったのですか?」

老人は怒鳴り散らすように返事をした。

「まるで弁護士のような質問だな、リチャード。無性に腹が立つ。おまえはわしが彼女を好かなくなったと思っている」

「それは明らかでしょう」とディックはそっけなく言った。「ステラはそのことに気づいています」

「そして当然のことながら、おまえに愚痴をこぼした」ヘイゼルウッド氏は憤然と叫んだ。

「ステラは愚痴などこぼしません」ディックは身を乗り出して静かな声で言ったが、父はそんなディックを恐れるようになっていた。ディックの声には正直な思いと決意がこもっていた。

「今さら撤回することなどありえません。僕たちは二人とも意見が一致しましたよね。いいですか、考えてみてください。僕はまず、ほかの人たちが疑いを抱いている女性に対して、婚約という形で自分の信頼をまわりの人々に示しました。それなのに、今度は婚約を破棄することで、彼らの疑いを認めろというのですか！　この僕にそんなことをしろと！」

ヘイゼルウッド氏は、自らの強い願いのためなら道を外れてもよいと思った。一瞬期待が胸をよぎった。

「それで？」彼はすがるように尋ねた。

「僕のことなどどうでもいいと思っているのでしょう？　お父さんも、ほかの人もそうだ。臆病者──そう呼ばれるのですよ、そうでしょう？」

だが、ヘイゼルウッド氏はその質問に答えようとはしなかった。後ろを見て、話の聞こえる範囲に召使がいないことを確かめた。それから声を落として小声で言った。

「ステラがおまえを欺いていたらどうする、ディック？」

あたりが暗くて息子の顔にかすかに浮かんだ笑みを見ることはできなかったが、その返事は耳に届いた。返事に込められた自信が何とも腹立たしかった。

「そんなことはありません」とディックは言った。「もし、ほかに確証がないのなら、僕が今言ったことを信頼してもらって大丈夫です。ステラはそんなことはしていません」

ディックは返事があるかとしばらく黙っていたが、何の反応もなかったので先を続けた。

「ほかにお話ししておきたいことがあります」

「何かな？」

「結婚の日取りです」

老人は椅子に腰かけたまま、あわてて体を動かした。

「慌てることはない、リチャード。おまえの仕事にどう影響するか、見極めなければいけない。おまえはしばらくリトルビーディングにいたものだから、外の世界のことに疎くなっているだろう。大佐に相談しなければなるまい」

ディック・ヘイゼルウッドはそんな主張に耳を貸そうとはしなかった。

「僕の結婚は僕個人の問題です、お父さん。大佐の問題ではありません。忠告は受けかねます。なぜならこれがどんな結婚であるのか、お父さんも僕も承知しているのですから。それに、お父さんも僕もこの結婚をきちんと評価しています、そうでしょう？」

ヘイゼルウッドは何も言えなかった。列をなして利益を計算するばかりでより高い人生の価値を考えようとしない、ずる賢く世なれた人々の意見に対して、ヘイゼルウッドはこれまで激しく抗議を繰り返してきたのだった。

「待ってほしいとステラに願うことは、公平な態度ではありません」ディックはふたたび口を開いた。「いくら先に延ばしても――それでどうなるというのです！　今からひと月後かひと月半後、それだけ時間があれば十分でしょう」

老人はむすっとして椅子から立ち上がり、考えておくからと言ってあいまいな返事を残し、家の中へ入っていった。ヘイゼルウッドはもう一度、今日の午後に見た恋人たちの姿を思い浮かべた。二人で肩を寄せ合い、ステラ・バランタインの家のほうにゆっくりと歩いていく。その光景を思い出すだけでも耐えがたかった。結婚などあってはならない——だが、それはすぐそこまで迫っている。ひと月後か、ひと月半後だと！　ヘイゼルウッド氏はペンを取ると、ついにヘンリー・スレスクに宛てて手紙を書いた。ヘイゼルウッドならきっとそうするに違いないと、ロバート・ペティファァが睨んでいたとおりになった。それは実に簡単な手紙で、書き終えるのにわずか一分ほどしかかからなかった。手紙では自分のミニチュアのことだけに触れ、以前にもこうして面識のない客を何人か招いたことがあるのだが、ミニチュアを見にリトルビーディングへ来ないかとヘンリー・スレスクを誘った。『ノーツ・アンド・クィアリーズ』に投稿した質問に対するスレスクの答えを前置きにして、スレスクの都合のよい日に一晩リトルビーディングに泊りに来られないかと伝えた。返事は郵便で届いた。スレスクは翌週の金曜日の午後にリトルビーディングに来ることになった。その年は議会の会期が延びたために、スレスクはロンドンにいた。五時少し過ぎにリトルビーディングに到着すれば、ミニチュアを自然光で見る機会が持てるだろうとのことだった。ヘイゼルウッド氏はその知らせを持ってロバート・ペティファァの元に急いだ。気分は一気に高揚した。近隣の人々が平和を乱すステラ・バランタインの存在から解放された姿や、彼自身が多岐にわたる活動を楽しそうに再開している姿を想像してみた。

　ところが、ロバート・ペティファァはまったく別な調子で語った。

「私はあなたほど確信が持てませんね、ヘイゼルウッド。私が心配している点は、おそらくきわめて簡単に説明がつくでしょう。私としてはそのように説明がなされることを願っています」

「そう願っているって?」とヘイゼルウッド氏は声を上げた。

「そうです。私はディックに結婚してほしいと思っています」とロバート・ペティファは言った。

だが、ヘイゼルウッド氏が気落ちすることはなかった。彼はスレスクが来るまでの日にちを指折り数え、また、息子の鋭い目から高ぶった自分の気持ちを悟られないようにするためにはどうしたらよいかと考えながら、自分の屋敷へと車を走らせた。だが、ディックのことに関しては心配はいらないと気がついた。というのも、その日の午前中食事の席でディックがこう言ったからだ。

「今日の午後、ロンドンへ行ってこようと思います。一泊か二泊してくるかもしれません」

ヘイゼルウッド氏は喜んだ。彼の計画にこれほど都合のよい申し出はなかった。ディックがロンドンへ出かけるというだけで、村の人々は、不幸な出来事があったのかそれとも喧嘩でもしたのではないかと、喜んで噂するだろう。ひょっとしたら恋人たちは本当に口論したのかもしれない。もしかしたらリチャードは父の忠告を受け入れて、上官たちに相談に行くのかもしれない。ヘイゼルウッド氏は息子の顔をじっと見つめたものの、その顔からは何も読み取れなかった。そして警戒して何も聞かなかった。

「ところでリチャード」と彼は不用意に口を滑らせた。「ロンドンに行くのだな! 今度の金曜日までには戻ってくるだろう?」

「ええ、その前には戻ります。僕は自分の部屋に泊るつもりなので、何かあれば電報をください」

ディック・ヘイゼルウッドはウエストミンスターのアパートに自分用の小さな住まいを持っていたが、その夏はほとんど使っていなかった。

「ありがとう、リチャード」と老人は言った。「わしはちゃんと生活しているし、数日の変化はいい気分転換になるだろう」

ディックは父親に向かってにこやかに笑うと、その日の午後、ステラ・バランタインには別れの挨拶はせずに出かけた。ヘイゼルウッド氏は玄関ホールに立って、内心大いに安堵して息子が出かけていくのを見送った。ようやくすべてが思う方向に動きだしたように感じた。彼はほんの数週間前のことを思い出さずにはいられなかった。リチャードに、夏の休暇をリトルビーディングで過ごして、ステラ・バランタインを鞭と不条理から守ってやる尊い仕事に手を貸してほしいと無理に頼んだのだった。自分は間違いを犯した。だが誰でもときには間違うものだ――そうだ、自分のように賢明で思慮深い者でさえそうだ。そしてその間違いはすでに修復されつつあった。

その夜、ヘイゼルウッドは草原の向こうにあるステラの家に目を向けた。ブラインドの下りた窓からもれる明かりを見ながら、その窓が暗くなり家の住民がいなくなる夜を思い描いた。

「もうすぐだ」とヘイゼルウッドは独り言を言った。「もうすぐだ」今ではステラに対して憐みの心が疼くこともなかった。ステラが何処へ行こうが、どうなろうが、そんなことはどうでもよい。ステラを傷つけたいとは思わないが、一週間もすればあのブラインドの向こう側に明かりが灯ることはなくなるだろう。

第二十二章　罠の出口

この一週間のうちにリチャードがロンドンに出かけていることを、ヘイゼルウッド氏は実に嬉しく思っていた。興奮して熱に浮かされたような状態で、スレスクの訪ねてくる日が近づくにつれ、その熱は高まっていった。息子の見ているところで料理が一皿ずつ運ばれてきたならば、秘密を漏らさずにおくことはできなかっただろう。その上ステラからも自由でいられた。一度だけ月曜日にステラに会ったが、それは町へ通じる緑に覆われた小道でのことだった。夕方の五時頃、ステラは幌のない一頭立ての馬車で家に帰るところだった。ヘイゼルウッド氏は馬車を止めて、そばに歩み寄った。

「もちろん知っているとは思うが、ステラ、リチャードは出かけていて、水曜日まで戻ってこない」と彼は言った。「だが、息子が帰ってきたらお茶を飲みにいらっしゃい。金曜日はどうだろう？」

ヘイゼルウッド氏が御者に声をかけて馬車を止めたとき、ステラはちょっと驚いた様子だった。だが、彼の話を聞くと、頬を赤らめて目を輝かせ、すぐさま片手を差し出した。

「まあ、ありがとうございます」ステラは思わず声を上げた。「もちろん、喜んで伺います」

ヘイゼルウッドがこれほど優しい声と晴れやかな顔で話しかけてくれたことは久しぶりだった。ステラはディックと父親との関係を壊したくないと強く願っていたので、ヘイゼルウッドの変化を嬉しく受け止め、温かく声をかけてくれた気持ちに心からの感謝を表した。

だが厳しい人生の試練にさらされてきたステラには、鋭い洞察力が身についていた。喜びも束の間、なぜ彼の気持ちが変わったのだろうと思い始めた。ヘイゼルウッド氏は、気が弱く興奮しやすい性格だろう。誇りや自尊心を傷つけられたときは、恨みに思って、ほかの人よりいっそう頑固になるに違いない。ステラは最近のヘイゼルウッドの考え方の変化を追ってみた。その結果をありのまま自分自身に当てはめてみた。

「彼はわたくしを憎んでいる。わたくしのことを恐れているはずだわ」

それなのにどうして急に変わったのだろう？　ステラは影におびえるような気分だった。そして金曜日の朝、ヘイゼルウッド氏から約束の念押しをするような手書きの短い手紙が届くと、言いようのない不安でいっぱいになった。手紙には好意的な言葉が並んでいたが、ステラにはそれが脅迫じみて不気味に感じられた。もしかしたら、自分に対して思いもよらない一撃が用意されているのではないか？　それは今日の午後にやって来るのではないか？

ディックが村のクリケットの試合を終えて、四時半にステラを迎えに来た。

「準備はいいかな、ステラ？　よし！　あまりゆっくりはできないんだ。君を驚かせるものがあってね」

ステラが何かしらと訊くと、ディックは答えた。

「グレイトビーディングで売りに出ている家がある。君に気に入ってもらえるんじゃないかと思ってね」

ステラが優しく微笑んだ。

「どこでもいいのよ、ディック」と彼女は言った。「世界中のどこでもいいわ」

「でも、どこよりもこの場所がいい」と彼は答えた。「逃げ出さない――それが僕たちの方針だ。僕たちは生まれ育ったこの南の土地で家庭を築くんだ。今日の夕方五時半から六時のあいだに、その家に案内できるように手配した」

二人はリトルビーディングまで歩いていき、ヘイゼルウッド氏に迎えられた。ヘイゼルウッドは二人に会うために庭に出たが、神経が高ぶっていたために、じゃれつくようなずる賢い雰囲気で接してきた。

「ご機嫌はいかがかな、ステラ?」と彼は言った。「だが、尋ねるまでもなさそうだ。とても魅力的だし、日を追うごとに若々しくなっている。何て可愛らしい帽子なんだ! そう、そう! わしがペティファに電話をするあいだに、お茶を入れてくれないか? あの二人は遅れているようだからね」

ヘイゼルウッドは、滑稽に思えるほど軽やかな足取りで、その場を立ち去った。だが、ステラは少しも面白がることなく、ヘイゼルウッドの後姿を見送った。

「また親切に迎えていただいているわ」ステラは怪しむように言った。

「それで悩むことはないだろ、ステラ」とディックは答えた。

「でも、考えても分からないの。このお茶会の意味が理解できないの。忘れずに来るようにって、ヘイゼルウッド氏からは念を押されたのよ。でも、きっとわたくしの心配のしすぎね」

ステラが不安な気持ちを振り払い、ディックについて客間に入っていくと、茶器が一式用意されていた。ステラはテーブルのところに行き、小さなマホガニーの茶入れを開けた。

「何人いらっしゃるのかしら、ディック？」と彼女は訊いた。

「ペティファ夫妻だろ」

「わたくしの敵ね」ステラはそっと笑った。

「それに、君と父と僕だ」

「全部で五人かしら」とステラは言った。茶葉を計ってティーポットに入れ始めたが、途中でふと手を止めた。

「でも、カップが六客あるわ」念のため数え直したとたん、またしても不安にかられた。ディックのほうを向いたステラの顔は真っ青で、大きな瞳は胸騒ぎのために暗く陰っていた。ステラを不安にさせるのにこれ以上何も必要なかった。「六人目は誰？」

ディックはステラに近寄って、彼女の腰に腕を回した。

「分からないな」と彼は優しく言った。「だが、それが僕たちにとってどんな問題になるんだい、ステラ？　考えてごらん！」

「そうね、あなたの言うとおりだわ」とステラは答えた。「大した問題ではないわね」そしてもう一度茶入れの中にスプーンを入れた。「でもちょっと変ね？——お父様はあなたに、もう一人お客様がお見えになるとおっしゃらなかったのでしょう?」

「いや、ちょっと待てよ」とディックは言った。「そういえば、今日ここに客が来るようなことを言っていたな。昼食のときに聞いたんだ。父のミニチュアを見にロンドンから人が訪ねてくるって」

「ミニチュア?」ステラはティーポットにお湯を注ぎ、やかんを台に戻して茶入れの蓋を閉めた。

「でもお父様は、その方の名前はおっしゃらなかったのね」とステラは言った。

「ぼくが訊かなかったんだ」とディックが答えた。「ときおり収集家が訪ねてくるからね」

「そうなの」ステラはテーブルのほうに首を傾け、丁寧にお茶を計っていた。「それで、今日の午後忘れずに来るように言われたのね。今朝もわざわざお手紙をいただいたわ」ステラは時計を見た。「ディック、もしこれから家を見に行く予定になっているなら、お客様がいらっしゃる前に変更しておいたほうがよいのではないかしら」

「そうだな。そうしておこう」

ディックがドアのほうへ向かうと、ステラがすぐに追いかけてくるのが分かった。ディックが振り向くと、ステラはひどく不安そうな顔をしていた。ディックはステラを腕に抱いた。

「ディック」とステラは囁いた。「わたくしを見て。キスをして! そうよ、あなたを信じているわ」ステラは彼にしがみついた。ディック・ヘイゼルウッドは声を立てて笑った。

「あの家なら、とても幸せに暮らせると思うよ」ステラは笑顔で彼を送ると、自分で言った言葉を繰り返した。「どこでもいいのよ、ディック、世界中のどこでもいいわ」

ステラは優しく彼を見つめながら、ドアが閉まるのを待った。それから両手で顔を覆うと、思わず嗚咽を漏らした。それでもすぐに手を振り払い、部屋の中を夢中で見回した。机に走り寄り、大急ぎで短い手紙を書いた。手紙を封筒に入れしっかりと封をした。それからベルを鳴らして、どきどきしながらもどかしげに待っていると、ドアのところにハバードが現れた。

「お呼びになりましたか?」とハバードが言った。

「ええ。スレスク先生はもうお着きになりましたか?」

ステラは何食わぬ顔をして、いつもどおりごく自然な声を出すように気をつけたが、めまいがして目の前で部屋がぐるぐると回った。

「はい、さようで」と執事は答えた。ステラはふたたび被告席に立たされて評決を下された気分だった。ただし今度は厳しい評決だ。怪しげな年老いた足の悪い執事が裁判官となって、か細く甲高い声でステラに有罪宣告を下しているのだ。この屋敷には知らないうちにヘンリー・スレスクが来ていた。ペティファ夫妻が証人となる中で、スレスクに会わなければならないのだ。それでも以前に自分を救ってくれたのはヘンリー・スレスクだった。ステラは今、その事実にしがみついた。

「スレスク氏は数分前に到着されました」

それなら、自分を迎えるためにヘイゼルウッド氏が家の外へ出てきた少し前のことだ! 彼が高揚していたのも無理はない! あれほど親切な態度で歓迎してくれたのは、庭に引きとめて必要な時間を稼ぐためだったのだろう。

「スレスク先生は、今どちらに？」とステラは訊いた。

「ご自分のお部屋でございます」

「間違いないかしら？」

「はい、確かに」

「この手紙を彼に届けていただけるかしら、ハバード？」ステラは手紙を執事に差し出した。

「かしこまりました」

「今すぐに持っていってくださる？　どうか直接手渡してください」

ハバードは手紙を受け取ると部屋を出ていった。これまで彼がこれほどのんびりとしていて遅いと感じたことはなかった。ステラは、ドアの向こうを見透かすことができるかのように、じっとドアを見つめた。ハバードが一歩ごとにいっそうのろのろとした足取りになって階段を上っていく姿が目に浮かんだ。きっと誰かが彼を呼びとめて、その手紙は誰に宛てたものかと訊くに違いない。ステラはホールに通じるドアのところに行くと、ドアを開けて耳をそばだてた。階段を下りてくる者はなく、声もしなかった。やがて頭上でハバードがノックする音がしたかと思うと、掛金が外れてドアが開き、鈍く軋るような音とともに素早くドアが閉まった。ステラは部屋の中に戻った。手紙は届けられた。今この瞬間にヘンリー・スレスクは手紙を読んでいる。彼はどんな気持ちでそのメッセージを受け取るだろうか。ステラは気持ちが落ち込む中で推測し始めた。ヘンリー・スレスク！　不幸なステラは彼のことを思い出そうと努めた。最近では彼の記憶はあいまいなものになっていた。いったい彼のことをどれほど知っているのか、と自分に問うてみた。

かつて何年か前に彼と毎日一緒に過ごしたひと月ほどの日々があった。自分は心からの愛情を捧げたが、その男の心の中についてはまったくと言ってよいほど理解していなかった。彼とは互いによく分かり合っているという関係ではなかった。それはビッグナーヒルの頂上での忘れられない朝に証明されたのだった。あのとき受けた屈辱は心に焼きつき、この一か月でようやく癒されたほど深い傷として残った。人生の究極の選択を迫られる場面において、決定を下してきたのは、自分ではなくヘンリー・スレスクだった。ステラは皮肉な現実を前に、哀れにもただいたずらに羽をばたつかせるばかりだった。ステラの期待にスレスクは決して応えてくれなかった。ビッグナーヒルでも、ボンベイの法廷でも、彼は同じようにステラを驚かせた。今また彼がその手にステラの運命を握っている。彼は何を決断するのだろうか？　それともすでに何かを決断したのだろうか？

「そうね、今頃はもう決めているでしょうね」とステラは自分に言い聞かせた。すると、悩んでいた心がある種の平静さを取り戻した。どうなろうとも、もう決まっていることだ。ステラはお茶の席に戻って待った。

ヘンリー・スレスクはあまり恋愛に夢中になれる性格ではなかった。長年のあいだに勝ち得てきたものを最大限に利用して忙しく働き、過ぎ去った日のことはそれぞれきちんとドアを閉めて始末をしてきた。彼はその職業と下院議員としての知的な活動の中で人生を築き上げてきた。感情の深みには蓋をしていたのだ。それにもかかわらず、リトルビーディングに向かうときは、何となく気が重かった。そして自動車がハインドヘッドを過ぎてサセックスの森林地帯へと下っていくにつれ、気の重さははっきりとした後悔の念に変わっていった。自分はこの土地にもう一度戻ってくるべきだった。スレスクは過ぎ去った遠い日々を振り返ってみたが、ぼんやりとしか思い出せず、この土地で最初の本格的な休暇を楽しんだ貧しい若者が、今の自分と深い関わりがあるとは信じられないような気がした。だが、その若者はアランデルから丘の高みに登る機会を逸した自分自身にほかならなかった。ボンベイでジェイン・レプトンが語った言葉が、この夏の日の午後に低く唸る車のエンジン音に重なって、反復句のように心に響いた。「人は心から望めば欲しいものを手に入れることができます。でもその代償をコントロールすることはできません」

スレスクがリトルビーディングに到着したのは、ディックとステラが庭に入ってくるほんの少し前のことだった。ハバードに書斎に案内されると、ヘイゼルウッドが椅子に座っていた。窓からはステラ・バランタインが住んでいる草ぶき屋根の家と花で明るく輝いている小さな庭が見えた。

「おいでくださって、ありがとうございます」とヘイゼルウッド氏は言った。「簡単な手紙のやり取りをして以来、所有するコレクションに対して先生のご意見を伺えるのを楽しみにしていました。この件についてどのように時間を捻出してくださったのか、本当に恐縮しています。普段『タイムズ』紙を開いたことはありませんが、重要な案件で先生のお名前が記されているのを拝見しています」

「私のほうこそ、ヘイゼルウッドさん」とスレスクは笑顔で答えた。「あなたの小冊子を受け取っていなければ、お手紙は開封しなかったでしょう。私はあまり活動的な人間ではありませんので」

こんなときでさえ、ヘイゼルウッド氏はそのお世辞に喜んで顔を紅潮させた。

「ちょっとした考えが」と彼は控えめに言った。「僭越ながら、この静かな田舎の生活の中で多少なりとも完成された形になりました。夜遅くまで灯していた明かりから生まれた、小さな火花のようなものです」彼は机の横の書架から小冊子を取り出した。「ひょっとしたら『刑務所の塀』にご興味がおありでしょうか」

スレスクは体を引いた。

「すでにいただいてありますから、ヘイゼルウッドさん」スレスクははっきりと断った。「イギリスの誰もが持つべき小冊子です。一人で二冊持ってはいけません」

ヘイゼルウッド氏は悦に入って身震いした。目の前にいるのは外の世界から来た著名人だ。十分な知識もあり、人々からの尊敬を集めている。スレスクがこの棘《とげ》のあるひねりのきいた言葉を使ったことは正解で、それによってヘイゼルウッドは自由に仕事を追い求める生き方を保証してもらったようなものだった。それでもヘイゼルウッドは手にした小冊子を見ると、自分の満足がつまらないものに思えた。

「これが自分の最高の仕事だとは思えなくて」と彼はおどおどと言った――「少しばかり冒険しすぎたかもしれません」

「そうですか?」とスレスクは尋ねた。

「そうです。確かにそうです」ヘイゼルウッド氏はいかにも無理をして謙遜しているようだった。

「題名そのものが的確ではありません。『刑務所の塀は影を落とすことなかれ』」彼はどこかわざとらしい熱意を込めてその題名を繰り返した。「言葉の調子は悪くないのですが、比喩がよくありません。息子からその点を指摘されました。息子が言うように、塀というものは影を落とすものですからね」

「そうですね」とスレスクは言った。「問題は、どこに、そして誰に、その影が落ちるのかということです」

ヘイゼルウッド氏は相手の何気ないひと言にぎくりとした。その言葉を聞いて嫌でも現実に引き戻された。今はまだ小さな策略への準備が完全には整っていない。ペティファ夫妻はまだ到着していなかった。

「お使いになる部屋をご覧に入れましょう、スレスク先生」と彼は言った。「お荷物はもう運び上げてあるはずです。ミニチュアを見るのはお茶の後にしましょう」

「喜んで」スレスクはヘイゼルウッドについてドアのほうへ歩きながら言った。「でも私にあまり多くの知識を期待なさらないでください」

「いやいや！」と家の主はにこやかに言った。「あなたは大変な権威だと、ペティファから聞いております」

「それならペティファが間違っているのです」とスレスクは言って言葉を切った。「ペティファ？　ペティファですか？　事務弁護士の？」

「さよう、彼はあなたのことを存知上げていると申しておりました。彼は妹の連れ合いでしてね。

二人ともお茶の時間に来ることになっています」

そう言うと、ヘイゼルウッドはスレスクを部屋に案内してから出ていった。その部屋は屋敷の張り出し玄関の上にあり、鉄製の門扉と小道につながる短くて平坦な私道を見下ろすことができた。それはどれもスレスクにとって、あるいは心の中の鈍い疼きでつながっているもう一人のスレスクにとって、馴染みのあるものだった。その疼きは妙な不安と後ろめたさから生じるものだった。スレスクは窓から身を乗り出してみた。裏庭の下にある緑の土手のあいだから川の歌声が聞こえた。この音を一晩中聞くことになるのだろう。そのときドアをノックする音がした。スレスクはすぐには気づかなかった。もう一度ノックが繰り返され、彼は振り向いて言った。

「どうぞ!」

ハバードが手紙を載せた盆を持って入ってきた。

「バランタイン夫人から、急いであなた様にお渡しするようにと仰せつかりました」

スレスクは驚いて執事を見た。自分の頭にあるその名前が、執事の口から発せられるとは信じられなかった。だが、盆が差し出されると、封書の上の筆跡が彼の疑いを払いのけた。スレスクはその手紙を受け取ると放心した声で礼を言い、ふたたびドアが閉まり一人残されるのを待った。その筆跡を最後に見たのは一年半前だった。涙で滲んだ走り書きの手紙は、住所の記載もないままボンベイで手渡された。その後ステラ・バランタインは姿を消した。その彼女が今このリトルビーディングにいる。十年前の苦闘している若い法廷弁護士とスレスクとの関係が、突如として現実のものとなり身近なものとなった。スレスクは封をちぎって開けると、手紙を読んだ。

「わたくしと会う心の準備をなさってください。わたくしの近況を聞く準備をしてください。もしお望みなら、のちほどお話をいたします。これは罠です。どうかお情けを」

スレスクは手紙を手にしたまま文面の意味を考えていると、部屋の窓の下で砂利の軋む音がしてペティファ夫妻が到着した。だが、スレスクは急いで下りていこうとはしなかった。何度もその手紙を読み返して書簡入れにしまってから、階段を下りていった。

第二十三章　フランス風の流儀

一方、ステラ・バランタインは下の部屋で待っていた。ヘイゼルウッド氏が、彼を蝕んでいる偽りの快活さのままに、玄関ホールでペティファ夫妻を迎えている声が聞こえてきた。罠の準備が抜かりなく整ったことを夫妻に告げるために、慎重にうなずいたり目配せしたりする様子が目に見えるようだった。ヘイゼルウッド氏は夫妻を部屋に案内した。

「お茶の準備はできたかな、ステラ？　ディックは待たなくていいだろう」と彼が言ったので、ステラは自分の席に着いた。スレスクが入ってくるはずのドアはステラの後ろ側にある。わざとその位置にステラの椅子が用意されているのは間違いなかった。スレスクが部屋に入ってきてテーブルに近づくまで、ステラの顔が見えないように工夫してあるのだ。スレスクには一瞬たりとも心の準備をする猶予は与えられず、ステラの存在に気づいて驚くように仕組まれていた。ステラは玄関ホールでスレスクの足音が聞こえないかと耳をそばだてた。余分な六人目のカップのほかは、話題になるようなことは一つも思いつかなかった。そしてテーブルを囲む人々が自分の敵となる準備が整っている以上、そのことを口にするわけにもいかなかった。スレスクが入ってきたときに、ステラの驚く様子も見ているに違いない。だが、会話が難しいと感じているのはステラだけではなかった。気まずさと期待が誰の上にも重くのしかかっていたために、突然いっせいに話し始めたかと思うと、みなが同時に黙り込んでしまうというありさまだった。それでも、ロバート・ペティファが、ディックのクリケットの話題を持ち出して、ハロルド・ヘイゼルウッドに口を開く機会を提供した。

「いいや、試合はすぐに終わってしまったよ」と老人は言って肘掛椅子に腰かけた。「わしはクリケットを題材に研究をしたところだ」と彼は言った。

「まあ、そうですか？」とステラが驚いて笑顔で尋ねた。ヘイゼルウッドは単に時間稼ぎをしているだけなのだろうかとステラは思った。だが、研究に着手するときと同じ満足感を味わっているような雰囲気だった。

「そうだ。哲学者の目で国民の娯楽を考察したりはしない。わしはそのゲームについて二つほど考えがある」

「そうでしょうね、きっと」とロバート・ペティファが口をはさんだ。

「わしは二つの改善点を考案した。だが、それらが採用されるにはもっと啓蒙された時代が来るまで待たなければならないだろうな。第一に」――ヘイゼルウッド氏は人差し指を振りかざした――「競技では軟球を使用するべきだ、ということ。現在、クリケットの競技について暴力的だという指摘がなされているが、その点については軟球を使えばすべて解決される」

「まったくくだ」ペティファ氏は同意したが、彼の妻は苛々して声を上げた。

「くだらないわ、ハロルド、ばかばかしい！」

ステラは恐る恐る会話に入った。

「暴力的ですか？　女性だってクリケットをしますが、ヘイゼルウッドさん」

「わしはな、ステラ」と彼は言い返した。「女性がすることは何でも正しいはずだという考えは受け入れられない。それとは反対の例がいくつもある」

「そうですね。私の事務所でもそうした例にいくつも出くわします」とロバート・ペティファが厳しい声で言ったので、ふたたび気まずい雰囲気になった。だが、ヘイゼルウッド氏はお気に入りの題目に夢中になっていた。目を輝かせて、少しのあいだこの集まりの目的も頭の中から消えてしまっていた。

「そして第二に」と彼はふたたび口を開いた。「敗者も試合に勝ったと見なすべきだ」

「なるほど、その主張は正しいでしょう」とペティファが言った。「まったく上出来ですね、ヘイゼルウッド」

「でも、なぜ？」とペティファ夫人が訊いた。

ハロルド・ヘイゼルウッドは、子供を相手にするように、笑顔で説明した。

「その方法を採用することによって、競争心、つまり勝ちたいという欲望を取り払うことができるだろう。わが国の問題の半分は、その根底に誰かを叩きのめそうとする野心がある。それを根絶するのに一役買うことになるのだ」

「そして、わが国すべての成功につながる」とペティファは言った。

ヘイゼルウッドは義弟の肩を軽く叩き、にこにこしながら彼を見た。「君はまさに保守主義者だな、ロバート」と彼は言い、そういう人間とは議論をするまでもないと言わんばかりだった。

彼がまだペティファァの肩に手を置いているときにドアが開いた。ステラは彼の表情が変わったのを見て、部屋に入ってきたのはスレスクだと察した。だが、ステラは動かなかった。

「さあ」とヘイゼルウッド氏が言った。「こちらにいらしてお茶を飲んでください」

スレスクはテーブルのほうへ進み出た。彼は二人の男の目が自分に注がれていることにまるで気づいていないかのようだった。

「ありがとうございます、いただきます」と彼は言った。その声を聞いてステラ・バランタインは椅子にかけたまま振り向いた。

「あなたは！」ステラは大きな声を上げたが、その声には喜びと歓迎の響きが込められていた。

「もちろん、先生はバランタイン夫人をご存知でしょう」とヘイゼルウッドは言った。彼は、ステラが椅子から立ち上がり、頬を紅潮させて、スレスクに片手を差し出す様子を見ていた。

「このような所にわたくしがいるなんて、さぞかし驚かれたでしょう」とステラは言った。

スレスクは親愛の情を込めて彼女の手を取った。「またお目にかかれて嬉しく思います」と彼は答えた。

「わたくしのほうこそ」とステラは言った。「お礼を申し上げる機会がなかったものですから」

ステラがあまりにも率直に話をしたので、疑いを抱いているペティファァでさえ気持ちが揺らいだ。

ステラは怒った真似をして、ヘイゼルウッド氏のほうを向いた。「何ということでしょう、ヘイゼルウッドさん、あんまりではありませんか」

ヘイゼルウッド氏は目論見が外れ、たじろいだ。ステラからあまりに率直に責められたので、自分の不実な行為が見抜かれたのではないかと疑った。

「わしが?」彼は驚きで息がつまった。「ひどいって? どんなふうに?」

「わたくしの大切な友人に会う予定があるなんて、教えてくださらなかったでしょう」ステラは顔をほころばせて付け加えた。「知っていれば、友人に敬意を表して一番上等なドレスを着てきましたのに」

まぎれもなく、ステラは敬意のこもった出会いを演出することに成功した。ステラは即座に戦いをヘイゼルウッドの領地に追いやり、彼の思惑を打ち破って困惑させた。だがまだそれで終わりではなかった。ヘイゼルウッド氏は息子のリチャードを待って、息子が現れると声を張り上げた。

「ああ、息子が来ました。紹介させてください、スレスク先生。これで家族が揃いました」

彼は目元に笑みを浮かべて後ろにもたれ、ヘンリー・スレスクを観察した。ロバート・ペティファも見ていた。

「家族とは?」とスレスクが尋ねた。「それでは、バランタイン夫人もご親族ですか?」

「そうなる予定です」とディックが言った。

「さようで」とヘイゼルウッド氏が、笑みをたたえたまま注意深く観察しながら説明した。「リチャードとステラは結婚することになっています」

スレスクがふたたび口を開くまでにかなりの間があった。だが、彼は表情を変えなかった。たじろぐことなしに、その一撃を受け止めた。スレスクは笑顔でディックのほうを向いた。

「幸運をすべて手にする男がいるものです」と彼が言うと、それまで困惑した様子で見ていたディックが思わず声を上げた。

「スレスク先生ですか？　もしかして、ステラが大変お世話になったスレスク先生でしょうか？」

「まさにその男です」とスレスクは言った。ディックはあらたまった様子で片手を差し出した。

「ありがとうございます」とディックは言った。「ステラを取り巻いていた疑惑と憶測の恐ろしさを考えると、今でも背筋がぞっとします。もしあなたがご存知だった事実を証言してくださらなければ――」

「そうですね」とスレスクは口をはさんだ。「もし私が知っている事実を証言しなければね。だが、私はそれを自分の胸に秘めておくことなどできなかったでしょう」その後、二、三やり取りをして、ディックは椅子から立ち上がった。

「もう時間だよ、ステラ」彼はスレスクに事情を話した。「今日の午後、家を見に行くことになっているのです」

「家とは？　そうですか、分かりました」とスレスクは言った。だが、そのゆっくりとした口調の中に、疑念がにじんでいるような、かすかな音の変化が聞きとれた。ステラはそれを聞き逃さなかった。二人の敵はまだ何も気づいていなかった。

「でも、ディック」とステラは急いで言った。「家を見に行くのは先に延ばせるわ」

「私のことはおかまいなく」とスレスクは言った。「先に延ばす必要はありません」彼はステラのほうを見ずに話したが、ステラは彼の表情を確かめたかった。自分はスレスクに対してどのような立場にいるのか、彼が自分のことをどう思っているのか、正確に知らなければならない。ステラはとっさにヘイゼルウッド氏のほうを向いた。

「お招きにあずかってはいませんが、わたくしも夕食をご一緒してもよろしいでしょうか？　スレスク先生には大変なご恩があるものですから」

ヘイゼルウッド氏は一瞬途方に暮れた。今から夕食までのあいだに、ステラ・バランタインをリトルビーディングからきれいさっぱり追い払えるような説明が聞けるだろうという望みを捨ててはいなかった。だが、言い訳は用意していなかったので、口ごもりながら答えた。

「もちろんだとも。来るように言わなかったかな。きっと失念していたのだろう。ぜひ、今夜一緒に食事にいらっしゃい。マーガレットも来るだろう」

マーガレット・ペティファァはお茶の席での会話にほとんど加わっていなかった。冷淡な敵意を抱いていたので、礼儀が必要なときに口を開いただけだった。マーガレットは兄の招待をたったひと言で受けた。

「ありがとうございます」とステラは言った。そしてヘンリー・スレスクのほうを向き、彼の目を真っすぐに見つめながら、言葉に特別な重みを置かないように注意しながら言った。「それでは今夜お目にかかります」

スレスクはステラの顔に、話す機会が来るまで我慢してほしいという祈りを読み取った。ステラは踵を返すと、ディック・ヘイセルウッドとともに部屋から出ていった。

ドアが閉まるとすぐに老人が立ち上がった。

「さて、ミニチュアを見に行きましょう、スレスク先生。失礼するがよろしいかな、マーガレット？」

「もちろんよ」マーガレットは夫がうなずいたのを受けて答えた。スレスクが礼儀正しくペティファ夫人に挨拶をしているあいだに、二人の男は部屋を出て広い書斎へと向かった。そしてヘイゼルウッドが陳列棚の引出しを開けているときにロバート・ペティファが囁いた。

「どうやら大失敗だと言わざるをえませんね。それも私が考えたことです」

「そうだな」とヘイゼルウッドが同じように低い声で言った。「どう思う？」

「秘密は共有していないということです」

「それで、君は満足なのか？」

「そうは言っていません」そのときスレスク本人がドアのところに姿を見せた。ヘイゼルウッドがミニチュアの並んだ引き出しを書き物テーブルに置いたので、スレスクはそちらのほうに歩み寄った。

「ご無沙汰しておりました」とペティファが言った。「バーミンガムでの厄介な遺言訴訟で主任弁護士をお願いして以来です」

「そうですね」とスレスクはテーブルのところで腰を下ろしながら言った。「あれは思っていたほど難しい論戦ではありませんでした。被告側の証人には本当に信頼できる人物がいなかったからです」

「そうでした」とペティファはにこりともせずに言った。「もしそんな人物がいたら、こちらは叩きのめされていたに違いない」

ヘイゼルウッド氏が、スレスクのほうに身を乗り出しながらコレクションのミニチュアをあれこれ指差すと、スレスクも同じように身を乗り出して、ミニチュアを眺め始めた。二人の収集家が共通の趣味に夢中になっているところで、ロバート・ペティファが合図を送った。

そこでヘイゼルウッド氏が口火を切った。

「このミニチュアとはまったく別な理由ですが、スレスク先生にお目にかかれて大変嬉しく思います」

それはいかにもぎこちない話し方だったが、ヘンリー・スレスクはまったく意に介さなかった。

「ほう?」とスレスクは無頓着に言った
「そうです。リチャードの父として、息子に深く影響を及ぼすことには当然関心があるからです——例えば、ステラ・バランタインの裁判のように」

スレスクはトレイの上に首をかしげた。

「それはそうでしょう」と彼は言って、ミニチュアを指差した。「あれはクリスティーズで見つけて、私も欲しかった品です」

「そうですか?」とヘイゼルウッド氏は言い、もう少しでスレスクを抱き込む手段として差し出すところだった。「あなたが証言をされましたね、スレスク先生」

スレスクはまったく顔を上げなかった。

「私の証言をお読みになったのでしょう」彼は繊細で貴重な手描きの芸術品をあれこれ覗き込みながら言った。

「確かに」

「そして、ご子息はバランタイン夫人と婚約しておられるのだから、あなたは私の証言に満足されたのでしょう」――そこで少し間をおいて、どこか意味ありげに次の言葉を添えた――「陪審員と同じように」

「ええ、もちろん」とヘイゼルウッド氏は口ごもった。「だが、証人というのは訊かれた質問にだけ答えるのですよね」

「そうですね」とスレスクは言った。「賢い証人ならね」彼は引出しからミニチュアを一つ取り出して、明かりにかざした。だが、ヘイゼルウッド氏はそれで引き下がろうとはしなかった。

「それならば、裁判に光を当てることのできる質問がすべてなされたわけではない、とも考えられますね」

スレスクは引出しの中のミニチュアを自分の正面に置いて椅子の背にもたれた。今度はヘイゼルウッド氏を真っすぐに見た。

「あなたのミニチュアに関して、ヘイゼルウッドさん、わざわざ私の意見を求めてこられたのは、まさかこうした質問をするためではないでしょう？　もしそうだとすれば、私を罠にかけたことになりますからね」

ヘイゼルウッドは、子供のような屈託のない無邪気な目でスレスクを見つめた。「いえいえ、そんなことはありません」と強調して、面長の痩せた顔に意味ありげな笑みを浮かべた。「それは今あなたがここにいらっしゃるからだし、うちにとっては深い関係がある問題だからです――何しろ息子の幸せがかかっていますから――もしも、一つか二つ質問にお答えいただけたら、それが警戒心を抱いている人々の疑いを取り払うことになるでしょう」

「それはどういう人たちですか？」とスレスクは訊いた。

「近隣の人たちです」とヘイゼルウッドが答えると、その後すぐにロバート・ペティファァが前に進み出た。このときまでは距離を置いて黙っていたが、簡潔に要領よく言った。

「私がその一人です」

スレスクはペティファァに笑顔を向けた。

「そうだと思いました。この件はペティファァ氏が仕組んだのでしょう。だが、裁判の手順が整っている国々では、容疑者と予期せぬ証言者との対面は裁判の前に行われるものだ、ということを承知しておくべきです。評決が下って二年も経った日の午後に、巧妙に仕組むものではありません」

ロバート・ペティファァは赤面した。それから気を紛らわすようにテーブルの向こうにいる義兄のほうを見た。

「洗いざらい打ち明けたほうがよさそうです、ヘイゼルウッド」

「そのほうがよいと思います」とスレスクが穏やかに言った。

ペティファは一歩近寄った。「われわれは間違っていました」と彼はそっけなく言った。「だが、それには理由があります。われわれにとってこれは非常に重要な問題なのです。まず、ここにいる義兄は、型どおりの人間の権威を愚弄すること――すなわち、確立された意見を鋭く論破することを、自分の人生における大切な信条としてきました。バランタイン夫人はボンベイでの裁判の後、リトルビーディングでふたたび生活をしようと戻ってきました。ヘイゼルウッドは彼女を擁護しました――それは、彼女のためではなく自分の主義主張のためです。それによって自尊心がくすぐられるからです。これで、自分はほかの人間とは違うと証明できるのです」

ヘイゼルウッド氏は、自分の性格を容赦なく分析されて面白くなかった。椅子にかけたまま体をよじり、もそもそと抗議の文句をつぶやいた。だが、ロバート・ペティファは手で制して、話を続けた。

「そこで、彼はステラを家に招きました。彼女を応援するために行動を起こしました。自分の息子を彼女の前に連れ出しました。彼女は美しい――美しさ以上のものを持っています――厳しい試練をくぐり抜けてきた女性として、ひときわ輝いているのです。彼女は大変な苦しみを味わいました。どう見ても、必要以上の苦しみを受けてきました。彼女は、男ばかりか女にとっても魅力的だと思えるような、可愛らしく丁寧な作法を身につけています。ひと言で言えば、ヘイゼルウッドが始めた行動が手に負えない事態に発展してしまったのです」

スレスクはうなずいた。

「ええ、分かります」

「とうとう、ヘイゼルウッドの息子がステラと恋に落ちました——青臭い少年の心ではなく、愛のある結婚の権利を主張する一人前の男としての恋です。するとたちまちヘイゼルウッドの中で伝統的な男が目を覚ましました」

「おいおい、そんなことはない」とハロルド・ヘイゼルウッドが口をはさんだ。

「だが、そうだと申し上げましょう」ペティファは平然と続けた。「彼の中で伝統的な男が目覚め、結婚に大声で反対をしている。それから、私自身もそうだ。私はディックが好きです。私には子供がいない。ディックは私の相続人となるはずで、私にはそれなりの財産があります。彼は仕事もよくやっている。彼の年齢で上級曹長たちの教官になるということは、激務をこなし、鋭敏で、能力もあるということです。輝かしい経歴をたどるであろうと、私は楽しみにしています。私は彼が大変好きなのです。そして——どうかご理解ください、スレスク先生」——彼は自分の気持ちを抑えて、大そう慎重に言葉を選んだ——「ステラ・バランタインが、無罪の評決を受けたとはいえ重大な容疑をかけられた、というだけで、ディックがステラ・バランタインと結婚すべきではないと主張するつもりはありません。そんなつもりはないのです。義兄と同様に私も因習的な人間かもしれませんが、私にはそれよりも大切にしている信念があります。それでもなお、私は満足していない。それが真実です、スレスク先生。あの遠く離れたチティプールのテントの中で、あなたがボンベイ行きの夜行郵便列車に乗るために立ち去った後、いったい何が起こったのか私には確信が持てないのです」

ロバート・ペティファは簡潔に、ある種の威厳を持って告白した。スレスクはしばらく彼を見つめていた。スレスクはこの問いに答えられるのかどうか、迷っているのだろうか？　仕掛けられた罠に腹を立てて、答えることを躊躇しているのだろうか？　ペティファには分からなかった。落ち着かない気持ちで待っていると、突然、スレスクが椅子を後ろに押しやり、テーブルの向こう側から前に進み出た。

「どうぞ質問をしてください」

「答えていただけるのか？」ヘイゼルウッド氏は嬉しそうに大声を上げたが、スレスクは冷たく言い放った。

「そうしなければならないでしょう。もし私が答えなければ、あなた方の疑惑はただちに二倍に膨らんでしまう。ただし、私は愉快ではありません」

「ああ、われわれは外交的手腕を発揮しましたな」とヘイゼルウッドは罪を軽くしようとして言った。

「外交的手腕ですと！」初めてスレスクの目が怒りでギラリと光った。

「あなた方は策を弄して私を屋敷に呼び寄せた。客をもてなす主人の立場を悪用したのです。もしも人生に傷つけられるばかりの女性に、さらに傷を負わせることにならなければ、私はこの瞬間にもこの屋敷の玄関から出ていくところだ」

　スレスクはハロルド・ヘイゼルウッドに背を向けると、ロバート・ペティファの向かいの椅子に腰を下ろした。小さな丸テーブルが二人を隔てていた。ペティファは片肘付きの寝椅子に座り、新聞の切り抜きの入った封筒をポケットから取り出して、正面のテーブルの上に切り抜きを並べた。スレスクは椅子の背にもたれた。ペティファの審問など少しも恐れている様子はなかった。

「さあ、何なりと訊いてください」と彼は言った。

第二十四章　証言

午後の陽光が部屋に差し込み金色に明るく輝いている。開け放たれた窓の外の庭では鳥たちが騒がしくさえずり、川は土手のあいだでさらさらと音を立てて流れている。ヘンリー・スレスクはその音楽に耳を閉ざした。傍目には落ち着いて見えても、スレスクは今始まったこの対決をひどく恐れていた。ペティファは抜け目のない男だ。スレスクはペティファが目の前に新聞の切り抜きを几帳面に並べるのを目で追った。もしかしたら自分が気づいていない弱点を、ペティファが見つけるかもしれない。だが、後になってどのような道をたどるにせよ、自分は今ここでもう一度ステラの戦いのために力を貸そうと決心した。

「裁判で出された事実に立ち戻る必要はないでしょう」とペティファは言った。「それらはあなたの記憶に新しいはずだと思います。私が理解しているところによれば、あなたの説はこのようなものです。あの晩、あなたが駅に戻るためにキャンプのはずれでラクダの背に乗ろうとしていたとき、バランタインはあなたのそばにいました。そのあいだに泥棒が――あなたとバランタインはテントの壁面の下からそいつの腕が出てくるのを目撃していましたが――その腕の持ち主である泥棒が、狙っているバハードゥル・サラクの写真がすでにあなたの手に渡ったことを知らずに、テントに忍び込み、小型のライフル銃を手にとって――」

「そのライフル銃はバランタイン夫人の書き物テーブルの横に立てかけてあった」とスレスクが口をはさんだ。

「弾を込め、――」

「薬包は引出しの中の見えるところにあった」

「そして戻ってきたバランタインを撃った」

「そのとおりだ」とスレスクは同意した。「それに加えて忘れてならないのは、何時間か経ってバランタイン閣下が発見されたときには、バランタイン夫人はベッドでぐっすり眠っていたということです」

「そのとおりです」とペティファは言った。「スレスク先生、あなたは犯行の合理的な動機と犯人を簡潔かつ明白に示すような証言をされた。そして、あなたの証言に基づいて、陪審は唯一可能な評決を下したのでしょう」

「それで、あなたにとって何が問題なのです?」ヘンリー・スレスクが尋ねると、ペティファは乾いた声で答えた。

「いろいろあります。たとえば――細かな点ですが。もしバランタイン閣下が、盗みに入ったところを見つかった泥棒に撃たれたのであれば、なぜその泥棒は捕まって殺される危険を冒してまで、バランタイン閣下の遺体を外に引きずり出したのでしょうか? 私にはそれが自然な行動だとはとても思えないのです」

スレスクは肩をすくめた。

「そんなこと私には説明ができません。もしかしたら、写真が見つからなかったので、やり場のない怒りを死んだ男に向けて憂さをはらしたのでしょう」

「死んだか、死にかけていたかです」ペティファ氏は訂正した。「その点についてはどうも疑問が残るように思えます。あなたの説は少しばかり説得力に欠けるのではありませんか？　泥棒が最初に考えるのは、目撃されずに立ち去ることではないでしょうか？」

「あなたと私が、気の向くままに、この部屋で静かに考えているような推論からすれば、確かにあなたの主張は正しいでしょう、ペティファ先生。だが、犯罪者というものは、罪を犯した直後に静かに考えたりしないから捕まるのです。そうした状況に心が支配されている人間の行動は、心理学の原則では説明できないのが普通です。犯人はひどいパニック状態だったのかもしれません。まるで気が狂ったように行動したのかもしれません。そしてもし私の説明が説得力に欠けるとしても、もう一つの説よりはましでしょう。すなわち、バランタイン夫人が彼をテントの外へ引きずり出したという説です」

ペティファァは首を横に振った。

「さあ、どうでしょうか。私には夫人が感じていた恐怖については想像ができます。自分がしでかしたことへの恐怖。その恐怖が死体を引きずり出すという行動を可能にしたばかりでなく、そうせざるを得なかったのではないかと思えるのです。私は自分が想像力に富んだ人間だとは言いません、スレスク先生。だが、自分自身を夫人の立場に置き換えて考えてみたいと思います」ぺティファは、スレスクが準備を整えていなかった場面について、自分の心に見えるとおり鮮やかに描いてみせた。

「ステラはベッドに入り、服を脱いで眠った――もし罪を免れるつもりであれば、そうしなければならなかった――明かりを消して、目は覚ましたまま闇の中で横になった。そして同じ屋根の下には、自分のすぐそばで、同じように闇の中で、自分の殺した男が横たわっている。その男と自分を隔てているのは短い通路だけだ。そこにドアはない――いいですか、スレスク先生――鍵をかけて閉じこもるドアはなく、人差し指一本で持ち上げることができる藁の簾があるだけです。ひっそりと静まり返った夜に絶え間なく聞こえてくるピシッという音や、物音や、風のそよぐ音、それらのどれ一つでも、彼女にとっては死んだ男が近寄ってくるように思えたのではないでしょうか？　かすかな風の動きも、草の垂れ幕が――死んだ男の手で――そっとめくられて揺れたからだと思えたでしょう。そうなのです、スレスク先生。死体を外まで引きずり出すような、不必要で残忍な荒々しい行為に及んだのは、夫人にほかならないと私には思えるのです――そして彼女は残酷さゆえに死体を引きずり出したのではなく、そうせざるを得なかった、あるいは、夢中で取った行動の結果なのです」

ロバート・ペティファァが話し終えるまで、スレスクはじっと動かずに聞いていた。それから口を開いた。

「あなたはバランタイン夫人をご存知でしょう。テントの敷物の上で、大柄な男を引きずって外に放り出すような力が、彼女にあるでしょうか？」

「現在はないし、以前にもなかったでしょう。だが、犯行時はどうでしょう？　スレスク先生、あなたはこうおっしゃいました。非常に重大な罪を犯してしまったと気づいた直後に、人はどんな行動に出るか、それを予知することは不可能だと。そのとおりでしょう。だが、もう少し広く考えてみましょう。人は死に物狂いになれば、思わぬ力を発揮できるのではありませんか？　恐怖が力を貸すのです」

「そうですね」とスレスクは急いで口を出した。「だが、お分かりでしょうか、ペティファ先生。あなたはバランタイン夫人の感情が激しく働いたせいだと暗に匂わせていますが、彼女はそうした状態ではなかったと事実が証明しています——恐怖とかパニックとかね。インド人のメイドが朝ステラを呼びに来たときには、ベッドで静かに眠っていた。それについては疑問をはさむ余地はありません。その点について、メイドの証言は一瞬たりとも揺らいでいない。犯罪心理学は興味をそそる素晴らしい研究です、ペティファ先生。だが、恐怖が睡眠薬の役割を果たした事例を私は知りません」

ペティファ氏は笑顔を見せてその質問は退けた。

「それは、先ほど申し上げたように些細な点です。だが、もしかしたらどんな推論であれ、そこから覆される可能性もあるでしょう。それで興味を持ったのです。ただ、私はそこにさほど重点を置いているわけではありません」

ペティファがその問題を簡単に終わらせたので、ヘンリー・スレスクは一瞬ほっとした。敗北からうまく逃げだす術は、相手の上を行く巧みな手腕を持って鍛えてきた。スレスクは不安の一部を払拭したが、油断はしていなかった。

「ところで、今度はまったく違う点をお尋ねしたいと思います」ペティファはテーブルに少し近づくようにぐっと体を寄せて、スレスクを見据えながら言った。「冒頭陳述は次のように記載されています。スティーヴン・バランタインは有能な人物であったが、隠れた大酒飲みで、人前で妻に恥をかかせたり、陰で妻に暴力を振るったりするような一面があった。ステラは彼を恐れるようになっていた。暴力を振るわれた跡が残っていたのは一度だけではない。チティプールの当日の夜に、おそらくはパニック状態の中で、あるいは行きすぎた挑発を受けた結果、彼女は小型のライフル銃をつかむと、この悲惨な状況に終止符を打った」

「ええ」とスレスクは同意した。「それは検察側の陳述です」

「そうです。そしてあなたが登場するまでは、有給治安判事の取り調べが行われているあいだ中、その見解はきちんと展開されていた」

「そのとおりです」

スレスクの自信は取り戻したときと同じようにすぐに消え去った。彼はペティファの質問がどこへ向かっているのか気がついた。スレスクの話は明らかにつながりが弱く、ペティファはそれに気づいて試しているのだ。

「さて」と事務弁護士は続けた——「これが重要な点ですが——あなたが登場する前の何日かのあいだ、その説明に対して被告側から予示された答えはどんなものだったでしょうか？」

スレスクはその質問にすぐ答えたが、果たしてそれが答えと言えるものかどうかは怪しかった。

「被告側は明確な答えを述べていません。私は、検察側の陳述の前に名乗り出ました」

「まさにそのとおりです。だが、バランタイン夫人の弁護士は検察側の証人に反対尋問を行っています――われわれはそのことを忘れてはいけません、スレスク先生――そしてその反対尋問から弁護士が引き出そうとしたのがどんな答えであるかは明確です。弁護士は――バランタイン夫人が夫を撃ったことを否定するのではなく――彼を撃ったのは、正当防衛のためだったという線で弁護しようとしていました」

「ほう？」とスレスクは言った。「それで、あなたはどこでそう思ったのですか？」

スレスクは、裁判記録のどの部分にペティファァの主張の証拠があるのかよく分かっていたが、仮にもそんな意見を持つ人間がいるのかと、見事に驚いて見せた。

ペティファァは新聞の切り抜きの中から一つの寄稿欄を選んで示した。

「よろしいでしょうか？」と彼は言った。「バランタイン夫人の友人であるレプトン氏は検察からの召喚状を受けて、宣誓証言をしています。レプトン氏がアーグラの収税官であったとき、熱い季節に妻を連れて平地からムスーリーの夏季駐在地へ出かけました。バランタイン夫妻も同じ時期にムスーリーに行っていて、レプトン夫妻の隣のバンガローに滞在しています。ある夜、レプトンのバンガローが盗賊に襲われた。翌朝レプトンはバランタインのところへ行き、彼の妻のいる前で、枕の下に拳銃を置いて寝るようにと忠告した」

「ええ、そのことは覚えています」とスレスクは言った。スレスクにはそれをよく覚えているわけがあった。このレプトンの証言からは、被告側が取ろうとしていた弁護方針が明らかに透けて見えた。それゆえにスレスクは急遽《きゅうきょ》バランタイン夫人の事務弁護士のところへ行き、名乗り出たのだった。ペティファは続けて、レプトンの言葉をゆっくりと強調しながら読み上げた。

「すると、バランタイン夫人は真っ青になって、気も狂わんばかりに私の後を追ってきて、庭に出ると叫ぶように言いました。『なぜ、あんなことをおっしゃったのですか？　いつの夜か、わたくしは死ぬことになってしまいます』と。スレスク先生、この供述はバランタイン夫人の弁護士による反対尋問で得られたものです。そして、それは弁護士が、正当防衛の申し立てをする意図で引き出した供述だとしか理解できないのです。その後であなたが供述した話とこの弁護士の意図を一致させるのは少々難しいと思うのです」

ヘンリー・スレスクとしては、それは単に難しいだけではなく、実際のところ一致させるのは不可能だと分かっていた。ペティファ氏は正確な目で証言を読み取っていた。正当防衛の申し立てはここで事前に示されていて、評決について被告側がその線で進めようとしたことは確実だった。そしてそのことが、ヘンリー・スレスクをボンベイの証人台に立たせたのだった。スティーヴン・バランタインの人となりや、彼が妻に不幸な人生を強いていたことがすべて明らかにされ、被告側は悪くないと思われるはずだった。たった一つの事実を除けば――その事実とは、バランタインの死体がテントの外で発見されたことだ。その事実を考えると、正当防衛の申し立ても簡単には受け入れられないだろう。スレスク自身もそれは難しいと感じていた。死体が引きずり出されたという事実は、被害者に対する人々の同情心を揺さぶった。それは残酷で、執念深い人間の仕業であるように思えたからだ。それゆえスレスクは進み出て証言したのだった。だが、ペティファ氏はそのいきさつを知ることはなかった。

「覚えておいていただきたい点が三つあります」とスレスクは言った。「第一に、正当防衛が申し立てられるはずだったと考えるのは早計でしょう。この種の事件における憶測は大変に危険です、ペティフファ先生。取り返しのつかない権利の侵害に繋がる可能性もあります。正当防衛の申し立ては明確になされていないという事実から外れてはなりません。第二に、バランタイン夫人は完全に気力が喪失した状態でボンベイに連行されました。彼女の結婚生活は苦痛そのものでした。それが終わったとき、心はすっかり壊れてしまっていました。何が起ころうと、もう無関心になっていたのです」

ペティフファはうなずいた。「そうですね、それは理解できます」

「したがって、彼女の助言者たちは自分たちの責任で行動せざるを得なかったのです」

「それで、三番目は？」とペティフファは尋ねた。

「さて、それは第三の点というよりは、私の見解と言ったほうがよさそうです。だが、私はその考えを強く持っています。つまり、ステラの弁護士はこの事件の扱いを誤っていたということです」

ペティフファは唇をすぼめて、ぶつぶつと不満の声を上げた。彼は正面のテーブルの上を一、二度指で軽く叩き、まだすべてを話し終えたわけではないと言わんばかりにスレスクのほうを見た。ハロルド・ヘイゼルウッドは、無視されたまま聞き手の立場に甘んじることはめったになく、不快な思いをしていたが、ここで割って入る機会を見つけた。

「その三点は、それほど決定的なものとは思えませんな」と彼は言った。

スレスクは冷やかにヘイゼルウッドのほうを向いた。

「私は、ペティファ先生がされたような質問についてはお答えすると約束しました。私は約束どおりにしています。だが、私の答えの中身について、後で議論をするということは引き受けていません」

「そうです、そうでした」とヘイゼルウッド氏はぶつぶつと言った。「大変ありがたいと思っています、本当に」それから彼は口をつぐんで、ふたたび議論をペティファに任せた。

「では、次の質問に移らせてください、スレスク先生。あなたは審議が始まってからのある時点で、自らバランタイン夫人の弁護士と連絡を取って、証言をしたいと願い出たのですね」

「はい」

「被告側が、最初にあなたと連絡を取らなかったのは、不思議ではありませんか?」

「いいえ」とスレスクは答えた。この質問については、スレスクは落ち着いていられた。ボンベイで十分に案は練っていたからだ。この点についてペティファ氏が夜中まで質問を続けるかも知れない。スレスクは彼の疑問に合わせることができた。「それは少しも不思議ではありません。私がその事件の解明に多少なりとも光を当てられる、とは思われていなかったからです。すべてはバランタインと私のあいだで交わされ、二人だけでいるときに起きたからです。そしてバランタインはもうこの世にはいません」

「そうですね、だが、あなたはあの夜バランタイン夫妻と夕食を共にしている。あなたはボンベイにいらしたのだから、バランタイン夫人の助言者たちがあなたを捜し出さなかったのは、実に不思議です」

「そうです、そうです」とヘイゼルウッド氏が言い添えた。「実に不思議です、スレスク先生――あなたはボンベイにいたのですから」彼は天井を見上げて指先を合わせ、態度全体で、できるものなら答えてみろ、と無遠慮に問いかけているようだった。

スレスクは辛抱強くヘイゼルウッド氏のほうを向いた。

「ヘイゼルウッドさん、検察側がすぐに私に連絡を取らなかったほうが、もっと不思議だとは思いつかなかったのですか？」

「そうです」と突然ペティファァが言った。「それもまた、私を悩ませている問題です」そこでスレスクはふたたび振り返った。

「なぜなら」とスレスクは説明した。「私がボンベイにいることは、まったく知られていなかったのです。それどころか、私はイギリスへ帰る途中で、紅海か地中海の何処かにいると思われていました」

ペティファァ氏は驚いて顔を上げた。それは初めて聞く話だった。もしそれが本当なら、自分の頭を悩ませている主要な問題の一部に対して、ごく自然な説明となるのだった。

「詳しく聞かせてください！」彼の声が変化したことを、スレスクは素早く嗅ぎとった。敵愾心《てきがいしん》が薄れたのだ。

「いいでしょう」とスレスクは答えた。「私はボンベイ行きの郵便列車に乗るために十一時直前にテントを離れました。真っすぐイギリスに帰る予定でした。バランタインが私にバハードゥル・サラクの写真を持っていってほしいと願ったのは、私が列車を降りてすぐ船に乗る予定だったので、写真を託しても危険はないと判断したからです」

「ではなぜ、すぐに船に乗らなかったのですか?」

「それはこういうわけです」とスレスクは答えた。「私はボンベイへ戻る途上でその問題についてよく考えてみました。預かった写真はサラクの裁判で必要となるかもしれない、それならば、ボンベイの総督の公邸に持っていったほうがよいのではないか、という結論に達しました。だが、総督公邸は波止場から四マイル離れたマラバール岬にあります。私はその写真を自分で届けたので、船に乗ることができなかったのです。しかし、私が帰国の途についたと新聞が報じてしまいました。実際、インド政府の指示により、マルセイユにいた弁護士が私に面会を求めて、港で船に乗り込んでいます」

ペティファァは後ろにもたれた。

「そういうことですか」と彼は考え込んだ様子で言った。「そうなると話が違ってくる——大きく違う」そして姿勢を正すと鋭く迫った。

「それでは、バランタイン夫人がチティプールから連行されてきたときには、あなたはボンベイにいらしたのですね?」

「はい」

「それから、検察の陳述が始まったときも?」

「はい」

「そして、検察側の証人が反対尋問されたときも？」

「そうです」

「それならなぜ、その間に名乗り出なかったのですか？」ペティファは勝ち誇ったように質問を投げかけた。「スレスク先生、あなたはなぜ、バランタイン夫人に対する特定の弁護方針がはっきり決まりそうになるまで姿を見せず、後になってから自分は謎を解き明かすことができると公言したのですか？　まるで検察側が敗れる可能性にかけて隠れていたようにも思えます。やむなく前に出て証言をしたのは、あの小型ライフル銃の発砲が認められ、有罪という重大な評決がくだる可能性が生じ、翌日には正当防衛が申し立てられると気づいたからではありませんか？」

スレスクは一瞬のためらいもなく同意した。

「だが、それは本当のことです、ペティファ先生」と彼が言ったので、ペティファ氏は跳び上がった。

「私の立場を考えてみてください」――スレスクは自分の椅子をテーブルに引き寄せた――「大きな訴訟手続きに取りかかろうとしていた法廷弁護士です。ロンドンで開かれる公判も抱えているし、私を待っている訴訟事件書類もある。すでに助言を始めていた訴訟も迫っていました。私はその時点ですでに二週間も費やしていました。それだけでも大きな痛手であるのに、私が自分の知っている情報を携えて名乗り出たら、二週間どころか裁判がすべて終わるまで、ボンベイで足止めを食らうことになります。最終的に私がそうしなければならなかったようにね。もちろん私は検察側が破綻することを願っていました。当然のことながら、正義の名の下にどうしても必要となるまで、私は口を出さなかったのです」

スレスクは非常に落ち着いて説明をし、彼の話にはもっともな理由があったので、ペティファは納得しないわけにはいかなかった。

「そうですか」とペティファは言った。「分かりました。そうですね。疑いを差しはさむようなものではないようです」しばし彼は押し黙っていた。それから紙を寄せ集めて封筒にしまった。彼の取り調べは終了したようだった。スレスクは椅子から立ち上がった。

「もうお訊きになることはありませんか？」とスレスクは尋ねた。

「あと一つだけあります」

ペティファはテーブルを回って、ヘンリー・スレスクの正面に立った。

「あなたはチティプールに行く前からバランタイン夫人をご存知でしたか？」

「ええ」とスレスクは答えた。

「インドで彼女に会ったことは？」

「ありません」

「最後に会ったのはいつでしたか？」

「八年前、この辺りで会いました。私はこの地で休暇を過ごしていたのでね。当時はご両親もおいででした。それ以来会ったことはありません。ボンベイで話を聞くまで、彼女がインドにいて結婚していることも知りませんでした」

スレスクはその質問に対しては準備をしていた。真実を用意して、率直に語った。ペティファ氏は、期待を込めて見守っていたヘイゼルウッドのほうを向いた。

「もうこれ以上われわれがすることはないようです、ヘイゼルウッド。あとは質問に答えてくださったスレスク先生に感謝し、あれこれお聞きした無礼をお詫びするだけです」

ヘイゼルウッド氏はすっかり混乱していた。それでは結局、結婚することになってしまう。策略は不名誉な失敗に終わった。ステラ・バランタインをリトルビーディングから追放するはずだった重要な疑問点が示され、それに対する答えが得られた。ヘイゼルウッド氏は災難に打ちのめされたかのように座ったままだった。彼は仕方なく二言三言口ごもったが、スレスクはほとんど聞いていなかった。

「それではご満足いただけましたか?」スレスクがペティファァに尋ねると、思いがけないことにペティファァは誠意のこもった上機嫌な顔を見せた。

「ええ聞いてください、スレスク先生。この件を調べ始めてからというもの、バランタイン夫人とあまり関わりを持ちたくないという気持ちが次第に薄れていきました。この証言の記事を読むにつれ、大柄で頑強なスティーヴン・バランタインがふたたび息を吹き返しましたが、彼は非常に残酷な男です。そして私はステラを見たり、われわれがこの家で心地よく過ごしているあいだにステラが耐え忍んできた結婚生活について考えたりすると、辛さで身震いせざるをえません。そうです、私は満足しました。そして満足できたことを嬉しく思います」それから乾いて干からびたような顔を、瞬時に明るくするような笑顔で、ペティファァはヘンリー・スレスクに片手を差し出した。

　どうやらこれで質問も終わりのようだった。というのも、ペティファが話しているときにステラの声が玄関ホールから聞こえてきたからだ。ペティファが切り抜きの入った封筒を引き出しの中に押し込んだとき、ステラがディックと一緒に部屋に入ってきた。三人の男たちを残して出ていかざるを得なかったが、ステラはそのことをひどく恐れていた。留守にしていた一時間というもの、ステラは怖れと不安で気の遠くなるような時間を過ごしていた。スレスクは彼らに何を言うつもりだろうか？　スレスクは今、彼らに何を話しているのか？　まるで、階上の手術室で外科の手術が行われているあいだ、階下で待っているような気分だった。ステラはディックを急がせてリトルビーディングに戻ってきた。そして部屋に入ってきたとき、ステラの目は視点が定まらないまま、スレスクからヘイゼルウッドへ、ヘイゼルウッドからペティファへと揺れ動いた。最後にテーブルにあるミニチュアの盆の上で目がとまった。

「コレクションを褒めてくださったのでしょうか？」とステラはスレスクに言った。

「素晴らしいですね」と彼は答えた。するとペティファが彼女の腕をつかんで、これまで聞いたことがないような温かな声で言った。

「さあ、君たちの家の話を聞かせてくれたまえ。そのほうがずっと面白い」

　ステラは訝しげにペティファを見た。

「本当にお知りになりたいのですか？」

「ええ、そうです」とペティファは答えた。「君たちが結婚したときに似合いの家かな？」

もはや疑いの余地はなかった。奇跡が起きて、中座していたあいだに敵が友に変わっていた。厄介な問題はもう解決したのだろうか？　自分に訪れたこの素晴らしい幸せが、ただの夢であり煙の輪でしかなかったのだと心配して、一時間ごとに目を覚ますことなく眠れるのだろうか？　全身の力が抜けていくように感じた。一瞬、倒れたのではないかと思った。もしペティファァの腕がしっかりと支えてくれなかったら、倒れていただろう。

「さあ、座って」ペティファァはステラに優しく言葉をかけ、長椅子に自分と並んで座らせた。「分かっているよ。ずっと心配していたのだろう、ステラ。私たちをあまり責めないでほしい。さあ、顔を上げて話をして！　あなたは私の隣人になるのだから。君たちの家のことを教えてくれたまえ！」

ステラは顔を上げ、目を輝かせてペティファァを見た。真っ青だった頬に、ふたたびゆっくりとバラが花開いた。

「ヒンスキーパークの真向かいに素晴らしいお庭の家があります」とステラは言った。「そこは昔わたくしが暮らしていた家なのです。その家にはバスルームが二つあって――小さな家なのにすばらしいでしょう？」そのとき部屋の向こうから、悪魔が呪いをかけたような話声が聞こえてきた。その言葉を聞いた瞬間、恐怖が圧倒的な軍勢となってふたたびステラに襲いかかってきた。

「それでは、あなたはパイプを吸われるのですか？」ディック・ヘイゼルウッドがスレスクに話しかけていて、スレスクはパイプに詰めた煙草に火をつけながら言った。

「おや！　ご存知ありませんでしたか、ヘイゼルウッド大尉？　私はパイプがないとどうも落ち着かなくてね。これまでもパイプを置き忘れたときには、どんな状況であっても、たとえ列車に乗り遅れそうなときでも、取りに戻ったほどです。だが、それについてはご存知ありませんでしたか、ヘイゼルウッド大尉?」

　その言葉はステラに向けられたもので、ステラの耳に届くように話されていた。ステラは座り込み、身震いした。ペティファ氏は納得してくれた。だが、ここにはまだ部屋の向こうから警告を発している人間がいる。何とかしなければならない。

第二十五章　書斎にて

その夜、夕食をとるためにヘンリー・スレスクはペティファ夫人と一緒に客間から食堂に移ったが、ペティファ夫人はスレスクのことを面白味のない相手だと思った。実際、スレスクはときどき思い出したように彼女をもてなそうと努めたが、彼の思いは別のところにあった。スレスクはテーブルの向かい側に座っているステラ・バランタインのことで動揺し困惑していた。数時間前にスレスクの言葉に動転したステラだったが、そんな痕跡はまったく感じられない。かすかに光る青色のほっそりとしたドレスを身にまとい、小さな頭を真っすぐ前に上げ、唇には笑みをたたえ、頬にはほんのりと赤みが差している。それはスレスクにとって、ほとんど知らない女のように思えた。目の前にいるのは、昔ここで出会い、インドで出会ったステラなのだと、繰り返し自分に言い聞かせなければならなかった。彼女は、丘陵で一緒に乗馬を楽しみ、自分の人生に決して忘れられないひと月と、恥ずべき思い出の一日を残した、あの娘ではなかった。チティプールのテントで見た、苦しみに打ちひしがれた女でもなかった。彼女は自分の資質をよく知っていて、まばゆいばかりに輝いている。身につけているドレスはよく似合う色で、自分の価値を高めるものだと確信している。だが、ステラの苦しみはスレスクの苦しみよりも重かった。ステラは食事のあいだ中、何度もスレスクの視線が自分に注がれていると感じ、心配のあまり心が沈んだ。食事の後で彼に近寄れないかと様子を伺ったが、二人だけで言葉を交わす機会は持てなかった。それには老へイゼルウッド氏が関係していた。ステラは歌を歌わされたかと思うと、ブリッジの相手を何度もさせられた。彼はどうしても憎しみを捨てられず、ステラと自分の客人のあいだには何らかの申し合わせがあるのではないかと疑っていた。十一時になって、ペティファ夫人は暇乞いをした。彼女は部屋の向こうからヘンリー・スレスクのほうへやってきた。

「明日もお泊りですか?」とペティファ夫人が訊いたので、スレスクは笑って答えた。

「そうできればよいのですが。あいにく朝早くロンドンへ帰る列車に乗らなければなりません。今夜もまだ仕事が残っていましてね。あと一、二時間は起きていて弁論趣意書に取りかからなければなりません」

ステラはペティファ夫人と同時に立ち上がった。

「明日の朝、わたくしの小さな家にいらしていただけないかと思っていたのですが」とステラは言った。スレスクは彼女の手を取りながらためらった。

「お邪魔したいのは山々ですが」とスレスクは言った。彼は非常に難しい立場にいた。この状況を脱するためには、臆病だと言われようとも、手紙のほうが好ましいような気がした。「もし、時間が許せばそうしましょう」

「ぜひいらしてください」とステラは言った。それ以上は何も言えなかった。ヘイゼルウッド氏がすぐそばにいた上、ディックが家まで送ってくれるつもりで待っていたからだ。

暗く雲のない夜だった。大地の上に星空がアーチ状に広がっているが月はなく、遠く離れた明かりさえも明るく輝いて見え、足元の道からはわずかな光も漏れてこない。小さな家のドアのところでディックはステラを腕の中に抱き寄せた。彼女は黙りこくって元気がなかった。

「疲れたの?」とディックが訊いた。

「ええ、たぶん」

「大丈夫、厄介な問題も今夜が最後だよ、ステラ」

ステラはすぐには返事をしなかった。両手をディックの肩のあたりにかけて、彼の外套に顔をうずめて囁いた。

「ディック、あなたがいなかったら、わたくしはもうやっていけない。やっていけないし、やっていきたくもない」

彼女の声には激しい絶望の響きがあり、それに気づいたディックは、すぐさまステラの言葉を不吉なものとして受け取った。ディックはステラをつかんで少し体を離して顔を覗き込んだ。

「何を言っているんだ、ステラ?」とディックは厳しい調子で尋ねた。「どんなことも二人の仲を裂くことはできないと分かっているだろう。君がそんなふうに言うと僕は心が張り裂けそうだ」ディックはふたたび腕の中にステラを抱き寄せた。「メイドは起きて待っているかな?」

「いいえ」

「じゃあ、僕がここで待っているうちにメイドを呼んでくれ。メイドの部屋の明かりがつくのを見ているから。今夜は君と一緒に休んでもらおう」

「そんな必要はないわ、ディック」とステラは答えた。「今夜は緊張が解けたせいなの。言葉が大げさすぎただけ。本当に大丈夫、その必要はないわ」

ディックはステラの顔を上げて、唇にキスをした。

「君を信じているよ、ステラ」とディックは優しく言った。「ええ、どうぞ信じてください」とステラが低く震える声で、あふれるばかりの優しさと愛情を込めて答えたので、ディックは安心した。

ステラは部屋に上がって明かりをつけ、リトルビーディングで初めて夕食に呼ばれて戻ってきたときと同じように椅子に腰かけた。あのときはそれ以後起こるであろう難題をすべて予知していたが、それもすべてくぐり抜けてきたように思っていた――今日の午後までは。向こうにある大きな屋敷の書斎にはヘンリー・スレスクがいる――よく知らないスレスクだ。もしかしたら、この瞬間、彼は自分に宛てて手紙を書いているのかもしれない。明日の朝この家に来てくれさえしたら、そして懇願する機会を与えてくれさえしたら！　ステラは窓のところに行き、ブラインドを上げて顔を出し、草原の向こうを見た。書斎では、長いガラス戸の一つが開け放たれたままで、カーテンは引かれていなかった。部屋には煌々と明かりが灯っている。ヘンリー・スレスクがいるのだ。彼はボンベイで助けてくれたように、今日の午後も救いの手を差し伸べてくれ、二度目も自分のために勝利を勝ち取ってくれたのだった。だが明日の朝になったら、まだ終わりではないと警告してくるだろう。スレスクは手紙を届けてくるはずだとステラは疑わなかった。何を書いてくるのかも、はっきりと分かっていた。

ステラの部屋の窓の下の砂利道で音がした——何かがやむを得ず動いているようなかすかな音だ。ステラはとっさに体を引いた。それからもう一度身を乗り出して、そっと呼びかけた。

「ディック」

ステラの部屋から闇に向かって明かりが伸びている。その明かりの届かない、窓の少し左側に、ディックが立っていた。ディックは前に進み出た。

「まあ、ディック、なぜそんなところにいるの？」

「何ごともないか、確かめたかったんだ、ステラ」

「約束したでしょう、ディック」とステラは囁いて、もう一度お休みの挨拶をしてから、彼の足音がすっかり消えてしまうまで待った。ディックが屋敷に戻ったとき、スレスクはまだ書斎で仕事をしていた。

「お邪魔をしてすみませんが」とディックは言った。「もう一度、お礼を申し上げなければなりません。何とご恩を受けたことか、到底言葉では言い尽くせません。ステラはとても素晴らしいでしょう？　僕は彼女のそばにいると、自分が粗野な人間だと感じてしまうのです。ほかの人にはこんなことは話せませんが、あなたにはとても近しいものを感じる」

ヘンリー・スレスクは低く唸るような声を出しただけだった。ディック・ヘイゼルウッドがしゃべっているあいだ中、早く寝てくれないかと願いながら、スレスクは弁論趣意書に青い鉛筆で切りつけるように書き込みをしていた。だが、ディックはいっこうにおかまいなしだった。

「青いドレスをあれほど見事に着こなす女性に会ったことがありますか？　あるいは黒いドレス

もそうだ。鮮やかな色の服を着ることもある。いや、どうも、もう寝たほうがよさそうだな」

「そのほうが賢明でしょう」とスレスクは言った。

若いヘイゼルウッドは部屋の隅にあるテーブルのほうへ行き、自分用の蠟燭に火を灯した。

「寝る前にあのガラス戸を閉めていただけますか?」

「分かりました」

ディック・ヘイゼルウッドはグラスにビールを注いで飲みながら、グラスの縁越しにヘンリー・スレスクを観察した。それから蠟燭を手にしてスレスクのそばに戻った。

「あなたはなぜ結婚されないのですか、スレスク先生?」と彼は訊いた。「結婚すべきです。そうしないと、男は貧相になりますからね」

「ご忠告は感謝します」とスレスクは言った。

声の調子に心はこもっていなかったが、そのひと言がこのときのディック・ヘイゼルウッドにとっては誘い水となった。

「私は三十四歳でしてね」とディックは言った。スレスクは筆記用紙から一瞬たりとも目を離さずに口をはさんだ。

「あなたの話し方からすると、とても信じられません、ヘイゼルウッド大尉」

「丸々三十四年間、毎年十二か月の歳月を無駄に過ごしてしまった」生まれたその日に自分の魂の伴侶を知っていたとでもいうように、大尉は恍惚となって話を続けた。「何とか世の中をやり過ごし、近くに奇跡があることにまるで気がつかなかった。分かるでしょう」

「いや、私には分かりません」とスレスクは言った。彼は蠟燭を持ちあげてディックに差し出した。ディックは立ち上がって、それを受け取った。

「これは、どうも」と彼は言った。「ご親切に。先ほどお話ししたかと思いますが――言いましたよね？　あなたにはとても近しいものを感じる」

スレスクは相手のしつこさに降参して、思わず声を立てて笑った。「もうお休みになりますよね？」とスレスクが懇願すると、ディック・ヘイゼルウッドは答えた。「ええ、もう休みます」そのときふいに彼の声の調子が変わった。

「ステラはあなたのことを大切な友だと話していました、スレスク先生。今でもきっとそう思っているに違いありません」ディックはそう言うと、答えを待たずに二階へ行った。ディックの部屋は、屋敷の片側の正面玄関に近いところにあった。草原と小さな家が見渡せる位置にあり、ディックはステラの家の窓がすべて暗くなっているのを見て安心した。書斎は角を曲がった後ろ側にあり視界には入らないが、開いたガラス戸から芝生にまばゆい光が漏れていた。ディックは懐中時計を見た。零時きっかりだった。彼はベッドに入って眠りについた。

書斎ではスレスクが弁論趣意書に気持ちを集中させようと懸命に試みていた。だが、どうしても集中することができず、とうとう書類を横に投げ出した。書かなければならない手紙があって、それを書き終えるまで気持ちは解放されないだろう。彼は書き物テーブルに行き、手紙を書いた。だが、それは書き上げるのに長い時間を要した。ようやく書き終えて封をしたときには、炉棚の上の時計が一時を告げていた。

（朝、駅で投函しよう）と心に決めて、スレスクはガラス戸のところに行き戸を閉めようとした。だが、ガラス戸に手をかけたとき、黒いマントに身を包んだほっそりとした人影が、横の暗闇から現れ、彼を通り越して部屋の中に入ってきた。あわてて振り向くと、ステラ・バランタインの姿が見えた。

「あなたは！」彼は思わず声を上げた。「どうかしてる」

「来なければなりませんでした」ひょっとしたら追い出されるかもしれないと思ったのか、ガラス戸からは十分に距離を取って、部屋の真ん中に立ったまま、ステラは言った。「遅くまで起きて仕事をなさっていると聞きました」

「どれくらい外で待っていたのですか？」

「少しばかり……分かりません……あまり長い時間ではありません。あなたがお一人でいるのか、分からなかったものですから」

スレスクはガラス戸を閉めてカーテンを引いた。それから部屋を横切って、食堂と玄関ホールに通じるドアに鍵をかけた。

「来る必要はなかったのに」とスレスクは声をひそめて言った。「あなたに手紙を書いたので」

「ええ」ステラはうなずいた。「だから来なければならなかったのです。今日の午後、あなたはパイプを置いていった話をされました。それで思ったのですが」そのときスレスクがポケットから手紙を出したので、ステラは思わず後ずさりした。「だめ、手紙なんてあなたは書いていないわ。あなたが手紙を書く前に、わたくしはここに止めに来たのです。あなたは書こうと思っただけ。そう言ってください！　あなたはわたくしの味方でしょう」ステラはスレスクから手紙を奪うと、二つに引きちぎり、また二つに引きちぎった。「ほら！　手紙なんてお書きにならなかったでしょう」

　だがスレスクは首を横に振っただけだった。「悲しいことだ。今夜は、あのチティプールのテントで悲嘆にくれていた女性が目の前にいる。悲しいことだ」ステラは彼の声に哀れみの色を感じ取った。ステラは肩からマントを外した。数時間前の夕食のときに着ていたドレスのままだったが、輝きは見る影もなく、頬を震わせて、必死に目で訴えていた。

「悲しいですって！　そうお思いになるだろうと分かっていました。あなたは冷酷な方ではありません。冷酷にはなれない方です。あなたは生涯にわたって、日ごとに哀れみ深くなっていくに違いありません。お話すればきっと分かっていただけると思います。これはわたくしにとって初めてのチャンスなのです、生まれて初めてのチャンスです。ヘンリー、本当に初めてなの」

　スレスクは何年にも及ぶステラ・バランタインの不幸な人生を思い返してみた。彼女の言葉が偽りのない真実であることに衝撃を受けた。そしてすぐに深い後悔に襲われた。これはステラにとって初めての本物のチャンスだった。そしてそうした機会がもっと早く訪れなかったことに対して、スレスク自身が責めを負う立場にあった。生きるに値する人生を手に入れる最初のチャンス――それはかつてスレスクがステラのために手に握っていたものだ。何年も前にビッグナーヒルで、スレスクはそれをステラに与えることを拒んだのだった。

「確かにそうだろう」とスレスクは認めた。「だが、それをあきらめろと言っているわけではないのだ、ステラ」ステラはすがるような目でスレスクを見た。「そうじゃない！　私の手紙を破り捨てずに読んでいたら、分かってくれただろう。私はただ、あなたの愛する人に真実を打ち明けてほしいだけだ」

「彼は知っています」ステラは不満そうに言った。

「いいや！」

「知っています！　彼は知っているわ！」ステラは一歩も譲らずに、しだいに低い叫び声になった。

「しっ！　聞こえてしまう」とスレスクが言ったので、ステラはふと心配になって耳を澄ました。だが、屋敷の中で誰かが動く気配はなかった。

「ここなら大丈夫」とステラは言った。「この上には誰も眠っていないもの。ヘンリー、彼は真実を知っているの」

「もしそうなら、あなたは今ここに来ているだろうか？」

「わたくしが来たのは、今日の午後あなたがわたくしを脅しているように思えたからです。理解できなかった。眠れなかった。この部屋に明かりが灯っているのが見えました。あなたがどういうつもりだったのか、それが聞きたくて来たのです——ただそれだけです」

「それでは、話をしよう」とスレスクは言った。ステラは彼を見据えたまま椅子に腰を下ろした。

「あなた方と食事をした晩に、私はテントにパイプを置いてきた。あなたの恋人は、ステラ、そのことを知らない。私はパイプを取りに戻った。彼はそのことも知らない。あなたはテーブルの横に立っていた――」そのときステラは、彼の口に出かかった言葉を遮るために口をはさんだ。「彼が知らなければならない理由などありません」とステラは叫んだ。「起こったこととは何の関係もありません。何があったのか、わたくしたちは知っています。泥棒がいたのです」――スレスクが愕然とした顔でステラを見つめたため、ステラは口ごもって、その声は消え入るようなつぶやきに変った――「やせ細った茶色の腕――女性のような華奢な手が」

「泥棒などいなかった」スレスクは静かに言った。「酒に酔った男がいて、想像の世界で泥棒を見ただけだ。首に青痣のあるあなたがいて、目には言いようのない悲嘆をたたえ、両手に小型のライフル銃を持っていた。ほかには誰もいなかった」

ステラは言い争うのをやめた。歯を食いしばり、何としても幸せになるチャンスを逃すまいと固く心に決めて、しかと前を見据えた。

「いいかい、ステラ」スレスクは懸命に訴えた。「誰にでも話せ、と言うわけじゃない。彼に話せ、と言っているのだ。あなたが話さないなら、私が話すしかない」

ステラはスレスクを睨みつけた。

「あなたが?」とステラは言った。「テントに戻ってきてわたくしを見た、と彼に話すというの?」

「ああ、それだけじゃない――私が裁判で偽証をしたということ、あなたに無罪をもたらした話が偽物であること、あなたを救うために私がでっち上げたということ。それから、この難しい立場から抜け出す機会をあなたに与えるために、今日の午後もう一度その話をしたこともね」

ステラはしばし恐怖を感じながらスレスクを見ていた。やがてステラの表情が変わった。安堵の波が彼女を包んだ。ステラは面と向かってスレスクを嘲笑った。

「あなたはわたくしを脅そうとしているのね」とステラは言った。「でも、わたくしはあなたのことを知っています。もしあなたが裁判で偽証したということが本当に世間に知れたら、それがあなたにとって何を意味するか気づいているのかしら?」

「分かっている」

「身の破滅だわ。完全な破滅です」

「それよりも悪いだろう」

「刑務所かしら!」

「おそらくは。そうだ」

ステラはふたたび声を立てて笑った。

「たとえ相手が一人でも、話してしまえばやがてすべて明るみに出てしまう、そんな危険をあなたは犯そうというの。そんなことありえない! ほかの人ならともかく——あなたには、ありえない! あなたには生涯をかけた夢があるわ——名もない生活から抜け出ること、出世すること、高い地位を保つこと。その実現のためには何もかも、誰も彼も、犠牲にしてきた。ああ、そのことは誰よりもこのわたくしがよく知っています」彼女はきつく両手を合わせて辛辣な言葉を浴びせた。「あなたは夜遅くに寝て、朝早く起きて、出世をした。そうだわ、あなたはようやく手に入れたこの仕事や成功を投げ出すような真似は、絶対にしないでしょう? あなたは豪華な馬車に乗っている。それを降りて、車輪に縛られて走るというの？　立ち上がって〈裁判がありました。私は偽証をしました〉と言うつもり？　いいえ。ほかの人ならともかく、あなたにはできないわ、ヘンリー」

その攻撃にスレスクは何も答えなかった。推論の部分を除けば、あとはどれも真実で、初めて聞く内容はなかった。スレスクは自分を弁護しようとはしなかった。

「あまり心が広くはないようだね、ステラ」とスレスクは優しく答えた。「私が嘘をつけば、その嘘であなたは救われる、というのだね」

それを聞いてステラの気持ちが和らいだ。声からとげとげしさが消え、謝罪をこめて片手を伸ばし、その手を彼の腕に置いた。

「ああ、分かっています。あなたがわたくしに自由をくださったとき、ささやかなお礼の言葉を送りました。でも、それが大きな価値を持たなくなるのです、もし今――手に入れようと頑張っているものを失ってしまったら、意味がなくなってしまう」

「だから、どんな手も使うのだと？」

「ええ」

「だが、これはあなたの手の中で壊れてしまう」スレスクはきっぱりと言い切った。「あなたが信じられないと思っていることを、やはり私はするだろう」

ステラは絶望の眼差しで彼を見た。彼が言葉どおり本気であることは、もはや疑いの余地はなかった。本当にこの人は自分自身とわたくしを犠牲にしようと心に決めている。でも、なぜ？

どうして邪魔をしなければならないの？　「あなたはある日わたくしを助けてくださったのに、次は叩きつぶすのね」と彼女は言った。

「そうじゃない」と彼は答えた。「そういうことではないのだ、ステラ」彼は、何が自分をそうさせるのか、話して聞かせた。

「なぜヘイゼルウッドが私をここに呼んだのか、私はちっとも知らなかった。もし、少しでもその理由に気づいていたら、率直に言ってここに来ることを拒んでいただろう。だが、私は今ここにいる。ふたたび厄介な問題が私のもとにやって来たが、今度は別な姿に変わっている。若いヘイゼルウッドという男の存在だ。彼を無視することはできない。あなたは、私がついた嘘を利用して、彼と結婚しようとしている」

「彼はわたくしを愛しているわ」とステラは叫んだ。

「それなら彼は真実に耐えられるはずだ」とスレスクは答え、ステラが座っている椅子の向かいに椅子を引き寄せた。「できることなら、私の気持ちを理解してほしい。私が無慈悲で残酷な人間だと、あなたに思われたくはない。私は証言台で誓いを立てた上で嘘をついた。私は自分の流儀を破り、私自身の職業の価値における信条を打ち捨てたのだ。そうした信条というものは、誰にとっても大きな重みのあるものだ」ステラはもどかしい気持ちでいっぱいだった。いったいこの言葉は何？　流儀ですって！　職業における価値ですって！

「私はそれらにこだわっているわけではないのだ、ステラ。だが、大切なことではある」スレスクは話を続けた。「今あなたにそれらが大切だと言っているのは、さらに私は明日もまた同じ嘘をつかなければならないからだ。もし明日裁きがあり、あなたが被告となるのであればね。私はあなたを救うためにふたたび嘘をつかなければならない。そうだ、あなたを救うためだ。だが、それなのになぜ、あなたがそのまま――分かりやすく言うなら――自分の利益のためにその嘘を利用しようというときに、私が〈やめろ〉と叫ばなければならないのか。その意味が分からないだろうか？　あなたは男と結婚するためにその嘘を利用し、相手には真実を知らせていない。そんなことをしてはいけない、ステラ！　そんなことをしたら、あなたは生涯惨めな思いをすることになる。いっときも安らぎを感じることは無くなるだろう。いつの日か彼が、あなたの口からではなく、真実を知ることになるという恐怖に、あなたはとりつかれることになる。ああ、それは間違いない」彼は真剣にステラの両手を握りしめた。「彼に話すんだ、ステラ、真実を話せ！」

ステラ・バランタインは異様な顔をして立ち上がった。過去のおぞましい光景を締め出すかのように半ば目を閉じていた。真っ青な顔で。両手を固く握りしめ、スレスクのほうを向いた。

「あの夜、あなたが列車に乗るために出ていった後、何があったか知らないでしょう？」

「そうだな」

「あなたは知るべきだわ――裁きを下す前に」そしてついに、サセックスダウンズのふもとの静かな書斎で、あの夜の悲劇が語られた。スレスクが耳を傾けて見守る中で、ステラ・バランタインの瞳と押し殺した声には、あの夜の恐怖が息を吹き返し、暗い壁は後ろに遠のき消えたかのように思えた。スレスクの目の前に、遠く離れたチティプールの月明かりの平原が現れ、それは物言わぬ古い宮殿のがれきが残る薄暗い丘まで広がった。崩れ落ちた宮殿と鉄道の緑の信号のあいだには、小さな町の鈴なりになった明かりのように、野営地の火があかあかと光を放っていた。だが、スレスクは事実以上のものを知ることとなった。スレスクに事件の動機が明かされた。女は自らをさらけ出し、闇に光が当てられた。そしてスレスクは新たな悔恨の重荷を背負い、頭を垂れたのだった。

第二十六章　見知らぬ二人

「あなたはテントに戻ってきました」ステラは語り始めた。「それ以来ずっと、あなたは、あなたが見たものを誤解しているのです。なぜなら、これからお話することが真実だからです。わたくしは自分の命を断とうとしていました」

スレスクは仰天した。そんなことは思ってもみなかったからだ。大きな安堵の波が押し寄せ、彼の魂を高揚させた。実に単純明快な説明だった。だが、今までそんな考えが頭に浮かんだことはなかった。これまでずっと、テーブルの横に無言で立ち、落ち着き払ってライフル銃の準備をしているステラの姿に悩まされてきた。そのステラの姿とスティーヴン・バランタインの死を結びつけ、そこにはおぞましい関連があると考えてきた。今のステラは、間違いなく真実を語っているのだろう。ステラを見てその苦悶の表情に気づけば、疑うことはできなかった。故意に行われた犯行ではないと知り、胸を撫で下ろすと同時に哀れみの情が込み上げてきた。

「それがああいう結果につながったのか？」とスレスクは言った。

「ええ」とステラは答えた。「そしてあなたが、あんなふうに話を持っていったのです――わたくしを責めているあなたが」

「私が！」スレスクは驚きの声を上げた。

「そうです、わたくしを責めているあなたがです。わたくし一人だけではありません。そうです、わたくし一人だけではないのです。犯罪が行われた？　それなら、あなたはあなたの罪を負わなければなりません」

スレスクは、自分の罪とは何かと、むなしい思いで自問した。自分は何年か前に、ここから少し離れたところで卑怯な振る舞いをした。そしてその卑怯な振る舞いのために、自分を責め続けてきた。だが、それは隠れた病のように生き延びて触手を伸ばし、最後にはあの真夜中の悲劇でスレスクを無意識の共犯者に仕立て上げたのだ。もし罪があったというのであれば、その罪を共有する者となったのだ――これもまたスレスクにとって初めて聞く話だった。だが、ステラの最初の言葉から得た知識が、すなわち、何年ものあいだステラにまつわる真実をまったく分かっていなかったという事実が、今はスレスクを謙虚にしていた。彼は判事のように裁くのをやめた。彼は生徒となり、生徒としてステラに答えた。

「背負う準備はできています」

スレスクが書き物テーブルの後ろにあったクッション付きの長椅子に腰を下ろすと、ステラはその隣に座った。

「あなたとお別れしたのは――あの朝のことですが――それは向こうにあるわたくしの小さな家の客間でした。わたくしたちは別れて、ヘンリー、あなたは出世のための仕事へ向かい、わたくしは、わたくしを残して出世してゆくあなたのことを思いました。テーブルには手紙が置いてありました、インドからの手紙です。ジェイン・レプトンが書いたもので、寒い季節に会いに来ないかとありました。わたくしは訪ねていきました。わたくしは若く、寂しく、とても不幸でした。そして寂しくてとても不幸な若い娘たちによくあるように、何となく結婚へと流されたのです」

「そうだったのか」とスレスクは静かな声で言った。嵐の一日が始まるように気味悪く、スレスクの中で恐ろしい確信が大きく膨らんだ。ビッグナーヒルでとった卑怯な振る舞いがステラを深く傷つけたのに、自分はかすり傷ひとつ負わなかった。「そうだな。私の罪はそこで始まったのだな」

「いいえ、違います。そうではありません」とステラは答えた。「あのとき、黙っているべきときに、わたくしが口に出してしまったのです。心にとどめておくべきときに、わたくしが心を放ってしまったのです。だから、あなたを責めることはできません」

「それでも、あなたには責める権利がある」

だがステラは、自分自身に対しても、スレスクに対しても、狡猾さや策略を用いて弁解はしなかった。

「いいえ、わたくしは結婚をしました。それはわたくしの問題です。隠れてお酒を飲んでわたくしにだけその姿をさらす夫から、叩かれ、蔑まれ、嘲笑され、脅されました。それもまた、わたくしの問題です。でも、わたくしはそのまま生きていたかもしれません。七年間、そんな生活が続きました。惨めなどんよりとした日常に身を任せていました。ある些細な出来事が、たまたまわたくしの背中を崖の上で押さなければ、わたくしはいたぶられ苦しめられたまま生きていたでしょう」

「それで、その些細な出来事とは？」

「あなたがチティプールに訪ねていらしたことです」ステラの答えにスレスクは息を呑んだ。何ということだろう、チティプールまで旅をしたのは、ステラを救うためだったのに。スレスクははやる思いで身を乗り出したが、ステラが機先を制した。ステラはスレスクに微笑んで、優しく許した。「ああ、なぜいらしたのですか？　でもその理由は分かっています」

「分かっている？」とスレスクは尋ねた。だが、何にしてもこの点についてはステラが間違っていた。

「ええ。誰よりも強くて勤勉なあなたの中に潜む、感傷的な弱くて柔らかな心のせいだわ。何年経ってもあなたは強いまま。何年経ってもあなたは一人で生きている。それがあるとき感傷的になる瞬間がやってくる。でもそれに苦しんでいるのはあなたではなく、わたくしたち二人なのです」

それを聞いてスレスクは心の奥で恐怖を感じた。人は互いを知らないことで思い違いをして、その思い違いが致命的な傷を負わせるのだ。スレスクはステラを誤解していた。ステラは、スレスクがチティプールに行った理由を誤解して、妙な解釈をした結果、危難と破滅への道をたどったのだ。

「そう確信しているのか？」とスレスクは訊いた。ステラは少しも疑っていなかった――ステラがライフル銃を用意していた理由を、スレスクが疑わなかったのと同じだった。

「もちろんだわ」とステラは答えた。「あなたはボンベイでわたくしの噂を聞いて、あなたはご自分の愛した女性が年月を経てどう変わったか、ご覧になりたくていらしたのでしょう。愛らしさを保っているのか、あなたを恋しがっているのか——ああ、とりわけ、あなたを恋しがっているかどうか確かめたかったのでしょう。古いロマンスの灰にそっと風を送って優しく無害な火を起こし、半時間ほど両手を温めて、ぼんやりとした心地よい記憶の匂いをかいで、それからあなた自身の場所へ、あなた自身の仕事へ、もとのまま傷つかずに帰っていきたかったのだわ」

スレスクはステラの間違った思い込みを、苦い思いで笑い飛ばした。だが、ステラのことは責められなかった。そこには鋭い洞察があって、この件については間違っていても、ほかの場合であればおそらく正しかったのであろうし、スレスクについての評価も正しいであろう。あのチティプールのテントの中で、彼女に何を言っても信じてくれなかったことを思い出した。そしてものごとの皮肉な成り行きと、それと戦う人間の盲目的で頼りない力の無さに愕然となった。

「そんな理由で私がチティプールに行ったのだと？」

「そうです」とステラは一瞬のためらいもなく答えた。「でもわたくしはそれで変わらずにはいられなかったし、傷つかずにもいられなかった。あなたがいらしたとき、わたくしが失ったすべてのものもあなたと一緒にやってきました。輝かしく耐えがたい思い出が、鮮やかに甦って押し寄せてきました」ステラは目の上で両手を握りしめた。スレスクは新たな理解のもとで、ふたたびあの夜の砂漠のテントに戻った。スレスクの心は啓発されていた。彼の目に世界は牢獄のように映った。そこで生きているものは誰でも、理解不能な見通しのきかない壁によって隣人から隔絶されている。

「ここでの夏の思い出や」とステラはふたたび話し始めた。「女性のお友だちや、優雅で心休まるものや、とても幸せな日々の思い出。はつらつとしていて、若くて――ああ、本当にとても素晴らしかった。そしてあなたは、そのすべてが揃っているところに戻っていく。夜行郵便列車で真っすぐにボンベイへ向かい、駅からすぐに船に乗る。ああ、あなたが、国外生活や異境の同胞について何気なしに愛想よく話をしながら、真っすぐ帰国するというのを聞いて、わたくしはどんなに胸が苦しかったか」ステラは両手を体の前で握りしめ、指を動かし絡ませた。「ああ、わたくしには耐えられなかった」と小さな声で言った。「殴打や、嘲笑や、軽蔑は、もうその夜で終わりにすべきだと思いました。そしてあなたがライフル銃を手にしているわたくしを見たとき、わたくしはもう終わりにしようと思っていたのです」

「それで?」

「でもその後、実にばかばかしいことが起きました。弾の入った小箱が見つからなかったのです」

ステラは、いかにテント中あちらこちら駆け回ったかを話した。刻々と時が過ぎていく中で、引出しを開けてみたり、バッグの中を覗いたりしているうちに、さらに感情が高ぶり、頭が混乱していった。時間はわずかしかなかった。バランタインはスレスクを駅まで送りはしない。彼はただ野営地の外れで客人を見送るつもりでいる。彼が戻ってくるまでにすべてかたをつけて、終わらせなければならない。バランタインがスレスクに、ラクダが立ち上がるまでしっかりつかまっているように、と叫んでいるのが聞こえた。それなのに弾はまだ見つからなかった。スレスクがおやすみなさいと別れの挨拶をする声が聞こえた。

「ヘンリー、それはわたくしがこの世の最後に聞きたかった言葉でした。その言葉を待って、それが聞こえなくなる瞬間に――と思っていました。でも、弾はまだ見つかっていなかったので、また捜し始めました」

スレスクは、その絶望的な時間を語るステラを見守りながら、自分が今チティプールに引き戻され、テントの中を覗いているような気がした。目の前に背筋が寒くなるような光景が浮かんだ。一つの思いにとりつかれた女が、テーブルからテーブルへと狂ったように駆けまわり、顔を震わせ、ぶつぶつと支離滅裂な言葉を口にしながら、熱に浮かされた手で、きちんと揃った本や飾り物の上を、苛々しながら大慌てで調べている――だが、自分の命を断つための弾の入った箱は見つからない。ようやくウィスキーの瓶の陰にあるのを見つけ、安堵のため息をつきながら弾をつかんだ。ライフル銃を置いてあったテーブルのところまで持っていき、銃尾に弾を込めたとき、スティーヴン・バランタインがテントの戸口に姿を現した。

「彼はわたくしを罵倒しました」ステラは続けた。「わたくしはネックレスを外してしまった。わたくしは首の青痣をあなたに見せてしまった。彼はそのことでわたくしを呪い、なぜおまえは自殺して俺のそばから愚か者を追っ払ってくれないのか、と言ったのです。わたくしは何も答えずにただ立っていました。わたくしのそんな態度に彼はいつもひどく腹を立てていました。わたくしはわざとそうしていたのではありません。もう何に対しても鈍くなり、のろくなってしまっていたのです。わたくしはただ突っ立って、ぼんやりと彼を見ていました。すると彼は激怒してこぶしを振り上げ、わたくしに駆け寄ってきました。わたくしは体がすくんで恐怖にかられました。そして彼がわたくしに手をかける前に——そうです」ステラの声は消え入るように小さくなった。スレスクは口をはさまなかった。彼女にはまだ話すことがあり、説明しなくてはならないおぞましい出来事があった。ステラはすぐに先を続けた。真っすぐ前に顔を上げ、声からは恐怖の色がすっかり消えていた。

「彼はしばし立ったまま、呆けたようにわたくしを見つめていました。何も起こらなかったのだと思える時間がありました。何も起こらなかったのだと喜び、彼に何をされるのだろうとおびえる時間がありました。それから彼は倒れ、横たわったまま動かなくなりました」

もうそれ以上話すことはないようだった。不可解な行動については触れないつもりらしい。スレスクのほうもそれについては考えなかった。

「それでは、事故だったのか」と彼は叫んだ。「何のことはない、ステラ、あれは事故だったんだ」

だが、ステラは彼の隣で黙って座っていた。ステラの心の中の葛藤が表情ににじんでいた。スレスクの興奮した喜びから熱がひいた。

「いいえ、違います」やおら、ステラはゆっくりと落ち着いた口調で言った。「事故ではありませんでした」

「だが、あなたは恐怖を感じて発砲した」スレスクは今やもう一つの説に飛びついていた。「正当防衛だ。ステラ、私はボンベイでとんでもない間違いを犯した」スレスクは狼狽して彼女から離れた。「すまない。ああ、本当にすまない。私はしゃしゃり出るべきではなかった。黙って引っ込んだまま、あなたの弁護士が進めていたように、正当防衛の線で任せておくべきだった。あなたは無罪になっていたはずだ――正しい手順で無罪になっていたはずだった。あなたは誰からも同情されていただろう。だが、私はそんなこととは知らなかった。バランタインがテントの外で発見されたことで、あなたが追い込まれるだろうと思ったのだ。私が証言をすれば、あなたを助けることができると分かっていた。だから証言をしたのだ。だがそれは間違いだった、ステラ。大失敗だった。私はあなたに対して、取り返しのつかないことをしてしまった」

スレスクは今、ステラの前に立っていた。スレスクの声に痛ましいほどの苦悩が込められているのを聞いて、ステラは心を揺さぶられ、考えを変えた。これは追い込まれたときに使おうと思っていた話だった。だからそのように話をした。だが、ステラはおずおずと手を伸ばし、彼の腕をつかんだ。

「わたくしは本当のことをお話しすると申し上げました。でも、すべてお話ししたわけではありません。一つだけ、胸に秘めておくことができない、とても大事なことが残っています。聞いてください」そしてステラはうつむいて、片手で彼の腕をしっかりとつかんだまま、最後に驚くべき事実を打ち明けた。

「わたくしが恐怖のあまり正気を失っていたことは真実です。でも、自分が何をしようとしているのか、ほんの一瞬だけはっきりと自覚したときがありました。前に私が選んだ方法は間違いで、この新しい方法が正しいと、そう思ったときです。いいえ、だめよ」スレスクが動いたので、ステラは叫んだ。「まだ全部ではないわ。その瞬間――時間で計ることはできないけれど、でも、わたくしにとっては認識するのに十分な時間で、わたくしの記憶の中にもはっきり残っています、だってそのあいだに彼は後ずさりしたのですから」

「何だって？」とスレスクは叫んだ。「それは言うな、ステラ！」

「そうなのです」彼女は答えた。「そのあいだ、わたくしが何をしようとしているか、自分でもふと正気に返ったように、彼はそれを知って後ずさりしました。わたくしに泣きそうな声で言った瞬間がありました――ええ、そうです――慈悲を乞うたのです」

ステラはようやく真実を話し終え、スレスクの袖から手を落とした。

「それであなたは？　あなたは何をしたのだ？」とスレスクは訊いた。

「わたくし？　ああ、頭が変になっていたのです、きっと。彼がそこに倒れているのを見て、すっかり動転してしまいました。テントの中にはあちらこちらに炎の明かりがあって、それらが目の前でぐるぐると回り、気持ちが悪くなりました。自分の力をはるかに超えた大きな力が沸き起こりました。わたくしは夢中でした。何の理由もなく、彼をテントから引きずり出しました――それが真実です――それ以上の意味はありません。信じていただけますか？」

「そうか」とスレスクはすぐに答えた。「十分に信じられます」

「それから何かが壊れました」ステラはふたたび話し始めた。「もうぐったりとして、何も感じなくなっていました。体を引きずるようにして自分の部屋に戻りました。ベッドに入りました。

とても恐ろしいとお思いでしょう？　わたくしには一つだけはっきりとした思いがありました。これで終わった。これで何もかも終わったのだと。わたくしは眠りました」

炉棚の上の時計のカチカチという音が書斎の静けさの中で次第に大きくなっていくようだった。その音がスレスクにのしかかった。それがステラを目覚めさせた。ステラは目を開いた。彼女の目の前には、険しく哀れみに満ちた顔のスレスクが立っていた。

「さあ、正直に答えてください」前に身を乗り出し、スレスクを見据えたままステラは言った。「もしもあなたがまだわたくしのことを愛しているとして、この話を聞いてわたくしとの結婚を拒みますか？」

スレスクはステラの不幸せな人生の歳月を振り返り、ステラは悪意に満ちた運命に翻弄されたのだと思った。

「いいや」と彼は答えた。「拒むことなどできない」

「それでは、なぜディックと結婚してはいけないの？」

「彼がこの話を知らないからだ」

ステラはうなずいた。

「そうです。わたくしの頼みには無理があるでしょう、分かっています。あなたのおっしゃるとおりです。彼に話しておくべきでした。今、話すべきです」そう言ったかと思うと、突然ステラはスレスクの前にひざまずき、どっと涙を流して悲嘆にくれた声で叫んだ。

「でも、無理だわ——今はまだ、だめなの。話そうとしたわ——ああ、それも一度きりではないの。信じて、ヘンリー！　本当に話そうとしたの！　でも、できなかった。勇気がなかったの。お願い、少しだけ時間をください。ああ、長くなくていいのです。わたくしは自分から彼に話します――じきにね、ヘンリー。でも今はだめ――今はできない」

ステラのすすり泣く声と、悲嘆にくれている姿がスレスクの心を苦しめた。スレスクはステラを床から起こして抱きしめた。

「ほかにも方法があるよ、ステラ」と彼は優しく言った。

「ええ、分かっています」とステラは答えた。彼女はベッドの横にあるベロナール（睡眠薬）の錠剤の入った小さな瓶のことを考えていたが、そう考えたのはこの夜が最初ではなかった。スレスクの心にある方法も同じなのかどうか、立ち止まって考えてみようとはしなかった。ステラにとってはごく自然にその考えが浮かんだ。それは簡単で単純な方法だった。誤解だとは思いもしなかった。苦闘の終わりにたどり着いたのだ。戦いはステラの負けに終わった。ステラはそれに気づいたのだった。そして今、泣き言も言わず、最後の一撃に頭を垂れた。従順であろうとする生まれつきの習慣によって、服従のときが来たことを知り、耐え忍ぶことの威厳をみせた。「ええ、その方法を選択しなければならないでしょう」と彼女は言い、マントをかけてあった椅子のほうに歩み寄った。「お休みなさい、ヘンリー」

だが、ステラがマントを肩に羽織る前に、スレスクは彼女とガラス戸のあいだに立ちはだかった。

「あなたと私のあいだには、ステラ、これまであまりに多くの間違いがあった。もうこれ以上誤解があってはならない。さあ、私たちは――今日まで互いのことを知らずにいた。そして、互いのことをちっとも理解していないのに、その自覚がないまま互いの人生を傷つけてきたんだ」

ステラは当惑した様子でスレスクを見た。この夜、ステラは自分自身について、思いもよらない真実をスレスクに打ち明けた。今度はステラが、成功というわべの衣に隠された男の心の中にある秘密を学ぶ番だった。スレスクはステラをソファへ連れていき、自分の隣に座らせた。

「ずいぶん辛いことをたくさん打ち明けてくれたんだね、ステラ」スレスクは笑顔を見せて言った――「大半は本当のことだが、間違っていることもある。私がなぜボンベイで船に乗らなかったのか。そのことについて、もしあなたがよく考えていたら、そんな間違いは言わなかっただろう」

ステラ・バランタインはひどく驚いた。考えてみたが、それを言葉にすれば彼をひどく悪く言うことになるので、口に出すのをためらった。

「わざと乗らなかったのですか?」

「そうだ。私は感傷旅行でチティプールに出かけたわけではない」そしてスレスクは、ジェイン・レプトンの客間でステラの写真を見たことと、結婚生活の悲惨な状況について知ったことを告げた。

「私はあなたを連れ出すために行ったのだ」

ステラはふたたび彼のことをじっと見つめた。

「あなたが? それほどわたくしのことを哀れんでくださったの? ああ、ヘンリー」

「いいや。私はそれほどあなたが欲しかったんだ。私が成功を手にするために、あらゆるものを犠牲にしたことは事実だ。だが、ボンベイでジェイン・レプトンは私に実に正しいことを教えてくれた――人は心から望めば欲しいものを手に入れることができる。だが、その代償をコントロールすることはできない。私はあまりに大きな代償を払ってしまった。もっと価値のあるものを踏みにじってしまったのだ」

　そのとたん、ステラが立ち上がった。

「ああ、チティプールのあの夜に、そのことを知ってさえいたら！　どんなに違う結果になっていたことでしょう！」ステラは素早く彼のほうを向いた。「なぜ教えてくださらなかったの？」

「チャンスがなかった。二人だけになれる時間は五分もなかった。それにもしチャンスがあったとしても、あなたは信じてくれなかっただろう。私は戻ってあなたと話すためにパイプを置いてきた。そのときは、手紙を書くからと伝える時間しかなかった」

「そうよ、そうだったわ」とステラは答え、ふたたびその口から嘆きが漏れた。「分かっていたら、どんなに事情が違っていたでしょう！　あなたが本当にわたくしのことを望んでいると、知ってさえいたら！」

　命を断とうとして、部屋の隅からライフル銃を取り出すことも、弾を捜すこともなかった！　スレスクの思いに応えるにせよ、あるいはその場にとどまりスレスクとの未来を閉ざすにせよ、ささやかな自信を持つことができ、それによってしっかりと前を向いて歩いていけたのに。そのことを知ってさえいれば！　だが、ビッグナーヒルの頂上で深く傷ついたステラの自信は、回復する機会に恵まれることはなかった。ステラは声を尖らせて笑った。ステラの悲劇の核心が今、露わになった。ステラは自分が神々の慰みものになったように感じた。神々はこれといってすることがなく、残酷な無骨者のように、無力な動物に苦痛を与え、愚かにもその苦しむ姿を楽しんでいるのだ。ステラはふたたびスレスクのほうを向いて片手を差し出した。

「ありがとう。あなたはわたくしのためにご自分を破滅させてしまったでしょうに」

「破滅は大げさだ」と彼は答え、手を握ったままもう一度ステラを座らせた。彼女は不本意ながら従った。ステラはスレスクの性格を誤解していたかもしれない。だが、感情や情緒が目覚めたとき、女としての確かな洞察力が働いた。それが警告を発していた。ステラは驚いた目でスレスクを見た。

「なぜ、こんな話をされたのですか?」ステラはいつでも逃げ出せるように警戒しながら、不安な気持ちで尋ねた。

「あなたに心の準備をしてほしい。そこに問題から抜け出す道がある――私たち二人にとって偽りのない道だ。一緒に洗いざらい打ち明けて、共に次に来る未来を引き受けるのだ」

ステラは立ち上がって、即座に彼から離れた。

「いいえ、だめです」ステラは驚いて声を上げたが、スレスクはその驚きの原因を読み違えた。

「あなたはもう裁判にかけられることはない、ステラ。裁判は終わっている。あなたは無罪だ」

ステラは、はっきりしない様子だった。

「でも、あなたは?」

「私か?」スレスクは肩をすくめた。「結果は引き受けないといけない。あまり重い罪には問われないと思うが。情状酌量の余地もあるだろう。それでその後は——前に私が計画していたように、あなたがチティプールを逃げ出してボンベイで私と落ち合う筋書きと同じことだ。二人で精一杯生きていけばいい」

スレスクの態度は大そう誠実で飾りがなく、疑うことはできなかった。彼が払おうとしている犠牲は計り知れないほど大きく、その大きさにステラは戸惑った。彼が立ち向かおうとしているのは単なる醜聞や離婚裁判所のたぐいではなかった。彼はボンベイで意図した計画を越えたところまで来ていた。彼はこれまで粉骨砕身して手に入れてきたものをすべて惜しまず捨てて、二人で手を携えて暗闇の中に出ていこうとしている。

「わたくしのために、あなたはそうしようというのですか?」と彼女は言った。「ああ、わたくしに恥ずかしい思いをさせるなんて!」ステラは両手で顔を覆った。

「世の中での地位を手に入れようとしてあがくことはない——あなたが望んでいるのはそれだろう?」スレスクがそう訴えるのを聞いて、ステラは顔から手を離した。この人はそんなことを信じているのだろうか? 名声や世間での地位を手に入れようとして、あがいていると思っているのだろうか? ステラは驚いて彼を見つめ、無理やり理解しようと努めた。スレスクは、独身を貫いてきたほどにステラのことを大切に思い続け、間違いを犯したという思いが年を追うごとに苦く大きくなっていった。そのせいで、ステラも同じようにスレスクのことを慕っているに違いないと、単純に思い込んでしまったのだろう。

「二人の生活を大切に考えていこう、怖がることはない」スレスクは話し続けた。「だが、あの男の地位のために結婚をしてはいけない。それに彼は真実を知らない――ああ、あなたがどんなふうに追い込まれてしまうか、私には分かる――だめだ！　それはいけない！」

ステラはしばし黙って立っていた。スレスクは一つずつステラの弁明を破っていった。ステラは彼の顔にあふれる優しさに耐えきれず、彼から顔をそむけると、少し離れた椅子に座った。

「そこにいて、ヘンリー」とステラは言った。心の揺れが不思議と落ち着いてきた。「あなたに黙っていようとしたことが、まだあります――最後まで黙っていようと思っていました。これを話せば、あなたを傷つけることになるかもしれません」

そのときスレスクの表情が変わった。彼は覚悟を決めた。

「さあ続けて」

「わたくしがディックにしがみついているのは彼の地位のためではありません。その地位は大切にしてほしい――確かに――でもそれは彼のためです。わたくしと結婚することで、彼が必要としているものまで失ってほしくありません」スレスクは即座に理解した。

「それじゃ、彼のことが好きなのか！　心から大切に思っているのか？」

「とても」とステラは答えた。「もし今彼を失ったら、世界のすべてを失ってしまうでしょう。あなたとわたくしは九年前に戻ることはできません。もしあなたが手に入れたいと望んでいたら、ヘンリー、あのときがふさわしいときだったのです。でもあなたは望まなかった。そして、そういう機会は二度と巡ってこないことがよくあるのです。それに似たものはあるかもしれません

——確かに。でも、まったく同じものはないのです。ごめんなさい。でも、信じてください。わたくしにとって、もしディックを失えば、世界を失ったのと同じなのです」

ここまで彼女はとても慎重に話を進めていたが、ここで口ごもった。

「これがわたくしのつたない言い訳です」

思いがけない言葉が、スレスクに疑問を起こさせた。

「言い訳とは？」とスレスクは訊いた。ステラはおどおどしながら彼に目を据えたまま続けた。

「はい。わたくしは、ディックとはきちんとみなの前で結婚するつもりでした。でも、彼のお父様が結婚に背を向けていることを知りました。わたくしは心配になりました。そしてその不安な気持ちをディックに打ち明けました。彼はその不安を払いのけてくれました。わたくしは彼に任せたのです。」

「どういう意味かな？」スレスクが訊いた。

「わたくしたちは五日前ロンドンで、誰にも知らせずに結婚しました」

スレスクは低い声を漏らした。彼のそばに駆け寄ったステラは、すっかり落ち着きを失っていた。

「ああ、いけないことだと分かっています。でもわたくしは追いつめられていたのです。誰もがわたくしを追ってくる狼の群れのようでした。ヘイゼルウッド氏もその仲間に加わってしまいました。わたくしは窮地に追い込まれました。わたくしはディックを愛していました。彼らは哀れみのかけらもなく、彼をわたくしから引き離すつもりでした。わたくしはしがみつきました。そうです、しがみついたのです」

だが、スレスクは彼女を突き放した。

「あなたは彼を騙したんだ」とスレスクは叫んだ。

「あえて言わなかっただけです」ステラは両手を握りしめながら懇願した。「彼を失う勇気がなかったのです」

「あなたは彼を騙したんだ」スレスクは繰り返した。怒りのこもった彼の声を聞いて、ステラはふたたびわれに返った。

「あなたはわたくしのことを罪深いと責めるのですか？」

「そうだ。何度でもそう言おう」スレスクはかっとなって声を上げたが、ステラは皮肉な調べの翼をつけた質問で、それに応えた。

「わたくしが彼を騙したからですか？　それともわたくしが――彼と結婚したからですか？」

スレスクは口を閉ざした。その違いの中にある真実に気づいて、笑いを浮かべて彼女のほうを見た。

「そうだ」とスレスクは答えた。「そのとおりだ、ステラ。責めているのは、あなたが彼と結婚したからだ」

スレスクはしばらく考えていた。それから、もうどうすることもできないという仕草をして、ステラのマントを手に取った。ステラは彼の仕草を見て、スレスクが自分のほうに近づいてきたときに叫んだ。

「分かったわ、すぐにディックに話します、ヘンリー」ある意味、ステラはこの男に恩義を負っていた。ステラのことをとても大事に思い、必要であれば犠牲を払う覚悟もしてくれた。丘陵のあの朝のことは、今はもう彼女の記憶から消えていた。「そうだわ、わたくしは今、彼に打ち明けます」ステラは強く言い張った。ヘンリー・スレスクがこれほど告白することにこだわるのだから、夫であるディックもやはりこだわるかもしれない。

だが、スレスクは首を横に振った。

「今さら何の役に立つ？　彼はもう選ぶことができない。あなたは彼を自由にすることはできないだろう」ステラは石に変わったように動かなくなった。早晩すべての議論は、あの恐ろしいもう一つの選択肢に集約されていくように思えた。それはすでに二度も彼女の支持を取りつけようと迫っていた。

「いいえ、できるわ、ヘンリー。もしディックが自由になることを望んだら、そうします、約束します。簡単なことですもの、無理なくできます。女性なら誰にでもできることだわ。眠らせてくれるものを飲んでいる人は大勢いるもの」

ステラは、その声にも態度にも高慢なところはなく、むしろ事実に気づいて絶望しているようだった。

「そんなばかな、そんなことを考えてはいけない！」とスレスクは熱を込めて言った。「あまりに大きすぎる代償だ」

ステラは物思いに沈んだ様子で首を横に振った。

「聞いたことがあるでしょう、ヘンリー」ステラは言葉にできないほどの悲嘆を込めて答えた。「女は愛する人を引きとめておくためだったら、どんなことでもする。本当にとてもさまざまな手を使うわ――わたくしがその例です――だからといって、常に何でもするわけではないの。ときには愛が少しだけ勝ることがあります。愛された女性は、相手が望むことを叶えてあげたいと思うものだわ。もしディックが自由になりたいと望むなら、わたくしも彼が自由になることを願うでしょう」

スレスクが返す言葉を見つけられずにいたとき、ドアをノックする音がした。それはひそやかなほど軽い音だったが、二人には雷がとどろいたかのように響いた。一瞬、二人は凍りついた。スレスクは黙ってステラにマントを手渡して、ガラス戸を指差した。彼は声を出して話し始めた。一言二言を聞いて、ステラには彼の意図が飲み込めた。彼は法廷の陪審員の前で行うことになっている陳述の練習をしているのだった。だが、ドアの取っ手がガチャガチャと音を立て、今度は老ヘイゼルウッド氏の声が聞こえた。

「スレスク！　そこにいるのかね？」

いま一度スレスクはガラス戸を指した。だが、ステラは動かなかった。

「彼を中へ入れてください」彼女が静かに言ったので、スレスクはちらりと彼女を見てからドアの鍵を外した。

ヘイゼルウッド氏が部屋の外に立っていた。彼はその夜ベッドに入っていなかった。上着は脱いでスモーキング・ジャケットに着替えていた。

「今夜は眠ってはいけないと思い、起きていたんだ」と彼は話し始めた。「そうしたら、この部屋から話し声が聞こえてきたような気がした」

スレスクの肩越しにステラ・バランタインが部屋の真ん中で真っ直ぐ立っているのが見えた。きらきらと光っているドレスの明るい色の断片が目に入ったのだった。「ここに来ていたのか？」とヘイゼルウッドがステラに向かって声を上げたので、スレスクは部屋の中に入るよう道を譲った。彼は勝ち誇ったような目をして、ステラのほうに歩み寄った。

「あなたがここで――この屋敷で――スレスクと？　彼にそのまま口をつぐんでいろと説得していたのだな」

ステラは彼の凝視を冷静に受け止めた。

「いいえ」と彼女は答えた。「彼がわたくしに真実を話せと説得していて、彼は説得に成功したところでした」

ヘイゼルウッド氏は笑みを浮かべてうなずいた。彼の勝利に寛大なところはなかった。小学生でさえ、降参した相手にはもっと騎士道精神を示していただろう。

「それでは白状するのだな？　いいだろう！　リチャードに知らせてやらねばならん」

「はい」とステラは答えた。「彼にはわたくしから話をさせてください」

しかし、ヘイゼルウッド氏はその申し出をせせら笑った。

「そいつはだめだ」と彼は言った。「それはお断りだ。わしが今すぐにリチャードのところに行くとしよう」

彼はドアのほうへ二、三歩行きかけたが、ステラの声が突然大きく威厳を持って響き渡った。

「いいのですか、ヘイゼルウッドさん。あなたが彼に話したら、彼はわたくしを守りに来るでしょう。それでいいのですね！」

ヘイゼルウッドは立ち止まった。確かにそのとおりだった。

「わたくしが明日、ここで、あなたの目の前でディックにお話しします」とステラは言った。

「そしてもし彼が望めば、わたくしは彼のことを自由にして、もう二度とお二人のどちらも煩わせるようなことはいたしません」

ヘイゼルウッドはスレスクを見て、ステラの申し出を受け入れることにした。よく考えてみたらそのほうが得策だと思った。ステラが話すときに自分も同席しよう。飾ることなく真実が語られるところを確かめられるだろう。

「よかろう、では明日にしよう」とヘイゼルウッドは言った。

ステラは肩にマントをはおると、ガラス戸のほうへ歩み寄った。スレスクが彼女のためにガラス戸を開けた。

「家まで送っていこう」とスレスクは言った。

月が昇っていた。月は木の枝に低くかかり、その面に格子がかかったように見える。庭と草原の上にはこの世のものとは思われない光が降り注いでいる。夜明けが迫り月夜が溺れかけたときに降り注ぐ光だった。

「いいえ」とステラは言った。「一人で帰りたいの。でも一つだけお願いを聞いていただけますか？　明日、帰らずに残っていてほしいのです。わたくしが彼に打ち明けるときに、ここにいてください」

「分かった、そうしよう」

ステラはガラス戸の外の板石の上でしばし立ち止まった。

「彼は許してくれるかしら？」とステラは言った。「あなたは許してくださる。彼はそれほど若くないでしょう？　若い人は許すことができないものだわ。お休みなさい」

ステラは小道に沿って歩き、それから草原を横切った。スレスクはステラを見送り、彼女の部屋の明かりがつくのを見届けた。それからガラス戸を閉めて、カーテンを引いた。ヘイゼルウッド氏はもう姿を消していた。明日はどうなるのだろう。いずれにしてもステラの言うとおりだ。若者というのは、仰々しい言葉と性急な考え方をする潔いものだが、ほかの多くの潔いものと同様に、辛辣にも残酷にもなりえる。若者の寛大さは、あらゆることに言うべきことがたくさんある世の中に対して、広い視野を持つことからくるのではない。それは判断力というよりはむしろ身体の健康の問題だ。そうだ、ディック・ヘイゼルウッドがすでに三十代の半ばであってよかった。スレスク自身についてはどうか——自分のすべきことは心得ていた。寛容になることだ。スレスクは明かりを消して眠りについた。

第二十七章　審判

「六、七、八」ヘイゼルウッド氏は、朝食の後で書き終えた手紙を数えながら、ハバードが差し出している盆にのせた。今朝のヘイゼルウッド氏は、昨日とはまるで別人だった。生き生きと輝き、満足して、落ち着いている。椅子の背にもたれて、穏やかな目で執事を見つめた。「おまえに投げた問いに答えが出るはずだ、ハバード」

ハバードは眉を寄せて考えたが、ただ百十歳に見えるようになっただけだった。羽毛の抜け替えをしている鳥のようなふさぎ込んだ表情を浮かべた。彼は首を横に振ってから前に下げた。

「おそらくそうでしょう、旦那様」と彼は言った。

「だが、おまえに関して言えば」とヘイゼルウッド氏はきびきびとした口調で続けた。「まるで役に立たなかったな」

「まったくです、旦那様」

ヘイゼルウッド氏はがっかりしたが、がっかりすると不機嫌になるのが常だった。

「おまえらしくないな、ハバード」と彼は言った。「興味深い複雑な難問に何日も頭を悩ませた後でおまえに訊いてみると、即座に解決してしまうことがよくあるのにな」

ハバードはいっそう深く首を垂れた。彼が初めに首を垂れたのは同意のつもりであったが、そのまま顔を上げるのを忘れていた。

「それはようございました、旦那様」とハバードは言った。彼はヘイゼルウッド氏の機嫌の良さにもてあそばれているようだった。

「だが、おまえは利口じゃないな、ハバード！　ちっとも賢くない」

「おっしゃるとおりです、よく承知しております」と執事が答えると、ヘイゼルウッド氏はいくらか妬ましげに言葉を続けた。

「おまえには、ものごとの内面の意味に真っすぐ導いてくれる洞察力という素晴らしい才能があるのだろう」

「ごく常識的なことが分かるだけです、旦那様」とハバードが言った。

「だが、私にはそんな才能はない」とヘイゼルウッド氏は嘆いた。「それはどんなものだ？」

「旦那様にはご不要かと存じます。紳士でいらっしゃいますから」とハバードは答えて、手紙をドアのほうへ持っていった。だが、そこで彼は足を止めた。「すみません、旦那様」と彼は言った。「『刑務所の塀』の新しい小包が今朝届きました。荷ほどきしておきましょうか」

ヘイゼルウッド氏は顔をしかめて、耳をかいた。

「そうだな――ああ――ハバード――いや」わずかに不快な色をにじませて言った。「どうもはっきりせんが、『刑務所の塀』は間違いだと言えなくもない気がする。人は誰でも間違いを犯すものだ、ハバード。その包みは燃やしてくれないか、ハバード――どこか、人目につかないところでな」

「承知いたしました、旦那様」とハバードは言った。「南の壁の陰で燃やしておきましょう」

ヘイゼルウッド氏ははっとして顔を上げた。ハバードがこの私をばかにしているということはないだろうか？　ふと頭をかすめたものの、そんな心配は無用だろうと思った。実際、ハバードは足を引きずりながら実におとなしく部屋から出ていったので、ヘイゼルウッド氏はそのことは忘れてしまった。ヘイゼルウッド氏が玄関ホールを横切って食堂に行くと、ヘンリー・スレスクが朝食をとりながら時間を潰していた。今朝のヘイゼルウッド氏には、気まずさなど残っていなかった。上機嫌ではしゃいでいた。

「あなたのことは責めたりしません、スレスク先生」と彼は言った。「昨日の午後のあなたの尊大な態度に対してです。この屋敷ではあなたは外の人ですからな。あなたの立場は理解していまず」

「ヘイゼルウッドさん、私は必ずしもあなたの立場を理解しているとは言えません」とスレスクは冷たく言った。「私について言わせていただければ、昨夜は一睡もできませんでした。それに比べてあなたはぐっすり眠れたようですね」

「確かにぐっすり眠りました」とヘイゼルウッドは言った。「この一カ月というもの苦しめられてきた不安な緊張状態から解放されたのです。ほかならぬ社会的偏見が許さないという理由だけで、リチャードとステラ・バランタインの結婚について同意を拒んだとなれば、自らの人生の理論と行為に関して、完璧にして、驚くべき逆転となるのですからね。もう少しでもの笑いの種になるところだった。人々はリトルビーディングの哲学者を嘲笑していたでしょう。このひと月というもの、彼らの笑い声にさらされてきたのです。だが、真実が明らかになった今、もう誰も何も言うことはできないでしょう――」

ヘンリー・スレスクは、ぎょっとして皿から顔を上げた。

「ヘイゼルウッドさん、あなたはバランタイン夫人から話を聞いたら、それを公表するつもりですか?」

ヘイゼルウッド氏は嬉しそうにヘンリー・スレスクを見つめた。

「当然です」と彼は言った。

「そんなばかな、よく考えてみてください!」

「いいや、公表しますよ。話さなければならない。何しろわしの名誉が危ういのだ」とヘイゼルウッド氏が答えた。

「何ですって?」

「わしの人生全体の一貫性だ。わしが、偏見や、疑念や、世間の噂に対する恐れに基づいて行動しているのでもなく、ほかの連中が従っているかもしれない慣習的な理由のために行動しているのでもない、ということをはっきりさせなければならない」

スレスクにとってこの考えは恐ろしいものだった。そして、それに対して反論しても無駄だった。それは偏狭で浅薄な性格によるとんでもない虚栄心の産物で、スレスクの経験からすると、戦って打ち負かすのにこれほど難しいものはなかった。

「それでは、あなたの一貫性についての世間の評判のために、あれほど不幸な女性に対して、受けずに済ますことができるはずの恥辱や非難を、あえて負わせようというつもりですか？　結婚を破談にする理由などいくらでも見つかるでしょう」

「これはまたずいぶん厳しい見方ですな、スレスク先生」とヘイゼルウッド氏は言った。「だが、あなたはわしの立場というものを考えておられない」彼は憤然として書斎に戻っていった。

スレスクは肩をすくめた。どのみち、もしディック・ヘイゼルウッドがステラに背を向けたならば、ステラは罵詈雑言を聞くこともなければ、恥辱に苦しむこともないだろう。おそらく、宣言したように闇の旅へ出ることはまちがいない。そうなれば誰も彼女を止めることはできない──そうなれば、この胸は張り裂けてしまうだろうが、自分にももう止めることはできない。すべてはディック次第だ。

その数分後に、乗馬を終えたディックが、機嫌よく満足した様子で頬をほてらせながら戻ってきた。だが、スレスクがいるのを見て驚いた。

「やあ」と彼は声高に言った。「おはようございます。八時四十五分の列車に乗られるのだと思っていました」

「怠け心が起きましてね」とスレスクは答えた。「約束は延期してもらうよう電報を送りました」

「それはよかった」とディックは言って、朝食の席についた。ディックがカップにお茶を注いでいるときに、スレスクが言った。

「たしか三十歳を過ぎているとお聞きしましたが」

「そうです」

「三十というのはよい年頃です」とスレスクは言った。

「若い頃を振り返る歳ですね」とディックが答えた。

「まさにそういう意味です」とスレスクは言った。「煙草を吸ってもよろしいですか?」

「ええ、どうぞ」

スレスクはパイプをふかした。そしてパイプをふかしながら、軽々しくならないように、かつ自分の主張を強調しないように気をつけて話をした。「若い頃というのは潔いものだが、仰々しい言葉を使って性急な考え方をするものです。だが、ほかの多くの潔いものと同様に、若い頃というのは辛辣にも、残酷にもなりえる」

ディック・ヘイゼルウッドは、瞳を凝らし素早く相手を見つめた。そしてさりげなく答えた。

「若い頃というのは寛容なのではないでしょうか」

「そうですね――それ自体は」とスレスクは答えた。「相手に共感できれば寛容になります。よい関係である限りは寛容でいられます。勝利を確信していれば寛容になれるのです。だが、寛容というのは見識の問題ではない。あらゆることに言うべきことが数多くある世の中に対して、広い視野が持てれば寛容になるわけではないのです。それは肉体的な健康の問題なのです」

「はあ?」とディックは言った。

「そして、ひとたび恥をかかされたり、傷つけられたりすれば、若い頃には相手を許すことが難しいでしょう」

そこまでのところ二人は、直接自分たちに当てはめることなく、抽象的な話題を論じていた。だがここでディックはテーブルの上に身を乗り出して笑顔を見せたが、スレスクにはその笑顔の意味が分からなかった。

「それで、なぜ今朝、こんな話を私にするのですか、スレスク先生」と彼は鋭く尋ねた。

「確かに、いささかご無礼でしたか？」とスレスクは異を唱えなかった。「だが、昨夜遅くに一つの事例を調べていましてね。もしも相手を許す気持ちがなければ、取り返しのつかない恐ろしい事態になる、という案件だったのです」

ディックはポケットから煙草ケースを取り出した。

「なるほど」と彼は答え、マッチを擦った。二人ともテーブルから立ち上がり、ドアのところでディックが振り向いた。

「あなたの事例は、当然、まだ起きていないのでしょう」と彼は言った。

「まだです」とスレスクは答えた。「だが、もうすぐそこに迫っています」

二人が書斎に入ると、ヘイゼルウッド氏は、この数週間彼の態度から消えていた快活さをみなぎらせて、息子を迎えた。

「今朝は馬に乗ってきたのか？」とヘイゼルウッド氏は訊いた。

「はい、でもステラは来ませんでした。疲れているからという伝言をもらいましてね。どんな具合か、行って確かめてこなければいけない」

ヘイゼルウッド氏は素早く口を出した。

「その必要はなかろう。ステラは今朝こちらに来ることになっている」

「えっ！」

ディックは驚いて父を見た。

「昨夜はそんなこと言っていなかった――家まで送っていったのに。それについても伝言があったのかな？」

ディックはその場にいるもう一人のほうにも目をやったが、どちらも返事をしなかった。どこか気まずい空気が二人を取り巻いていた。

「なるほど！」と彼は笑顔で言った。「ステラがやって来るのに、僕は何も知らない。スレスク先生は怠け心を起こして、リトルビーディングに残り、朝食を取りながら僕に講義をする。そしてお父さん、あなたは珍しく上機嫌だ」

ヘイゼルウッド氏は息子の非難の言葉を遮る機会をつかんだ。

「そうだよ」と彼は声高に言った。「今朝、わしは野原を散歩していたのだが――」だが言い訳はそこまでだった。というのも、ペティファァ夫人の声が玄関ホールに響き渡り、夫人が部屋に飛び込んできたからだった。

「ハロルド、ちょっとだけお邪魔するわ。おはようございます、スレスク先生」彼女は一気にまくしたてた。「伝えたいことがあるの」

スレスクは頭を抱えた。ペティファァ夫人がここにいるあいだに、ステラが来たらどんなことになるだろう！　ステラはペティファァ夫人の前で話をしてはいけない。どうにかしてペティファァ夫人を追い返さなければならない。しかし、ヘイゼルウッド氏はまるで心配などしていなかった。「何かな、マーガレット」彼は優しく笑みを浮かべて言った。「今朝はうるさがったりしないぞ。もう落ち着いたからな」するとディックの目が鋭く父に向けられた。「ものごとを観察する力がすべて元どおりになったのだ。人生の深淵なる闇の謎についてわしの古くからの興味がふたたび目を覚ましたのだよ。頭脳が、勤勉で活発な頭脳が、今日その働きを再開して、問いを発し、問題を精査しているのだ。わしは早起きしたんだ、マーガレット」彼は演説をしているかのように、両手を振りまわした。「そして牛たちのいる野原を散歩していると、非常に興味深い考察が頭に浮かんだ。わしは自分に問うてみた、それはどのように——」

その朝のヘイゼルウッド氏は、一つの意見をどうしてもまとめられない運命にあるようだった。マーガレット・ペティファはここまで聞いて、傘でドンと床を叩いた。

「しゃべるのを止めて、ハロルド。話を聞いてちょうだい！　ロバートと話し合った結果、あたくしたち二人とも、ディックの結婚に反対することはいっさい止めにしました」

ヘイゼルウッド氏は唖然とした。

「何だって、マーガレット——まさか、おまえが！」彼は口ごもった。

「そうよ」と彼女ははっきりと答えた。「ロバートはステラが気にいっているし、彼には女性を見る目があるわ。それが一つ。それから、ディックはセント・クウェンティンの家を買うのでしょう、ディック？」

「そうです」とディックは答えた。「その家を昨日見に行ったのです」

「そうしたら、その家はうちから二百ヤードと離れていないし、もしディックとディックのお嫁さんがあたくしたちと口もきかない仲だとしたら、誰もが居心地が悪いでしょう。だから、降参することにしたの。いいでしょ、ディック！」ペティファ夫人は部屋を横切って、彼に片手を差し出した。「今日の午後、ステラを訪ねていくわ」

ディックは喜んで頰を紅潮させた。

「すばらしいです、マーガレット叔母さん。あなた方は大丈夫だと思っていました。もちろん最初はちょっと意地悪だったけれど、水に流しましょう」

ヘイゼルウッド氏は見るからに完璧に意気消沈していたので、ディックは哀れに思わずにはいられなかった。彼は父親のそばに歩み寄った。

「さて、お父さん」と彼は言った。「ひらめいた問題を聞かせてください」

老人はその誘いに抵抗できなかった。

「いいだろう、リチャード」と彼は興奮して言った。「おまえこそ聞くべき人間だ。おまえの叔母は、リチャード、こうした考察をするには実務的すぎる。これは実に興味深い問題だ。ハバードはわずかな光を当てることにも失敗したぞ。白状するが、わしも同じだ、困惑しておる。それで、生きのよい若い頭脳なら、解決する手助けをしてもらえるかもしれないと思ったんだ」彼は息子の肩を軽く叩いて、彼の腕をつかんだ。

「生きのよい若い頭脳は挑戦してみますよ」とディックが言った。「どんどん話してください」

「わしは野原を歩いていた」

「ああ、そうですね、牛がいるところですね」

「そのとおり、まさに的を射ているぞ。わしは自分に問うてみた。それはどのように——」

「まさにお父さんらしいスタイルだ」

「まったくそうだろう、リチャード?」ヘイゼルウッド氏はディックの腕を放した。彼はこの論題に熱くなっていた。心に火がつき、雄弁家の態度を身にまとっていた。「科学が発達し文明が進歩するにつれ、雌牛は西暦が始まる時代に比べて現代では乳の出が悪くなっているが、それはどういう理由だろう?」

両手を広げて問いを投げると、答えが返ってきた。

「生きのよい若い頭脳は瞬時にその問題を解いてみせましょう。それは自然の法則が禁じているからです。それがお父さんにとっての悩みの種なのです。それが情緒的な意気込みの妨げとなるのです。常に自然の法則にぶつかってしまうのです」

「ディック」とペティファ夫人が言った。「あなたが常識に恵まれているのは、とんでもない奇跡だわ。あたくしはもう行かなくちゃ」彼女は来たときと同様、ハリケーンのように去っていったが、それはちょうどよい時間だった。というのは、ペティファ夫人がドアを閉めているときに、ステラ・バランタインが小さな家を出て野原を越えてくるところだったからだ。ステラが門扉の掛金を外して庭に入ってきたとき、カチャリという音に最初に気づいたのはディックだった。ディックがガラス戸のほうへ一歩踏み出すと、父親が今回ばかりは本物の威厳を持って立ちふさがった。

「だめだ、リチャード」とヘイゼルウッド氏は言った。「ここで待っていろ。バランタイン夫人はわれわれに話すことがあるのだ」

「そんなことだと思いました」ディックは静かにそう言うと、二人の男のところに戻った。「教えてください」深刻な顔はしているが、怒っているわけでも困惑しているのでもなかった。「ステラは、昨夜僕が家まで送って行った後で、ここに戻ってきたのですか？」

「そうです」とスレスクが答えた。

「あなたに会うために？」

「そうです」

「そして父が下りてきて、あなたがた二人が一緒にいるところを見たと？」

「そうです」

「声が聞こえたんだ」ヘイゼルウッド氏が慌てて口をはさんだ。「それで当然のことながら下りてきたんだ」

ディックは父親のほうを向いた。

「大丈夫ですよ、お父さん。鍵穴から聞いていたなどと思いませんから。誰のことも責めてはいません。僕たちが今どういう状況にいるのか正確に知りたい――ただ、それだけです」

ステラは三人が待っているところに現れた。そして彼らの前に立って、昨夜スレスクに話したように彼らに打ち明けた。何も言い落とすことなく、口ごもることもなかった。自らの前に横たわっている試練に、昨夜の大半は震えたり泣いたりしていたが、いよいよ立ち向かうと決めた今、ステラは勇敢だった。ステラの落ち着いた様子にスレスクは心底驚いたが、深い同情でいっぱいだった。スレスクは、ステラが心の奥深くで血を流していることを知っていた。この数分間が彼女にとってどれほどの苦しいものであるか、それが伝わるそぶりを見せたのは、ほんの一、二度だけだった。身体の代わりに目だけがさ迷うようにディック・ヘイゼルウッドの顔のほうに向けられたが、ひるんだりたじろいだりしないように、ステラはふたたび首をひねって目をそらし、まぶたを閉じた。皆黙って聞いていたが、スレスクが不思議に感じたのは、三人の中で最も関心がなさそうに見えたのがディック・ヘイゼルウッド本人だったということだ。ステラが話しているあいだ、ディックはずっとステラを見ていたが、仮面のように表情一つ変えずに、その心を解く鍵となるような身振りも動きもしなかった。ステラが話し終えたとき、ディックは落ち着いて尋ねた。

「なぜ最初に話してくれなかったんだい、ステラ?」

とうとうステラはディックのほうを向いて感情をほとばしらせ、深い後悔を口にした。

「ああ、ディック、話そうとしたの。何度も話そうと心に決めたのに、でも勇気がありませんでした。わたくしは責めを負うべきです。あなたにすべてを隠していた——そうです。でも、あ! あなたはわたくしにとって、本当に大切だった——あなた自身が本当に大切だったの、ディック。あなたの社会的立場ではありません。あなたが持っているものや、まわりの方との友情や、まわりの方の財産でもない。大切だったのはただあなただけ——あなた——あなただけでした! わたくしは、わたくしがあなたを大切に思うように、あなたにわたくしのことを大切に思ってほしかったのです」ステラは気を取り直すと話すのを止めた。決してしないと心に誓ったはずのことをしている自分に気がついた。相手に懇願し言い訳をしていた。ステラは姿勢を正し胸を張り、痛ましいばかりの威厳を持って自分に対して抗弁した。

「でも、哀れみは不要です。慈悲深くはならないでください。哀れみは欲しくありません、ディック。わたくしにとって、それは何の役にも立ちません。あなたがどう考えていらっしゃるのか知りたいのです――あなたが本当に、嘘偽りなく考えていらっしゃること――それだけです。わたくしは一人で立ち向かえます――もしそうしなければならないなら。ええ、そうですとも、わたくしは一人でも大丈夫です」ステラの一人でも立ち向かえるという言葉が何を意味するのかよく分かっているスレスクは、動揺し心が動いたが、ステラは何も言うなと脅すようにしっかりと彼のほうを見据えた。「わたくしは一人でもちゃんとやっていけます、ディック。わたくしがひどく苦しむなどと考えないでください。苦しんだりしません！　苦しんだりなんか――」

ステラは自分を抑えていたものの、喉からは嗚咽が漏れ、胸が苦しそうに波打った。するとディック・ヘイゼルウッドがそっとステラのそばに寄り、その手を取った。

「僕は口を出さなかったんだ、ステラ。今、何もかも包み隠さず話してほしかったのは、そうすれば、三人のうちの誰一人として、二度とそのことについて口にする必要はなくなるからだ」

ステラは驚いてディック・ヘイゼルウッドを見た。それから彼女の顔に朝のように光がさした。彼の腕がステラの腰にまわると、ステラは急に力が抜けて、気を失いそうになり、ディックに寄りかかった。ヘイゼルウッド氏は驚愕して椅子から跳び上がった。

「だが、おまえは彼女の話を聞いただろう、リチャード！」

「ええ、お父さん、ステラの話を聞きました」と彼は答えた。「でも、お分かりですか、ステラは僕の妻です」

「おまえの――」ヘイゼルウッド氏は、その言葉を口にするのを拒んだ。椅子の背にもたれかかって両手に顔をうずめた。「ああ、そんな！」

「本当です」とディックは言った。「ロンドンには僕の部屋があります。先週僕はロンドンに行きました。ステラは月曜日に出てきました。僕が仕組んだことです。僕がそう望んだのです。ステラは僕の妻です」

　ヘイゼルウッド氏はうめき声を上げた。

「だが、彼女はおまえを騙したのだぞ、リチャード」ステラはその言葉に同意した。

「そうです。わたくしはあなたを騙したのです、ディック。そうなのです」ステラは惨めな気持ちでそう言うと、ディックの腕から体を引いた。だが、ディックはステラの手をつかんだ。

「いいや、騙してなどいない」ディックはステラを父のほうへ連れていった。「それは君たち二人が間違っているところだ。この屋敷からステラの家に二人で歩いて戻り、僕が結婚の申し込みをしたあの夜に、ステラは僕に何か言おうとしていた。この数週間のあいだ、何度も話をしようとしていた。それが何なのか僕はよく分かっていた――お父さんが彼女に背を向ける前から、僕が彼女と結婚する前から、十分承知していた。ステラはぼくを騙してなんかいない」

　ヘイゼルウッド氏は絶望してヘンリー・スレスクのほうを向いた。

「あなたはどう思うかね？」とヘイゼルウッド氏は尋ねた。

「あなたのコレクションについて私の意見を述べるよう、ここで求められるのであれば、喜んでお受けします、ということです」とスレスクは答えた。「昨日は、あなたの招待については違う見方をしがちでしたから。だが、おそらく私はあなたがすべきことを促したのだと思います。私はこの状況を受け入れました」

スレスクはステラのもとへ歩み寄り、彼女の両手を取った。

「ああ、ありがとう」とステラは感嘆の声を上げた。「ありがとうございます」

「さて、それでは」――スレスクはディックのほうを向いた――「鉄道案内書を拝見できれば、ロンドンに帰る次の列車を調べることができるのですが」

「そうですね」とディックは言って、書き物テーブルのほうへ行った。ステラとヘンリー・スレスクはしばし二人きりになった。

「わたくしたち、またお目にかかれるでしょうか？」と彼女は言った。「どうぞお願いです！」

スレスクは声を立てて笑った。

「もちろんです。私は闇の中に消えるわけではありません。私の住所はご存知でしょう。分からなければ、ヘイゼルウッド氏に聞けばいい。キングズベンチウォークです」そして、スレスクはディック・ヘイゼルウッドの手から時刻表を受け取った。

訳者あとがき

A・E・Wメイスンと聞いて、フランス人の名探偵ガブリエル・アノーが活躍する『薔薇荘にて』や『矢の家』が思い浮かべば、かなりのミステリ通でしょう。『サハラに舞う羽根』が記憶にあるならば、映画好きな方かもしれません。もっとも本書を手に取ってくださった読者の皆様なら、きっとメイスンの登場を待っていてくださったことと思います。

『被告側の証人』(原題 The Witness for the Defence)は、一九一一年に戯曲として発表されたものを、一九一三年に小説化した作品です。一九一三年といえば今から約百年前。第一次世界大戦が始まる前年、イギリスはまだ大英帝国の時代で広く植民地を有し、インドはイギリスの統治下にありました。日本では大正二年にあたります。

訳出に用いた原書は一九一四年一月に A. L. Burt Company から出版されたもので、これはニューヨークの出版社のようですが、版権は Charles Scribner's Sons となっています。くすんだ赤色の布張りのハードカバーで、厚みのある藁半紙のような紙に刷られていますが、表紙の装丁が洒落ていて、思わずそっとなでてみたくなります。どこか懐かしく、ちょっと胸がときめくようなーー本に呼ばれている感じ。面白い本との出会いはいつもそうです。ボロボロと剝がれ落ちてくる背表紙に気をつけながらそっとページを開くと、たちまちメイスンの世界に引き込まれてしまいました。
　派手な犯人捜しや謎解きの面白さを狙ったミステリではありません。しかし、メイスンらしい生き生きとした人物描写や巧みなストーリー展開で、読み始めたらなかなかやめられません。個性的な登場人物たちはそれぞれに魅力的で実にリアル。誰もが身近にいそうな人たちばかりです。登場人物にお気に入りの俳優さんを当てはめて、監督気分を味わってみるのも一興でしょう。約百年の時を経て初めて邦訳の機会を得た作品です。エキゾチックなインドの空気や、イギリスの丘陵地帯の緑の風を思い浮かべながら、メイスンの世界をお楽しみいただければ幸いです。

　本書の刊行にあたり、論創社と訳者をつないでくださいました柏艪舎の山本基子氏に心より御礼申し上げます。また、論創社の黒田明氏、林威一郎氏には編集の労をとっていただき、温かいご指導と励ましをいただきました。深く御礼申し上げます。そして、大切な翻訳仲間である「ＮＣＴＧ翻訳勉強会」の友人たちにも御礼申し上げたいと思います。ありがとうございました。

異色の〝証人〟登場

塚田よしと（クラシック・ミステリ愛好家）

本書は、原題をThe Witness for the Defenceといって、歴史小説、冒険小説、探偵小説など多彩なジャンルに健筆をふるった、英国の作家Ａ・Ｅ・Ｗ・メイスン（Alfred Edward Woodley Mason　一八六五〜一九四八）が一九一三年に発表した、十五冊めの長編小説です。

〈論創海外ミステリ〉の一点として訳出される以上、もちろん〝ミステリ〟なわけですが、しかし著者の名前を聞いてクラシック・ミステリ・ファンなら連想するであろう、英米の名作リストの定番『薔薇荘にて』（一九一〇）や『矢の家』（二四）で主役をつとめる、シリーズ・キャラクター、パリ警視庁勤務のアノー探偵は登場しません。

この『被告側の証人』は、いわゆる〝本格もの〟ではありませんし、じつのところ探偵小説でもないのです。

それでは、何なのか？

題名から、アガサ・クリスティの「検察側の証人」を思い浮かべたかたも、いらっしゃるかもしれません。クリスティのほうは、原題が"The Witness for the Prosecution"。一九二五年に雑誌掲載されたあと、ノン・シリーズの短編集『死の猟犬』（三三）におさめられました。のちに作者自身の手で舞台用に脚色されて好評を博し、さらにその舞台劇が名匠ビリー・ワイルダー監督の手で映画化（映画の邦題は、『情婦』というトホホなものですが……）もされた、切れ味鋭い傑作ですね。

英国の裁判は、よく知られているように、陪審員を前にして、訴追者（検察）側の弁護人と被告側の弁護人の、立証争いとして進行します。双方が、証人を立てて尋問をおこなう（そして相手側の証人には、反対尋問をおこなうことができる）わけで、それを踏まえたネーミングとしては、メイスンとクリスティで好一対になります。

偶然でしょうか？

本書は、クリスティ作品とは逆に、まず、舞台用の台本として執筆されました。オックスフォード大学を卒業後、俳優から小説家に転じたメイスンは、同時に劇作家としての顔も持ち（そもそも彼の最初の著作となった、一八九四年の*Blanche de Malétroit*は、ロバート・ルイス・スティーヴンスンの『新アラビア夜話』のエピソードを脚色した戯曲でした）、一九一一年にセント・ジェームズ劇場でロング・ランを記録し、アメリカでもブロードウェイの舞台にかけられた『被告側の証人』は、劇作家メイスンの代表作でもあったのです。

台本は、初演の年にいったん私家本として作製されましたが、上演につれ改訂されたものが、一三年に戯曲版として、本作と合わせて公刊されています。

ちなみにこのメイスン作品も、ストーリーは大幅に改編（単純化）されているようですが、ジョージ・フィッツモーリス監督がアメリカで一九一九年に映画化しており、そのサイレント映画は日本でも、同じ大正八年に『強者の暴力』の題で公開されました。

舞台から、戯曲、小説、そして映画へと、いまでいうメディア・ミックス展開した話題作を、同時代人のクリスティが知らなかったはずはない――と述べるのは、いささか独断的にすぎるとしても、クリスティが、アノー探偵の活躍するメイスン作品に親しんでいたことは間違いありません。

デビュー作『スタイルズ荘の怪事件』（一九二〇）に登場する、〝外国人〟探偵エルキュール・ポアロのモデルが、他ならないアノーだとする見方もあるくらいです。その当否はひとまずおくとしても（ジョン・ディクスン・カーは、エッセイ「地上最高のゲーム」完全版のなかで、そうした俗説はきっぱり否定しています）、クリスティのシリーズ・キャラクターのうち、愛すべきトミーとタペンスの〝名探偵ごっこ〟を描く、初期の短編集『おしどり探偵』（二九）に入っている「死のひそむ家」は、パロディとして成功作とはいえませんが〝アノーもどき〟の一編です。

そして、やはり二〇年代後半に発表され、前掲『死の猟犬』に収録された、「最後の降霊会」というショッキングな怪異談には、降霊会を扱った『薔薇荘にて』の、強い影響が見てとれます。

また近年、ジョン・カランがまとめた『アガサ・クリスティの秘密ノート』（二〇〇九）には、ある長編のプロットを練りながら、やはり『薔薇荘にて』に言及した、クリスティの創作ノートの一節が紹介されています。

そんなクリスティですから、法廷劇の要素をもつ自作短編を「検察側の証人」と名付けるにあたっては、当然、先輩メイスンのそれを意識したのではないか——我国で、閨秀作家・小泉喜美子が、今度はそのクリスティ作品を念頭に置いて、ファースト長編を『弁護側の証人』としたように——と想像しても、あながち的外れではないでしょう。

もっとも。

メイスンの〝被告側〟とクリスティの〝検察側〟、題名の趣向が似通っているのは確かですが、両者のストーリー自体には、類似性はありません。

どちらも、「危険な愛の物語」であるという、その一点をのぞいては——

＊

本作の主人公ヘンリー・スレスクは、少年時代に受けた母親の歪んだ躾がもとで、他者とは異なる人生観を持つようになり、その実践が、以後の彼の行動目標となります（メイスンの友人であった、ロジャー・ランスリン・グリーンによる、評伝A・E・W・Mason（一九五二）を読むと、作中の母子関係のモデルが、じつはメイスンとその母親であったことがわかります）。

女主人公ステラ・デリックとの最初の出会いは、そんなスレスクが、将来の成功へ向け一歩を踏み出したばかりの、まだ何者でもない時代のことでした。お互いに強く惹かれあいながらも、目の前のコースを外れることに臆病になった彼は、ステラの精一杯の愛を拒絶してしまいます。

数年後、望みどおり弁護士となり順調にキャリアを重ねていた主人公が、仕事でインドに渡ったことから、物語は大きく動きはじめます。当時のインドは、イギリス領インド帝国――つまりイギリスの植民地でした（インドとパキスタンが分離独立し、帝国が消滅するのは、第二次世界大戦終結後の一九四七年）。

そのインドで、思いがけず、昔の想い人ステラ――現在は、政府高官スティーヴン・バランタイン夫人――の写真を目にしたスレスクは、あまりの容貌の変化に驚き、彼女の不幸を直感します。

そして、帰国までの限られた時間内に、なんとかバランタイン夫妻との接触を果たすことができた彼が、そこで見てしまったものとは――？

スレスクはすべてを投げうち、ステラを連れて逃げることを決意するのですが、その気持ちを彼女に伝える前に、決定的な事件が起きてしまいます。

〝被告側の証人〟として、インドの法廷に立つことになったスレスク。彼は自身の公的生命を賭けて、偽りの陳述をします。すべてはステラのため、失われた愛を取り戻すためでした。しかし……

過ちを償うために孤独な闘いをするヒーローの物語、という意味では、『被告側の証人』は、冒険小説『サハラに舞う羽根』（『四枚の羽根』）に似ています。同作は、一九〇二年に刊行されたのち時代を超えて何度も映画化された、〝探偵作家〟にとどまらない、大衆小説作家メイスンの代表作です。同世代の書き手で言えば、ミステリ・ファンが〈隅の老人〉で記憶するバロネス・オルツィに、ロング・セラーの冒険ロマン〈紅はこべ〉があるようなものですね（余談ながら、外電にもとづいたと思われるA・E・W・メイスンの死亡記事が、『探偵新聞』の一九四九年〔昭和二十四年〕一月十五日号に掲載されているのですが、そこで作者の代表作とされていたのが「四人の父」。原題 The Four Feathers を、The Four Fathers と誤読してしまったのでしょうか）。

しかし、『サハラに舞う羽根』の主人公ハリー（派兵を知りながら、事前に軍役をしりぞき、結婚しようとする）と女主人公エスネ（そんなハリーを彼の同僚にならって臆病者と決めつけ、婚約を解消する）の物語が、紆余曲折を経ながらも関係性修復に向けて収斂していくのに対して、本作の二人の物語には、微妙な陰影をともなう変化があり、予断を許しません。

旅行好きだったメイスンは、諸外国を訪れることも多く、インドにも実際に足を運んでおり（英国下院議員をつとめたこともあるメイスンは、植民地インドの情勢に関心があり、議員時代の一九〇七年に上梓した長編 The Broken Road は、インドをめぐる政治小説でもあります）、事件の背景として、このエキゾチックな外地をたくみに描き出していますが、じつは本作の真の見所は、それとは別にあるのです。

問題の裁判は、スレスクの証言により、ひとまず決着します。けれども、事件当夜、本当は何があったのかは、読者に明らかにされません。

その部分を謎として残したままで、作者は舞台をイギリスに移し、ストーリーをガラリと転換してみせます。主人公スレスク、退場(!?)。そして新たに登場してくるのは……

この局面の変化で、お話の行方がまったく分からなくなります。

*

一九五〇年代、英米のミステリ界には、フーダニット・謎解きを中心興味とする探偵小説や、ハードボイルド、警察小説などとは別に、既成の枠にとらわれない、さまざまな試みのサスペンス・ノヴェルが花開きます。

近刊の〈論創海外ミステリ〉でいえば、『殺人者の湿地』のアンドリュウ・ガーヴや、『ディープエンド』のフレドリック・ブラウンは、そうした傾向の代表選手と言ってもいいでしょう。

年季の入った翻訳ミステリ・ファンなら、東京創元社が一九五八年から五九年にかけて、植草甚一の斬新な作品選択で刊行した、叢書〈クライム・クラブ〉(全二十九巻)を想起されるかもしれません。いまなおオールタイム・ベスト選出のランキングに食い込んでくる、カトリーヌ・アルレーの『藁の女』(現行の訳題は『わらの女』)のような有名どころや、ビル・S・バリンジャーの『歯と爪』、フレッド・カサックの『殺人交叉点』といった、マニア心をくすぐる逸品以外にも、クリストファー・ランドンの『日時計』のような、解説子好みの、小味のきいた佳作が並んでいました。

そのなかに混ぜても違和感がない――と言うのは、さすがにオーバーかもしれません。でもそう言いたくなるくらい、この『被告側の証人』には、古風な犯罪メロドラマ（骨子だけみれば、中流階級の〝家庭内ゴシック〟とも呼ばれる、十九世紀のセンセーション・ノヴェルに近いかもしれません）も手法の工夫でこう化けるのか、という新鮮なオドロキがあるのです。

〝迫害される乙女〟というモチーフは、メイスンのお気に入りだったようで、『薔薇荘にて』『矢の家』、それに『オパールの囚人』（二八）といったアノーものの既訳長編は、じつは、恐ろしい困難に遭遇した彼女たちの物語でもあります。山岳小説（であると同時に、ロマンスでもあり、犯罪を阻止しようとするスリラーでもある）『モンブランの乙女』（〇七）もそうです。

しかし、共通のモチーフだからこそ、千篇一律に描くのではなく、一作ごとに扱いかたを変えていく。そのひねりかたが、作家の腕の見せどころになります。

本書の構成は、まさにその好見本。

そして、作者の確かなキャラクター造形により、人物同士の絡み合いから、〝次はどうなるか〟という興味が自然に湧き上がってきます。

自然に、と書きましたが、終盤の進行を見てもわかるように、段階的に発展するプロットは、正確に計算されたものです。それを、テクニック一本槍でなく、ドラマの必然としてなめらかに読ませてしまうのが、A・E・W・メイスンなのです。劇作家として、人物の肉付けに修行を積んだ成果が、如実に現われていると思います。

なおノヴェライズにあたって、若干シーンやセリフを追加した以外、本作のストーリー・ラインは、基本的に舞台版と一緒のようです。〝観客〟がその目で見ていた、前段のある情景が、終盤の一言のセリフで意味を変じるあたりの意外性は、なるほど舞台むきです。

ただ（これより検察側論告）。

この『被告側の証人』を、純粋に〝ミステリ〟として鑑賞した場合、ひとつだけ、謎の組み立てに看過できない問題があります。作中で大きな要因となる、ある不自然な行為の動機づけが、きわめて曖昧に処理されてしまっている。その点に関しては、肩すかしと言わざるをえないでしょう。

しかし（ここで被告側弁論）。

その〝弱点〟は、書きかた次第で容易にカヴァーできます。途中で提示される、それなりに説得力のある憶測を、真相に組み込めばいいのですから。でも、そうせずに、そんなとき莫迦なまねをしてしまうのが人間なのだ——とすることをメイスンは選びました。分析したり批評したりせず、まっさらな気持ちで接しキャラクターを理解できるかが問われているのです。

さて、読者のみなさんが、このユニークな愛のミステリにくだす評決は、どんなものになるでしょうか？

〈著作リスト〉

【長編小説】（ミステリ関連の著作を＊で表示し、探偵役としてアノーが登場する作品には＃を付記）

＊A Romance of Wastdale（1895）
The Courtship of Morrice Buckler（1896）
The Philanderers（1897）
Lawrence Clavering（1897）
Miranda of the Balcony（1899）
＊The Watchers（1899）
Parson Kelly（1900）　アンドリュー・ラングとの共作
Clementina（1901）
The Four Feathers（1902）『四枚の羽根』吉住俊昭訳（小学館、一九九七　抄訳）、『サハラに舞う羽根』古賀弥生訳（創元推理文庫、二〇〇二）、同題・金原瑞人、杉田七重訳（角川文庫、二〇〇二）
The Truants（1904）
＊Running Water（1907）『モンブランの乙女』野阿千伊訳（日本公論社、一九三三）、『氷河を超えて』野阿千伊訳（日本公論社、一九三三　前掲書の改題再刊）、『モンブランの乙女』稲

葉和夫訳（朋文堂、一九五九）
The Broken Road（1907）
＊#At the Villa Rose（1910）「薔薇の別荘」森下雨村訳（実業之日本社『東京』一月号〜五月号〔未完〕、一九二五）、同題・同訳（博文館〈探偵傑作叢書〉第四十二巻に収録、一九二六前掲の中絶した訳稿を補完）同題・同訳（博文館〈世界探偵小説全集〉第十五巻に収録、一九二九）、『薔薇荘にて』富塚由美訳（国書刊行会、一九九五）
The Turnstile（1912）
＊The Witneess for the Defence（1913）本書
＊The Summons（1920）
＊The Winding Stair（1923）
＊#The House of the Arrow（1924）『矢の家』妹尾韶夫訳（博文館『探偵小説』六月号、一九三二）、同題・同訳（柳香書院〈世界探偵名作全集〉第六巻、一九三七）、同題・同訳（ハヤカワ・ミステリ、一九五三）、同題・福永武彦訳（東京創元社〈世界推理小説全集〉第七巻、一九五六）、同題・同訳（創元推理文庫、一九五九）、同題・同訳（東京創元社〈世界名作推理小説大系〉第五巻に収録、一九六〇）、同題・大門一男訳（新潮文庫、一九六一）、同題・田中睦夫（東都書房〈世界推理小説大系〉第八巻に収録、一九六二）、同題・守屋陽一訳（角川文庫、一九六五）
＊No Other Tiger（1927）アノーのワトスン役ジュリアス・リカードが客演する、シリーズ番

外編

＊#The Prisoner in the Opal（1928）『オパールの囚人』土屋光司訳（日本公論社、一九三七）、『木乃伊の穴』土屋光司訳（日本公論社、一九四〇 前掲書の改題再刊）、『奇怪なる仮面』大倉丈二訳（世界名作刊行会、一九四〇）

The Dean's Elbow（1930）

The Three Gentlemen（1932）

＊#The Sapphire（1933） 第十七章"The Man from Limoges"にのみ、アノーとリカードが登場

＊#They Wouldn't be Chessmen（1935）

＊Fire Over England（1936）

The Drum（1937）

Königsmark（1938）

Musk and Amber（1942）

＊#The House in Lordship Lane（1946）

【短編集】

Ensign Knightley and Other Stories（1901）

Ensign Knightley／The Man of Wheels／Mr. Mitchelbourne's Last Escapade／The Coward／The Deserters／The Crossed Gloves／The Shuttered House／Keeper of the

Bishop／The Cruise of the "Willing Mind"／How Barrington Returned to Johannesburg／Hatteras／The Princess Joceliande／A Liberal Education／The Twenty-Kroner Story／The Fifth Picture

The Four Corners of the World（1917）

The Clock「或る男と置時計」小田勝平訳（『新青年』新春増刊号、一九三八）、「ある男と置時計」乾信一郎訳（『別冊宝石』八十一号、一九五八）／The Crystal Trench「水晶の棺」汀一弘訳（『EQ』二十三号、一九八一）／Green Paint／North of the Tropic of Capricorn／One of Them／Raymond Byatt／The House of Terror／The Brown Book／The Refuge／Peiffer「パイファ」宮祐二訳（講談社文庫『世界スパイ小説傑作選2』、一九七八）／The Ebony Box「黒い函」延原謙訳（『新青年』夏季増刊号、一九三六）／The Affair at the Semiramis Hotel「仮面」延原謙訳（『新青年』十月特大号〜十一月号、一九三五）、「セミラミス・ホテル事件」田中融二訳（ハヤカワ・ミステリ『名探偵登場②』、一九五六）アノーもの探偵小説／Under Bignor Hill　戯曲

Dilemmas（1934）

The Strange Case of Joan Winterbourne／The Wounded God／The Chronometer／Sixteen Bells／The Reverened Bernard Simmons, B.D.／A Flaw in the Organization／The Law of Flight／The Key／Tasmanian Jim's Specialities／The Italian「燻製の首」村田道太郎（『新青年』夏季増刊号、一九三八）／Magic／The Duchess and Lady

Torrent ／ War Notes　軍事ネタの実録スケッチ

【戯曲】（公刊されたものに限定）
Blanche de Malétroit（1894）
The Witness for the Defence（1913）
Green Stockings（1914）
At the Villa Rose（1928）長編『薔薇荘にて』を脚色したもの
A Present from Margate（1934）イアン・ヘイとの共作

【ノンフィクション】
The Royal Exchange（1920）保険会社の社史
Sir George Alexander and the St. James's Theatre（1935）劇壇史
The Life of Francis Drake（1941）偉人伝

このリストは、『薔薇荘にて』（国書刊行会）所収のA・E・W・メイスン著作リストを改訂したものです。
長編 At the Villa Rose の森下雨村による初訳に関しては、『新青年』研究会の湯浅篤志氏から情報を提供していただきました。掲載誌の『東京』は、当時の中間層（いまでいうサラリーマン層）に向けた雑誌だったようです。

　また、第一短編集Ensign Knightley and Other Storiesについては、収録作品に異同のある英版の存在が、海外ミステリ研究家の森英俊氏により確認されていますが、発行年度が不明のため、ここではアレン・J・ヒュービン作成の書誌に準拠しました。

　わずらわしい問い合わせに快く応じてくださった、湯浅、森の両氏に、厚くお礼申しあげます。

〔訳者〕
寺坂由美子（てらさか・ゆみこ）
上智大学大学院文学研究英米文学専攻博士前期課程修了。
訳書に『新訳　文明の中の建築――ウィリアム・モリス芸術講演集』（共訳、バベルユニバーシティプレス）、『アメリカ新進作家傑作選 2005』（共訳、DHC）、『メモリーブック』（柏艪舎）がある。

被告側《ひこくがわ》の証人《しょうにん》
――論創海外ミステリ　122

2014 年 5 月 15 日　初版第 1 刷印刷
2014 年 5 月 25 日　初版第 1 刷発行

著　者　Ａ・Ｅ・Ｗ・メイスン
訳　者　寺坂由美子
装　画　佐久間真人
装　丁　宗利淳一
発行所　論 創 社
〒 101-0051　東京都千代田区神田神保町 2-23　北井ビル
電話 03-3264-5254　振替口座 00160-1-155266

印刷・製本　中央精版印刷
組版　フレックスアート

ISBN978-4-8460-1324-0